女同士の絆

レズビアン文学の行方

BETWEEN WOMEN

THE FUTURE OF LESBIAN LITERATURE

編著 平林美都子
MITOKO HIRABAYASHI

彩流社

目次　女同士の絆——レズビアン文学の行方

序章　レズビアン文学批評概観

◉レズビアンとは誰か

レズビアン文学批評家ボニー・ジマーマンが「レズビアン」［文学］批評は定義の問題に悩まされ続けている」（Zimmerman 257）と語ってからすでに四十年近く経った。これだけの年月が経過したにもかかわらず、二〇一五年にカナダのカールトン大学のジョディ・メッドが編集した『レズビアン文学ケンブリッジ・コンパニオン』が「レズビアン文学とは何か」という定義の問いかけと三十余年前のジマーマンの言葉から始まっているのは、「レズビアン」には厄介な定義の問題が常にまとわりついている証左であろう。一九八〇年代のジマーマンは「レズビアン」の定義に関して二つの見方を提示した（Zimmerman 205）。一つは女性同士に「欲望の存在」を認めるフェミニズム研究者キャサリン・スティンプソンの立場で、「同性愛者への政治的同情行為」や「親密な友情関係」とは区別された定義である（Stimpson 2）。もう一つは第一の見方で否定されたレズビアンの意味拡大版であり、アメリカの詩人アドリエンヌ・リッチの立場として知られているものである。リッチは、家父長制と闘い、個人的なことは政治的なことだと主張するあらゆる女性たちにまでレズビアンを拡大し、「レズビアン的連続体」という用語を作った（Rich 51）。ジマーマンの提示したこれら二種類の定義は、いずれも一九七〇年代の「本質主義的」レズビアンの流れを汲むものである。

そもそも一九七〇年代のレズビアン・フェミニストの多くは、レズビアン・アイデンティティを持つ女という本質主義に規定されていた。そしてレズビアンの可視化こそが個人にとっても集団にとっても重要であり、それは性的欲望とは切り離された政治的行動だったのである。カミングアウト小説が誕生してきたのはこの頃である。一九八〇年代になると、性的欲望、快楽を前面に押し出すスティンプソンの主張が登場してくる一方、女のネットワークという心地よさを訴えるリッチのような観念的定義にも根強い賛同者がいた。レズビアンは「女同士の団結の政治的メタファー」（Farwell 10）とも考えられ、同時代の繋がりだけでなく、過去との繋がりを求めるレズビアン歴史小説が現われたのもこの時期だった。[1] 他方で、レズビアンの間の人種や階級の違いにも焦点が当てられるようになってくる。メキシコ系アメリカ人でレズビアン活動家であるチェリー・モラガは、黒人フェミニスト組織作りに関わってきたバーバラ・スミスとの対談で、教師の立場から白人中産階級の優越主義に初めて異議申し立てをし、それまで無視されてきた有色女性のレズビアンの歴史に目を向けるようにと主張した（Moraga and Smith）。

一九九〇年代になると、ポストモダン、ポスト構造主義批評の潮流の中で、レズビアンの定義にも大きな変化が起こってくる。すなわち、不変で固定した本質主義的なアイデンティティを疑問視し、一人の人間にも多様でパフォーマティヴなアイデンティティがあるという反本質的（構築的）

な立場がとられるようになってきたのである。そして一九九一年、アイデンティティ・カテゴリーそのものを批判する「クィア」という用語が、イタリア出身の文学・映画批評家テレサ・ドゥ・ラウレティスによって作られ、たちまち流布していった。しかし、パフォーマティヴィティの概念が登場しても、身体という物質性は残るという見方もある。さらに、服装などの外見によってジェンダーを変えてしまう「トランスヴェスタイト」は以前から知られていたが、生まれたときの性・ジェンダーと性自認が異なる「トランスジェンダー」、性別適合手術を受けた「トランスセクシュアル」が広く認識されるようになると、問題系はセクシュアリティからジェンダーへとシフトし、レズビアンの定義は無意味になってしまう。過去四十年を概観しただけでも、時代によってレズビアンの定義は揺れ続けているのである。

レズビアン理論の研究者ジュディス・ルーフが指摘するように、批評において「アイデンティティ」や「定義」は避けて通ることのできない「罠」である（Roof 167）。それを認めるメッドは、レズビアンを容易に定義できない理由として次の四点を挙げている。第一は、異性愛を正常だと考える男性中心主義の表象システムでは女性同士の欲望関係を認めたくないこと、第二は、レズビアンという言葉には階級・文化・人種が前提とされているにもかかわらず、その差異が除外されてしまっていること、第三は、レズビアンという言葉の歴史的な特殊性、可変性、さらに時代錯誤的に使用されたり誤用されたり軽蔑の連想があったりすること、最後は、女性同士の親密さを語ることに対して実際的な難しさがあること、である。結局のところ、レズビアンの定義はその曖昧さ、難解さを語ることに尽きるようである。

◉レズビアン文学・ナラティヴとは何か

次にレズビアン文学の定義である。これもジマーマンの問題提起を参考にしたい。まずはレズビアン作家によって書かれたテクストというのが無難な定義だろう。しかしレズビアンの定義同様、レズビアン作家の定義は曖昧である。次にレズビアンについて書かれたテクストだと定義してみよう。この場合、作者が異性愛女性の場合もあるし、男性の場合もある。ではレズビアン的主題が表現されたものをレズビアン文学だと定義したらどうだろう。しかしレズビアン的主題の定義も曖昧だ。このように、レズビアン文学の定義もコンセンサスを得るのは難しい。

オレゴン大学で教鞭を執っていたマリリン・R・ファーウェルは、レズビアン作家であってもなくても、また読者がレズビアンであってもなくても、ジェンダー・カテゴリーを転覆するような物語はレズビアン・テクストを作り上げていると言い切っている（Farwell 8）。文学作品の中でストーリー性のあるものを「ナラティヴ」と呼ぶことにして、以下、ナラティヴの面からファーウェルの主張を紹介しておこう。

ファーウェルは一九七〇年代から一九九〇年代後半までの二十五年間の批評的背景を概観し、本質主義と反本質主義、ナラティヴと反ナラティヴの対立、さらに政治的なレズビアン・フェミニストの流れとクィア理論との対立が続いていることを説明する。一九八〇年代から一九九〇年代にかけて、アメリカのジェンダー論研究者イヴ・コゾフスキー・セジウィック（『男同士の絆――イギリス文学とホモソーシャルな欲望』、一九八五）やイギリスのクィア文学研究者ジョナサン・ドリモア（『性に関する異議――聖アウグスティヌスからワイルド、フロイト、フーコーへ』、一九九一）による男性同性愛者の研究がクィア理論に包含されるようになると、レズビアンやレズビアン文学の独自性は軽視されることになってきた。伝統的レズビアン理論によれば、レズビアン・ナラティヴはレズビアンだと自認する作家、読者、登場人物の共有する経験が扱われたテクストであり、それを表現するナラティヴは中立な道具だとみなされている。他方、ポストモダニズム理論によれば、レズビアンは性的身体性を持ちアイデンティティが固定されない流動的な用語であるが、ナラティヴがイデオロギー・システムのため、レズビアン物語は異性愛男性の物語に絡めとられてしまうという。レズビアン・アイデンティティを擁護する伝統的レズビアン・フェミニストにとって、ナラティヴが変化を表現するための道具であるのに対し、ポストモダニストにとっては、レズビアンのパフォーマティヴィティがナラティヴに埋め込まれたジェンダー・カテゴリーを問い質してくれるのである。

ファーウェルはレズビアン・ナラティヴの分析において、伝統的レズビアン理論とポストモダン理論の折衷的な方法を考えている。彼女が提案するレズビアン文学（ナラティヴ）批評は、テクストの構造に関してポストモダンな洞察を取り入れると同時に、伝統的物語も反伝統的物語もレズビアン・テクストとして扱うべきだというものである（Farwell 14）。ナラティヴが男性中心主義の異性愛制度というイデオロギーに支配されているとすれば、そこでは男性の主体確立が重視され、セジウィックが分析したように、女性に対して異性愛を強制することで男性のホモソーシャルな絆を強くする「エロティックな三角関係」（15）が存在することになる。ファーウェルはナラティヴの体系にレズビアンが参入することによって、主体の立場が再度引き直されることになると主張するのである（16）。

◉異性愛と家父長制度の分離

レズビアン・ゲイ研究が問題視したのは、性差別の歴史的研究が異性愛制度の「ジェンダー」カテゴリーを中心に据えていることだった。アドリエンヌ・リッチは論文「強制的異性愛とレズビアン存在」（一九八〇）の中で、レズビアンであるために女性はさらなる抑圧を受けていることを指摘し、その根源には男性中心的異性愛制度が存在していると論じる。強制的な異性愛はフェミニスト研究の中にも存在している。そのため、リッチは「先天的異性愛者」だと同定されるフェミニストに対して、批判的な検証を求めるのである（Rich 50–51）。フェミニズム哲学を専門とするチェシャー・カルフーンは、家父長制度と異性愛制度は二つの異なる制度だとして、両者を分離して考えることが重要だと指摘する。そのためにレズビアン・フェミニストのやるべきことは、セクシュアリティ・ポリティクスをジェンダー・ポリティクスから切り離すことだと言う（Calhoun 562）。

またフランス人作家モニック・ウィティッグは、レズビアンの問題は異性愛フェミニストの視点からは見えないと言う。なぜなら、異性愛女性を抑圧する政治構造は家父長制度であり、レズビアンを抑圧している政治構造は異性愛制度であるからだ。その意味でレズビアンは女ではない（Wittig, *The Straight Mind and Other Essays* 32）。別の言い方をすれば、レズビアンは「女」のカテゴリー外にいるので、女らしさの経験やそれに伴う抑圧の性質は、「女」のカテゴリー内にいる異性愛フェミニストとは同じではないのだ（6）。女らしさとは、レズビアンにとって拒絶したり再構築したりするものではなく、基本的に不可能なものである。言い換えれば、レズビアンは異性愛社会の中の女であることが不可能だということである。

◉女の身体／セクシュアリティと言語(2)

女の身体／セクシュアリティと言語の関係は、二十世紀後期の四半世紀にわたってさまざまな論文で取り上げられてきた。女性作家らは女の身体、とくに母体のメタファーをテクスト構造に取り入れてきた。ここではベルギー出身の精神分析学者リュス・イリガライとブルガリア出身のジュリア・クリステヴァの言語論について簡単に触れておきたい。

イリガライは言語の問題は女のセクシュアリティと密接な繋がりがあると言う（Irigaray, "Women's Exile" 62）。彼女は『ひとつではない女の性』（一九八五）において、女の精神的・社会的存在を理解するためには身体の理解が必要だと考える。身体は歴史的・文化的価値観から逃れることはできない。女のセクシュアリティに関するフロイトやラカン理論をイリガライが批判するのは、彼らが快楽をファロスあるいはペニスだけに限定して、女のセクシュアリティや快楽の存在を見えなくしているからである。直立したペニスという一つの形に限定したセクシュアリティは、拡散する女の快楽を説明できない。では女の身体と快楽の特殊性は言語とどんな関連があるのだろうか。イリガライは「形態学」という用語を使って、言語の支配的な形式とセクシュアリティの支配的な形式が並行関係にあると説明していく。

私は女の性の解剖学的構造ではなく、形態学的構造の問題に戻らなければならないと思う。実際、西洋の言説はすべて、男性的な性とある同形性を示していることがわかっている。統一の特権、自己の、目に見えるものの、鏡に反射しうるものの、直立の形［中略］この形態学は女

の性には対応しない。（"Women's Exile" 64）

イリガライは女の身体の重要な要素として母体とセクシュアリティを挙げる。生殖や欲望という女の自律的な性の要素は、西洋哲学においてたえず否認されてきた。もしも女が自律した性的な存在であるなら、従来の女の身体の表象は書き換えられることになる。しかし家父長制社会において、女は男との関係によってのみ表象されてきたのであり、そこには女の自律的な性を語る空間はない。女の新たな表象／言説の創造を目指すイリガライは、女同士が共有し合う体験を考えようとする。女のエロティシズムこそ、女と言語との関連を説明するからである。ファロスの言説が直線的で、主体による権威的な統一した主張であるのに対して、女性の言説はレズビアンのエロティシズムを土台にしている。レズビアンの女たちはいずれも「謎」でも「他者」でもなく、二人は完全に相互的な関係にある。したがって、そこには上下関係のない対等のコミュニケーションが存在するのである。すなわち、女の快楽やレズビアンのエロティシズムを語る言語は、女の身体を基礎にしているのである。

　他方クリステヴァは、埋もれて排除されてきた女なるもの＝母の身体を掘り起こそうとする。未だ主体でも客体でもなく同時に両者であるもの（アブジェクト）は、魅惑と忌避の両義的な場、母の身体である。個体生成において人は、主客がまだ分離せず内部でも外部でもない母との融合（ゆうごう）状態の前エディプス期から、言語活動が確立する父の領域、エディプス期へと移行する。意味と主体を形成する「記号象徴態（サンボリック）」（いわゆる規範的言語）の秩序を確立するためには、母との「原記号態（セミオティック）」（鏡像段階以前の乳児の欲動による意味を成さない声に見られる意味生成状態の場）の融合の場から移行しなければならない。言い換えれば、語る主体になるために、女なるもの＝母の身体を表象の中に廃棄しなければならないのである。では、意味を持たない未分化な女なるもの＝母の身体を持つ女は、どんな言語で語るのだろうか。クリステヴァは抑圧された母の身体に回帰することを提唱する。それは意味伝達性の危うい詩的な言語を求めることであり、ともすれば、女にとって同一性を失う危険がある。

文以前の、わけのわからぬ、母親的なあれらのリズムが、かの女のディスクールのなかへ流れ込むとしても、それは、かの女の重荷を取り除くどころか、かの女を笑わせるどころか、かの女の象徴的武装を破壊してしまう、いいかえれば、かの女を忘我的、憂愁的、あるいは狂気の状態に陥れてしまう。（クリステヴァ　四五）

そうならないために、彼女は父の合理性、言語活動の合理的運用を身につける必要性を説く。すなわち「母」と「父」との間を絶えず揺れ続けることである。クリステヴァにとり、女の書く（語る）行為は、物言わぬ（母の）身体との出会いから始まるのである。

女の身体とセクシュアリティを言語創造につなげることにはすでに異議が唱えられてきている。スミス大学で長く比較文学を教えてきたアン・ロザリンド・ジョーンズは、身体が自己認識の源泉になりうるのかという疑問を投げかける（Jones 367）。性現象は社会的体験に先んじて存在するものではありえない、というジョーンズの指摘は、女の身体はすでにジェンダー化されてしまっていると言い換えることもできるだろう。確かにイリガライやクリステヴァの理論は女の本質論に陥る危険があり、事実、本質論から構築されたものであることは否めない。がしかし、身体フェミニズムの提唱者であるエリザベス・グローツがイリガライの立場を擁護しているように、女の身体的体験に根ざした本質論はそれ自体が目的なのでは決してなく、むしろ女の主体の場を切り拓き、女として語ることによって家父長制社会の単一の権威的な声へ挑戦する戦略なのだ、ということも評価すべきだろう（Grosz 193–94）。

◉ジェンダー批評―クィア

一九八〇年代、文化人類学者ゲイル・ルービンはセクシュアリティ（性的指向）をジェンダー（性差）とは理論的に別物であると論じた（Rubin 169）。ルービンの主張は、ジェンダーはフェミニストの視点から分析すべきであるが、セクシュアリティは抑圧形態が異なるため、むしろ性の自由論者あるいはサド・マゾヒストが扱うべき問題だというのである。しかし、ジェンダー批評の第一人者であるジュディス・バトラーはセクシュアリティをフェミニズムから切り離すことこそ、さまざまな男性支配と結びついていると批判する（Butler, "Gender as Performance" 32）。つまり、セクシュアリティも社会的構築物であるからジェンダー問題とは切り離せないということである。このように、性、ジェンダーの差別カテゴリーにセクシュアリティが加わることで、ジェンダー研究が生まれてきたのである。

古くは、ジェンダーもセクシュアリティも生得のものと考えられてきた。つまり、身体に根ざした生物学的性があり、そこからジェンダーとセクシュアリティが一連に繋がっているものと信じられてきたのである。ジェンダー批評はそれに「否」を突き付けた。身体に根ざした解剖学的性はもちろん存在するが、正常なジェンダーと正常なセクシュアリティを要請してきたのは、家父長的異性愛制度である。ジェンダー研究では、こうした社会的要請が「性的な部位」を決めてきたと考える。すなわち、男女間の生殖出産を重視してきた家父長制社会が性的な部位をペニスと膣(ちつ)に限定し、それを基(もと)に唯一の正常な欲望の形態が定められ、それ以外を異常で不道徳な行為として排除してきたのである。

ジェンダー批評の誕生にはセジウィックの『男同士の絆』(一九八五)とバトラーの『ジェンダー・トラブル――フェミニズムとアイデンティティの攪乱』(一九九〇)という草分け的な研究書が大きな役割を果たしてきた。セジウィックが言い当てるように、ジェンダー批評とは「ジェンダー分析による批評ではなく、そのカテゴリーの批判である」("Gender and Criticism" 273)。バトラーは、「ジェンダーの「一貫性」は強制的異性愛によってジェンダー・アイデンティティ〔男らしさ/女らしさ〕を均質にしようとする規制的な実践の結果」(*Gender Trouble* 31)であり、異性愛的主体形成にジェンダー・アイデンティティが関連しているとして、アイデンティティの転覆(てんぷく)を目論んでいる。

バトラーは「女」のアイデンティティを「異性愛の女」と自明視することを疑問視した。「女」間の差異に目を向けたという意味で、バトラーの視点はクィアと通底するだろう。「クィア理論」という語を最初に使用したドゥ・ラウレティスは、ゲイ、レズビアン、ホモセクシュアルなどの「既存の用語のいずれにも執着せず、用語それぞれに付きまとうイデオロギーにも偏らず［中略］少なくともそれらを問題視することを目指す」（de Lauretis v）と言い、そのために、「ゲイ男性とレズビアンの共同戦線や政治上の同盟は可能」で「必要」だとしている（v）。しかし一方で、「レズビアン／ゲイ」の言説では、「レズビアニズムの特異性が沈黙されつづけている」（vii）ことや、「レズビアンとゲイ」という表現に「差異は示唆されてはいるが、「と」という接続詞によって、いずれ自明なこととなり［中略］隠蔽さえされてしまう」ことを危惧した（vi）。ドゥ・ラウレティスはクィアという用語によって、ジェンダーだけでなく人種の領域でもそれぞれの特異性、複数のアイデンティティをよく理解していくことを求めていた。簡潔に言えば、クィアはアイデンティティを脱することではなく、一つのアイデンティティに固定されることを拒み続けることである。

　アイデンティティ・カテゴリーの構築に抵抗しているという点では、セジウィックやバトラーもそしてメッドも、レズビアンとクィアは互いに排除し合うものではないと考えている。他方、ファーウェルは「クィア理論が求める包括性はしばしば幻想であり、レズビアン文学の特殊性を低く見ている」（Farwell 5）と、あくまでもクィア理論には批判的である。イギリス文学研究者テリー・キャスルも自著『亡霊のようなレズビアン――女の同性愛と近代文化』（一九九三）の中でバトラーを引用しているものの、本文中では「独りよがりに［レズビアニズムを］脱構築する者」の一人にバトラーを挙げて（Castle 14, 15）、同性愛を嫌悪する異性愛文化と手を組んでいると批判している。

◉トランスジェンダー

一九八〇年代終わり頃、常に女装している男性のアイデンティティ・カテゴリーとして「トランスジェンダー」という用語が作られた。これは身体(性)の転換は関わっていないということで、「トランスセクシュアル」とは一線を画していた。したがって、トランスジェンダーにおいてセクシュアリティはもはや問題にならず、問題系はジェンダーへとシフトした。トランスジェンダーをする人=トランスジェンダーリストは、ゲイもいれば異性愛者もいるという、性的指向と関係なくジェンダーをシフトするという意味で特殊なジェンダー・カテゴリーなのである。リーズ大学のジェイ・プロサーは、異性愛主義とジェンダーの緊密な繋がりを批判するクィアにとり、トランスジェンダーは理論的にも政治的にも有用だと語る(Prosser 312)。たとえば、フェミニストの中にはジェンダー役割を問題視しても、セクシュアリティに関わる異性愛制度には関心を示さない人もいる。しかしトランスジェンダーリストにとって男(女)は「女らしく」(「男らしく」)なりうるから、ジェンダーとセックス、異性愛と同性愛、男と女、男性性と女性性という二項を対立させる必要はないのだ。とはいえ、クィアが男と女、ゲイとレズビアンというアイデンティティ・カテゴリーを脱構築しようとするのに対し、トランスジェンダーは男か女いずれかのアイデンティティを表象している点で、両者はやはり異なっているのである(Prosser 326)。

◉レズビアン表象の変遷

本書のテーマは十九世紀から二十一世紀初頭までの英米カナダ文学作品における「レズビアン表

象」の変遷である。「レズビアン」という用語すら存在していなかった十九世紀にも、女性同士のロマンティックな愛は存在した。しかし、男性中心的な家父長制度が異性愛によって支えられていることを考えれば、女性同士の強い絆が制度への脅威であったことは間違いない。女性同士の友情はさておき、女性間の愛は何としても排除されなければならなかったのである。コールリッジの「クリスタベル」（一八一六）において、同性を誘惑する女ジェラルダインは、蛇という誘惑者＝悪の象徴的図像で描写されるだけでなく、誘惑された女性も「蛇化」する。レズビアン的愛は邪悪であるばかりか、性行為はヴァンパイアによる吸血行為のように伝染していくのである。未完のこの詩にはクリスタベルの行く末は語られていないが、女から女へ伝染していくヴァンパイア的レズビアンは、レ・ファニュの『吸血鬼カーミラ』（一八七二）に継承されていく。『吸血鬼カーミラ』のヴァンパイアでは、いっそう邪悪なレズビアンというイメージが鮮明になる。ヴァンパイア退治、すなわちレズビアン退治が男性グループの共同作業として行なわれるところにも、父権的な制裁の意味合いが濃厚にみられる。

一八八〇年代になると事態は大きく変わる。ドイツの性科学者リヒャルト・フォン・クラフト＝エビングの『変態性欲心理』（一八八六）、イギリスのハヴロック・エリスの『性心理の研究――性的倒錯』（一八九七）などの影響で、同性愛は逸脱した行為＝罪ではなく、「異常」または「病気」だとみなされるようになった。この時点ですでに明らかなように、性的倒錯を先天的な「異常」だとする見方と、後天的な「病気」だとする見方が混在していたのである。レズビアン小説のエポック・メイキングとなるラドクリフ・ホールの『さびしさの泉』（一九二八）は、性科学が世間に浸透するようになってから書かれたものである。主人公スティーヴンの父はクラフト＝エビングの書物を読んでおり、スティーヴン自身もその本に父が書き込んだ自分の名を見つけている。男っぽい行動をとり女性を愛するスティーヴンは女の身体に囚われた男であり、現在なら「性同一性障害」のカテゴリーに入るのだろう。しかし、性科学者の定義にしろ、現代版の定義にしろ、背後に性の二元論が存在することに違いはない。

二十世紀前半、性科学が専門家の間で流布しても、十九世紀的な友愛を求める女性たちは依然存在していた。したがって、L・M・モンゴメリの『赤毛のアン』（一九〇八）における女性間の友情は、問題なく受け入れられたのである。とはいえ、それは女主人公の成長の一時的現象として描かれているためである。たしかに、作品の前半の大部分を占めるアンとダイアナの熱烈な友情は最終的には冷めていき、ギルバートとの正常な異性関係を結び始めるところで小説は終わっている。しかし実は、作品の表向きのプロットには出現しないレズビアン的な感情を、ダイアナとマリラは吐露している。プロット上に掬い上げられない二人の思いは、アンの仮想世界に封印されてしまっているのである。

一九五〇年代の戦後アメリカではレズビアン・パルプ・フィクションが量産された。同性愛嫌悪が強くなった時代に、レズビアンをテーマにした小説が二百冊以上も出版されたのは意外かもしれないが、実はこれらの小説のほとんどは、異性愛男性の覗き見趣味を満足させるものだった。通常、レズビアンが悲惨な結末を迎えるこのジャンルにおいて、ハッピー・エンディングで終わる異色な作品が、パトリシア・ハイスミスの『プライス・オヴ・ソルト』（一九五二／一九九〇年に『キャロル』

と改題）である。小説の主人公キャロルは、「良い母」の座を失っても、レズビアンとして恥じずに生きようとする。若いテレーズもキャロルへの憧れからだけでなく、自分の自由意志で彼女への思いを断ち切り、そして再度彼女との生活を選ぶことを決意する。レズビアンを生きることは各自の選択なのである。

一九七〇年代のアメリカでは、公的分野だけでなく私的な生活においても男女の力関係を問い質すラディカル・フェミニズムが生まれた。その流れの中で、ジョアナ・ラスの『フィーメール・マン』（一九七五）はSFジャンルを使い、現実世界と女性が解放された世界とを比較して可能性を探っていく。ラディカル・フェミニズムの一派にレズビアン・フェミニズムがあり、その一人モニック・ウィティッグは、レズビアンを「女ではない」存在、つまり男／女のカテゴリーを超える概念だと捉えている。『女ゲリラたち』（一九六九）は、過激な社会改革を目指す女ゲリラたちの戦いの言葉を記している。

「カミングアウト物語」と呼ばれるレズビアン小説の「成長物語」は、一九七〇年代以降、定番のテーマとなった。これはレズビアンであることへの目覚めであったり、性的アイデンティティを周囲の人たちに告白したりする話だ［例：リタ・メイ・ブラウン『女になりたい』（一九七三）、ジャネット・ウィンターソン『オレンジだけが果物じゃない』（一九八五）］。一九八〇年代にはレズビアン歴史小説が登場した。レズビアン歴史小説とは、同時代の女性の繋がりをさらに広げ、前／次世代にもレズビアンの連帯を見出すことで、女性の固有な価値を認識させていく。アリス・ウォーカーの『カラー・パープル』（一九八二）では母系社会にレズビアンのユートピア的共同体を見出している。排除するのではなく受容する友愛のテーマは、ファニー・フラッグの『フライド・グリーン・トマト』(一九八七)にも確認できる。人種、階級、年齢、血縁関係を超えた繋がりは、「語り」「伝える」ことを通して引き継がれていくのである。

一九七〇年代のフランスのフェミニズム心理学者が提示した言語論を、カナダの作家ダフニ・マーラットは散文詩「母親語で物思う」(一九八四)において、より具体的に示していく。言語とレズビアン身体との繋がりを説くこの作品は、一見難解に見えるかもしれないが、それは男性の言語で思考して現実をとらえているからであろう。マーラットのレズビアン言語論はイリガライを基にして、リアリティの脱構築を目指している。

一九九〇年代になると、クィアが求めるような異性装、バイセクシュアル、トランスジェンダーなど、ジェンダーやセクシュアリティの多様性を反映する作品が登場してきた。先駆的作品であるヴァージニア・ウルフの『オーランドー』(一九二八)で示されたファンタジックな性の変転は、アン・マリー・マクドナルドの『おやすみデズデモーナ(おはようジュリエット)』(一九九〇)において現実的なものとして再現される。『おはようデズデモーナ』では、劇を演じることと性を演じることを同一視することによって、ジェンダーの虚構性、構築性が説得力を持って描かれていく。他方、ジャッキー・ケイの『トランペット』(一九九八)では、著名なトランペット奏者のトランスジェンダーが死後判明すると、メディアや大衆がこぞってそれを見世物扱いにする現実が描かれる。しかし物語は、性別とは本人の一部でしかないこと、人との繋がり方は個々人によって異なり、多様であることを示していく。そして性を柔軟に受容することが、不動だとされる家父長制の見直しに繋がっていくことを示唆している。

二十世紀後半、「翻訳」が話題になってきた。といっても、一つの言語から別の言語への移し替えという意味での翻訳ではない。従来の翻訳の概念は、オリジナルの作品の言語が別の言語へ忠実に書き換えられることに重点が置かれていた。オリジナルと翻訳との単純な力関係を解体し、関係性やプロセスを視野に入れる新たな翻訳概念は、さらに広義な「アダプテーション」理論へと発展していった。マイケル・カニンガムの『めぐりあう時間たち』（一九九八）はヴァージニア・ウルフの『ダロウェイ夫人』（一九二五）を元に改作したものである。彼の作品はさらに映画へと翻案（アダプト）されていく。異なったメディアへのアダプテーションでは、それぞれのメディアの特質によって、制限を受けたり逆に解釈の幅が可能になったりする。ここで取り上げる映画『めぐりあう時間たち』（二〇〇二）のキスの表象は、小説とは違った意味を持ち、レズビアン表象に影響を与えていくのである。

一九七〇年代、レズビアン文学の読者をレズビアンだけに限定してしまうゲットー化があった。それに対し、ジャネット・ウィンターソンは一九九五年、「文学は特定の利益団体のための講演ではない」と批判した（Winterson, *Art Objects* 106）。ウィンターソンの批判に賛同するかのように、サラ・ウォーターズの『半身』（一九九九）は、レズビアン文学の門戸を一気に広げた作品である。ミステリー仕立ての『半身』では、レズビアニズムは「表」と「裏」の主人公の行動を読み解く重要な要素・鍵になるのだが、作品の面白さはそれだけではない。ミステリー特有のどんでん返しのストーリー展開は、多くの読者を魅了する。

本書で取り上げた作品はウィンターソンやウォーターズの前記の主旨に沿って選んだ。レズビアン文学のレズビアンという形容詞は、必ずしも文学作品を限定してしまうものではない。定義が不能だからこそ、そうした曖昧な存在を含む作品からはさまざまな読みの可能性が生まれるのである。本書ではレズビアンが存在する作品だけでなく、レズビアン文学として読める文学作品も選んでみた。さらに各作品の映画版、あるいはテーマが類似した映画版も紹介した。文学作品と映画との違いを知ることで、作品の解釈の可能性が広がるだろう。純粋なレズビアン文学を求めている方は、途中二ヵ所に挿入した〈ここでブレイク〉の「エポック・メイキング小説」と巻末の選書リストを参考にして、レズビアン文学の広がりを味わっていただければ幸いである。

◉注

（1）たとえばジャン・クラウセン『プロスペリン・ペーパーズ』（一九八八）もその一つである。主人公デールはアメリカ研究をする大学講師であるが、同居するレズビアン・パートナーとうまくいっていない。たまたま九十歳の祖母（ローズ）から古い日記や書類整理を頼まれ、引き受けることにした。その過程で、ローズの友人の今は亡きプロスペリンの手紙や写真を見つけ出した。デールは、レズビアンで記者だったプロスペリンの人生、さらに彼女とローズとの関係に興味を持つようになり、「プロスペリン・ペーパーズ」と称して調査を始める。過去のレズビアンとの繋がり（系譜）を求めたいというデールの願望は、しかしながら、ローズの記憶の曖昧さや意図的隠蔽、さらに資料の欠如によって達成しない。

（2）平林美都子「身体をして語らしめる」（二四二―四四）を再掲した。

第一章　怪物としてのレズビアン

最初のレズビアン・ヴァンパイア物語
――S・T・コールリッジ「クリスタベル」（一八一六）

◉レズビアン・ヴァンパイア物語

人の生血を吸って生き永らえるヴァンパイアの伝説は世界各地にさまざまなヴァージョンが存在しているが、英文学史上最初にその姿を現わしたのは、一八一六年に創作されたジョン・ポリドリによる「バイロンの吸血鬼」においてである。同年夏、バイロン卿やパーシー・シェリーらがスイス、レマン湖畔のディオダティ荘で「幽霊小説」創作を競い合った逸話はよく知られている。ある日、バイロン卿は未だ出版されていないS・T・コールリッジの「クリスタベル」（一八一六）を朗読した。後に詳述するように、そのとき朗読を聞いていたシェリーは恐怖のあまり部屋から飛び出していったという。[1]「クリスタベル」の朗読がきっかけとなり、その後、メアリー・シェリーの『フランケンシュタイン』（一九一八）やポリドリのヴァンパイア小説が生まれた。レ・ファニュの『吸血鬼カーミラ』

（一八七二）は「最初のレズビアン・ヴァンパイア物語」（Case 7）として知られているが、レ・ファニュがコールリッジの未完の物語詩「クリスタベル」を読んでいたことは間違いないだろう。[2]

十九世紀初頭のロマン派詩人がレズビアンをヴァンパイア（吸血鬼）として描くという発想はあったのだろうか。もちろん、当時から女同士のエロティックな関係が存在しなかったわけではないが、「レズビアン」の概念はなかったはずだし、それを異性愛制度の脅威とまでは認めなかっただろう。そもそも「クリスタベル」には明確に「レズビアン」として特定できる人物は登場しない。しかし、突如出現した美しい女性ジェラルダインがうら若い娘クリスタベルを魅了し、二人が裸体でベッドを共有するという描写から、女性同士の性的な関係を想像することは容易い。アンドリュー・エルフェンバインは「それまでの女性間の性行為はポルノグラフィックな関心で描かれた」が、コールリッジは「レズビアニズムを「伝統的な異性愛のコンテクストから解放して」初めて崇高なものにした」（Elfenbein 177, 182）と評価している。ジェラルダインの裸体が描写されず空白にされたところに、従来の猥褻な歌に見られるような男性目線の描写とは違った「クリスタベル」の芸術性がある、とエルフェンバインは説明を加えている（178–88）。「クリスタベル」の芸術的崇高性はエルフェンバインの指摘どおりだとしても、この作品に見られる異性愛規範を解体する可能性は、レズビアンに重なる「ヴァンパイア」のイメージが有効に働いているからではないだろうか。

「クリスタベル」の前半に描写されるジェラルダインのレズビアン的親密さには、後半明らかになる獣性を伝染させる行為があったと考えられる。後半は、蛇女としてのジェラルダイン、そして蛇化していくクリスタベルの描写が繰り返されて、詩の前半に遡ってジェラルダインのヴァンパイアリズムのイメージが浮き彫りになってくるのだ。言い換えれば、クリスタベルの獣性（蛇化）の兆しは、吸血行為が伝染するというヴァンパイアリズム、ひいてはレズビアン的性行為にその根源を見ることができるのである。ニーナ・アウエルバッハによると、十九世紀初頭のヴァンパイアは、生血を吸うというより、特定の人間と親密な関係を持つという特徴があった。そして次世代のヴァンパイアは女性を餌食にし、さらに世紀末になると、家父長的な誘惑者ドラキュラ像へと結実していくという[(3)]（Auerbach 13）。つまり、「クリスタベル」のジェラルダインの親密さはヴァンパイア的特徴だということである。レズビアン・ヴァンパイアという複合した語／イメージは、後者の伝播力により異性愛制度の大きな脅威となる。本章では、「クリスタベル」のレズビアニズムがヴァンパイアリズムとどのように重なりながら境界を侵犯していくのかを考察していきたい。

◉ジェラルダインの異質性

「クリスタベル」は城の時計の音や番犬の吠え声、そしてフクロウの鳴き声が響く四月の寒い真夜中の森のシーンから始まる。城主リオライン卿の娘クリスタベルが森の中で許嫁の騎士の無事を祈っているとき、ふと美しい女性を見つける。ジェラルダインと名乗るその女性は、五人の男たちにさらわれてこの森に捨てられたと語った。クリスタベルは弱りきった彼女に手を差し伸べて、城へ連れて帰る。

アウエルバッハはジェラルダインを男のヴァンパイアと比較して、「ヴァンパイアと犠牲者のエロティックな交わりから注意をそらしてしまうようなオカルト的な装飾が、ストーリーから取り除かれている」（Auerbach 48）とコメントしている。確かにジェラルダインは霧になったり狼になったりと姿形を変えたりすることはなく、クリスタベルへのエロティックな親密さも強調されているが、同時に、彼女の超自然的、異端的な徴候を示す描写は各所に見てとれる。たとえば、満月が出る真夜中に彼女が幽霊のように出現したこと、聖母マリアへの祈りの拒絶、一度も吠えたことのない老犬が唸り声をあげたこと、消えかけた暖炉の火が突如燃え上がったこと、彫刻の天使の足に繋がるランプの下で彼女の力が萎(な)えたことなどは、まさにジェラルダインの反キリスト教的「ヴァンパイア的性質」（Twitchell 41）を示しているだろう。このように、ジェラルダインが現われた当初の描写から、彼女の不吉性、邪悪性はすでに暗示されている。

◉異性愛解体――母の呪縛

すでに見たように、ジェラルダインとの最初の出会いは、クリスタベルが森で婚約者の無事を祈っていたときだった。クリスタベルの当初の異性愛関係は、ジェラルダインの登場によって解体していく。もともとクリスタベルの祈りの対象が男性だったのは言うまでもない。それに代わって現われたのが女性だったことは、すでに異性愛制度のほころびを暗示している。

セジウィックはルネ・ジラールの欲望の三角関係（対象人物に対して二人のライヴァルの存在）の理論を発展させ、男性中心の社会では、父権を維持・委譲する構造とホモソーシャルな男同士の絆が存在すると指摘する（Sedgwick, *Between Men* 25）。それはすなわち異性愛制度であり、男同士の間で女性を交換し合う家父長制度の構造である。そしてこの構造には必然的に同性愛嫌悪（ホモフォービア）と女性蔑視（ミソジニー）が付随している。セジウィックは女同士の関係をアドリエンヌ・リッチに倣って「連続体」としてとらえている（Sedgwick 2–3）が、それに不満を持つテリー・キャスルは、女性の欲望の三角形を考案した。元の三角関係（男―男―女）は男同士の同性愛関係が禁じられているが、キャスルは、女―女―男の三角関係から女同士のレズビアン関係へ容易に変わることを強調する（Castle 72–73）。

「クリスタベル」の話にこれを応用してみよう。当初、クリスタベルを男同士（婚約者と父親）の間での交換対象とする基本的な三角関係が出来上がっていた。そこへジェラルダインが登場することにより、女二人と男一人（ジェラルダイン―クリスタベル―婚約者）の三角関係になった。しかしここでは婚約者が不在なため、女同士の結びつきは強くなる。異性愛制度の解体はこの後もさらに進んでいく。クリスタベルは父を起こさないようにという配慮から、ジェラルダインに別の寝室を用意せず、二人は同じ部屋、同じベッドで寝ることになった。この同衾シーンの描写から連想されるレズビアン的関係は、母子関係を真似ているのが特徴である。クリスタベルを産んですぐ亡くなった母は、娘の婚礼の日に城の鐘が鳴るのを楽しみにしていたという。父権制度の代理人である母の意向どおり育ってきたクリスタベルは「結婚式当日に城の鐘が十二回打つのを／母は聞きたがっていました」（200–01）と懐古し、その直後、「ああ懐かしいお母様、ここにいてくださればいいのに」と祈願する。クリスタベルの言葉は、まるで婚礼の初夜を今このとき想像しているように聞こえる。初夜を真似た行為がその後に暗示されているのを考えると、クリスタベルの祈願に含蓄された婚礼とは、異性間ではなく、ジェラルダインとの同性間のものと解釈できるのである。

他方、クリスタベルの言葉にジェラルダインは「お母様がいてくだされば」と応答するものの、すぐさま前言を翻し「立ち去れ、迷える母よ」(205)と「母」を放逐する言葉を放つ。さらに「この時間は私のもの――/汝が彼女の保護霊だとしても/立ち去れ、去れ、この時間は私に与えられた」(211–13)と、彼女は代理の母のごとく、自らの権利を主張するのである。そしていよいよ儀式が始まる。まずジェラルダインはクリスタベルに衣服を脱ぐように命じ、その後、ベッド上のクリスタベルの面前で、自らも衣服を脱ぎ始める。

絹の上衣も肌着も
足元に落ちた。すべてが露わになり
見よ! 彼女の胸と、わき腹を――
夢に見るべき眺めであり、言葉にできるものではない!
ああ彼女を守りたまえ! やさしいクリスタベルを守りたまえ!(250–54)

この箇所をバイロンが朗読するのを聞いたシェリーは、「彼女の胸」のところに「言葉にできるものではない」眼を想像してしまい、震えあがって部屋から飛び出したという。シェリーをそんなにも怖がらせた「言葉にできるものではない」胸(乳房)とは一体どういうものだろう。彼が見たと思った眼は、見るものを石にしてしまうメデューサの眼を連想できるだろう。あるいは詩の第二部で「年老いた胸」「冷え切った胸」と描写されていることから、ジェイムズ・B・トゥィッチェルが指摘するように、これを老婆の萎びた乳房だと解釈できるかもしれない（Twitchell 47）。つまり描写できないジェラルダインの乳房は、その曖昧さのために意味が過剰に拡散していくのである。この過剰性こそが母なる女の怪物性を想起させていくのである（Braidotti 63）。

クリスタベルにとってもジェラルダインは、まず代理の母として存在していた。すでに触れたように、二人の同衾シーンには「子に添い寝をする母のように」（301）「赤子のように微笑む」（317–18）など、母子関係を連想させる描写が連なる。レズビアン的欲望が前エディプス期の母子関係を基盤としているのだとすると、ここには明らかにそうした関係が見られるだろう。その後、クリスタベルはあたかも母に抱かれて眠った子どものように、心地良い恍惚状態から目覚める。

ああご覧、クリスタベルは
恍惚状態から目覚める
彼女の手足は弛緩して、顔つきは
悲し気でやさしい。なめらかな
瞼は閉じている。涙を流す。
睫毛に輝く大粒の涙
ときおり彼女は微笑んでいるようだ
赤子が突然の光に微笑むように。（311–18）

弛緩した身体や微笑み涙するこれらの描写は、性的関係後の様子をも想起させる。しかし、家父長制度の掟は母子の安楽な関係を許さない。主客が分離して言語活動が確立するためには、父の領域であるエディプス期へ移行しなければならないからだ。ところが、ジェラルダインと同衾したことによってクリスタベルは言語を封じられる。

「私のこの胸に触れるとき呪縛が働く
それは貴女の言葉を支配する、クリスタベルよ
貴女は今夜も明日も忘れないでしょう
私の恥のこのしるし、私の悲しみのこの封印を」(267–70)

ジェラルダインの「恥」と「悲しみ」はクリスタベルにも伝染し、彼女もまた「恥」と「悲しみ」を感じて涙を流す。さらにクリスタベルは「私はたしかに罪を犯してしまった」(381) と後悔はするが、その理由、内容は明らかにしない。女性同士の裸体での同衾といえばその内容は自ずと推測できるだろう。彼女は母なるレズビアンの呪縛に捕らわれたのである。

◉ホモソーシャルな欲望と父権秩序

翌朝、リオライン卿は娘のクリスタベルからジェラルダインを紹介された。彼はジェラルダインが、昔、喧嘩別れをしたロランド卿の娘であることを知り、懐かしさを感じる。再び欲望の三角形

の図式を取り上げて、彼らの関係を考察してみよう。ロランド卿と仲違い後のリオライン卿の深い苦悩から、二人の間にかつて同性愛的な感情があったことは明らかだ。異性愛に支えられた父権制秩序を維持するために男性の同性愛は厳禁である。二人の喧嘩別れは必然的結末だったともいえよう。したがって、ロランド卿との関係を修復するには、この秩序に適うものでなければならないのだ。今回のジェラルダインの登場は、リオライン卿にとっては願ってもないチャンスだった。彼がロランド卿の娘にすぐさま心惹かれていくのは、男同士の関係修復のための第一歩だったと考えられる。ジェラルダインを仲介にすれば、ロランド卿との関係も異性愛を基盤にした安全なホモソーシャルな関係となり、無害なものになるからである。

他方、クリスタベルにとって、リオライン卿とジェラルダインの異性愛関係は、父と（代理の）母の関係に置き換えることができる。となると、前夜の女同士のエロティックな関係もまた、母子の無害な関係として説明できてしまう。父とジェラルダインとの親密な関係への展開は、男性・女性いずれの同性愛も無効化することになり、父権制秩序の回復ともとらえることができそうである。しかし果たしてそうであろうか。

詩の第一部でレズビアンとしてクリスタベルを誘惑したジェラルダインが、第二部で蛇女として表象されていくことは重要である。獣性を付与されたジェラルダインは、レズビアンとヴァンパイアという秩序を攪乱(かくらん)する二重のイメージを併せ持つ。これによって回復したかにみえた秩序は、またしても不安定になっていくのである。

◉蛇の表象とヴァンパイアリズム

第二部のジェラルダインは文字どおり「蛇」として表象されるが、実は最初に蛇を連想させるのはクリスタベルだった。父がジェラルダインを抱く様子を見たクリスタベルは、彼女とベッドを共にした前夜のことを懐かしく、同時に恐怖を感じながら思い出す。

その様子を見たとき
一つの幻影がクリスタベルの魂に浮かんだ
恐怖の幻影、触感と苦痛
……
再び彼女はあの年老いた胸を見た
再び彼女はあの冷えきった胸を感じた
そしてシューという音をたてて息を吸った。（453–59）

「シュー」（'hiss'）というのは蛇がたてる音である。ではなぜクリスタベルが蛇化したのだろうか。ジェラルダインはクリスタベルと床を共にした後、「害を犯す者」（298）「望みを果たした」と描写されている（306）。一方のクリスタベルは「恍惚状態から目覚め」（312）「手足は弛緩して」（313）いた。彼女の異常なけだるさは、性行為後の状態とも、あるいは吸血後の状態とも解釈できる。そして何よりもクリスタベルの「蛇」への変貌の兆し（松浦 一〇四）は、血を吸われた犠牲者もまたヴァンパイアになるという伝染性を暗示している。このように、ジェラルダインにおいて蛇女とヴァンパイア性は重なっていくのである。

邪悪な蛇がジェラルダインであると疑ったのは、吟遊（ぎんゆう）詩人かつ予知者でもあるブレイシーだった。ロランド卿の元への使いを命じられたとき、ブレイシーは前夜見た不吉な夢について語る。

夢の中で私は探しに行きました
あたりに何かあるかもしれないと。
すると地上で羽ばたいている美しい鳥の
苦しみが何であるのか
私は近づいてじっくりと見たのですが
鳥の苦しみの叫びの原因をみつけることができませんでした。
しかしやさしいお嬢様のために
私はかがみこんで、鳩を手に取りました。
なんと、つやつやした緑の蛇が
鳩の羽と首に巻きついているのを見たのです。
潜んでいる草と同じ緑色で
鳩の首のそばに蛇は身をかがめています。
鳩とともに息づき動き、

鳩が喉を膨らませるとき蛇の喉も膨らむのです。
私は眼を覚ましました。時は真夜中で
塔では鐘が鳴っていました。（531–55）

彼が夢を見たのは真夜中。しかも鳩はクリスタベルと名付けられており、彼女が森でジェラルダインと遭遇したときと同時刻である。とすれば、夢が暗示するものは明白だ。ジーナ・ウィスカーは「欲望（desire）と貪り食い（devouring）はレズビアン・ゴシックホラーの対のモチーフである」（Wisker 123）と指摘している。鳩が蛇に絞められている光景と第一部のクリスタベルとジェラルダインの同衾シーンとを重ね合わせて考えれば、ここには蛇女ジェラルダインの「欲望」と「貪り食い」というレズビアン・ゴシックの表象が濃厚に表われているのは明らかである。

ブレイシーの夢の暗示性をすぐさま解読したのはクリスタベルである。父がジェラルダインこそ鳩だと解釈するのに対し、娘は同じ女性に蛇女の姿をはっきりと認めるのである。

蛇のような細目が物憂げに恥じらいながら、瞬く
その令嬢の目は頭の奥で縮まり
二つの目が蛇の細目のように縮まる。
幾分かの悪意とそれ以上の恐怖で
クリスタベルを横目に見る。

一瞬で、それは消えた。
しかしクリスタベルは目がくらみ
揺らめく大地でよろめきながら
恐れて、シューと大きな声をたてた。(583–591)

ジェラルダインの「蛇のような細目」に見つめられて再び「シュー」という音を発するクリスタベルも、すでに蛇化している。ジェラルダインの目に射すくめられた直後、クリスタベルは「[蛇女の]面影だけが残り/あの物憂げで信用ならない憎しみの眼差しを/知らぬまに真似て」(604–06) いるのだ。彼女は確かに蛇化していた。

ウィスカーは、一九七〇年代にドラキュラ・シリーズなどヴァンパイア映画を製作したハマー・フィルムが、異性愛カップルよりレズビアン・カップルの性行為を好んで撮影していたと言う。その理由は「一九七〇年代の因習に縛られた映画監督にとり、レズビアン同士の性的行為の方が[中略]女性がヴァンパイアだったり犠牲者だったりすることの不安よりも、ずっと恐ろしい」からであり、「彼女たちの性的逸脱はヴァンパイアリズムとして描かれ、彼女たちのヴァンパイアリズムが逸脱の理由であり、同時にその投影なのだ」(Wisker 125) と説明する。レズビアンの性的行為は父権制を支える異性愛制度への違反行為ということで、比喩的にはヴァンパイアの行為なのだ。

未完の「クリスタベル」には、第一部でレズビアン的エロティックな行為の暗示性があった。それはヴァンパイアリズムに他ならない行為である。異性愛者であるコールリッジからすれば、それは恐ろしいもの、「言葉にできるものではな［かった］」だろう。さらに第二部のブレイシーの夢と蛇の表象により、ヴァンパイア性は比喩レベルではなくなり、「クリスタベル」全体をヴァンパイア・プロットとして読むことが可能になる。ひょっとしたらコールリッジは第一部のレズビアンの恐怖を、「言葉にできる」ヴァンパイアの恐怖へとすり替えたのかもしれない。しかし表象レベルではヴァンパイアであるにせよ、クリスタベルの内面はすでにレズビアン的魅惑と恐怖にとり憑かれている。ジェラルダインに誘惑されていく父の様子を目の前にしたクリスタベルが「亡き母の御霊にかけて、お願いします／どうかこの女を城から出してください」(616–617)と懇願したのは、レズビアン・ヴァンパイアから逃れようとする必死の決意であったろう。ところが、それを愛娘の嫉妬と勘違いした父は、屈辱と怒りを感じて聞き入れようとはしない。境界侵犯は不問のまま、クリスタベルもヴァンパイア（蛇女）に変身しつつある状態のまま、「クリスタベル」は未完のまま終わる。[4] まさしく「クリスタベル」のヴァンパイア（のプロット）は、終わることなく生き永らえるのである。

◉注

（1）ジョン・ポリドリの日記の箇所は次のようである――「バイロン卿はコールリッジの「クリスタベル」の、あの魔女の胸の箇所を繰り返して読んだ。沈黙が続いた後、シェリーが突然、叫び声をあげ、両手で頭を抱えながら部屋から出ていった。彼の顔に水をかけ、エーテルを与えた。彼は、詩の中の女が乳首の代わりに眼を持っていると想像して、恐ろしくなったのである」(Polidori 128)。

（2）アーサー・H・ネザーコット（Arthur H. Nethercot）は二つの作品を比較して、レ・ファニュが「クリスタベル」の元となる伝説を読んだことがあるか、あるいは「クリスタベル」そのものにヴァンパイア・ストーリーを読み取ったと指摘している（32）。

（3）メアリー・ティモシー・ウィルソンは、ジェラルダインは最初から「危険」な女でありヴァンパイア像を年代別に読むことは難しいと、アウエルバッハ論に異を唱えている（Wilson 77）。一方、アウエルバッハは、襲うものと襲われるものとが「奇妙な友人同士」（Auerbach 13）であり、「［十九］世紀の定義から、ジェラルダインは明らかにヴァンパイアである」（48）と主張している。

（4）コールリッジには次のような第二部のエンディングの計画があった。

「リオライン卿に命じられたように、吟遊詩人は弟子と共に山の向こうへと急いだ。しかし頻繁に起こっていた川の氾濫によって城は跡形もなく流されてしまっていた。詩人は戻らざるをえなかった。マクベスの魔女のように死に通じているジェラルダインは消えた。ところが彼女は再び姿を現わし、手練手管を使い、リオライン卿の心に嫉妬心と同じように怒りの感情を掻き立てながら、詩人の帰還を待っていたのである。老詩人と若者が戻ったとき、ジェラルダインはもはやロランド卿の娘、あのジェラルダインを演じることはできず、クリスタベルの不在の恋人の姿に変じていた。そしてクリスタベルを苦しめる求婚が続いた。彼女自身も理由はわからなかったが、かつて愛していた騎士をとても厭わしく思えたのだ。ジェラルダインの超自然的な変身に気がついていない男爵は、娘の冷淡さをとても悲しんだ。とうとう娘は父の懇願を聞き入れ、憎む求婚者とともに祭壇に向かうことを同意した。式の最後の瞬間、本当の恋人が戻り、以前クリスタベルが婚約の誓いとして彼に渡していた指輪を取り出した。こうして超自然的存在のジェラルダインの目論見は失敗に終わり、彼女は消えた。予言されていたように、人々の並々ならぬ喜びに合わせて城の鐘が鳴り響き、母の声が聞こえ、正当な結婚式が執り行なわれた。その後、父と娘は和解した」（Gillman, *The Life of Samuel Taylor Coleridge* chap 4）。

〈小説から映画〉

①男性の覗き趣味――『バンパイア・ラヴァーズ』（一九七〇）ロイ・ウォード・ベイカー監督

『バンパイア・ラヴァーズ』は、ジョゼフ・シェリダン・レ・ファニュの原作『吸血鬼カーミラ』（一八七二）をもとにホラー映画の名門ハマー・フィルム・プロが映画化した。女吸血鬼が、女性の生き血を求めてさまようというホラーとレズビアニズムを漂わせた作品である。しかし、この吸血鬼は若い娘ばかりではなく男の執事にも手をかけ、その獣性はレズビアニズムを超え、別の欲望に突き動かされている感がある。

ハートグ男爵は姉のイザベラの死を記録するなかで、カルンシュタイン一族の吸血鬼退治の顚末（てんまつ）を記していく。その中に登場する女吸血鬼は、男爵が胸につけていた十字架に触れてたじろいだ瞬間に殺されてしまう。その後男爵は次々に吸血鬼の眠る棺にとどめを刺していくのだが、ひとつだけ見逃した棺があった。その見落とした棺の中にはミルカーラという吸血鬼が潜んでいて、彼女はマルシーラと名を変えて、スピルスドルフ将軍の舞踏会に紛れこむ。一緒に居合わせたマルシーラの母親は、急用ができたと病弱な娘を将軍に預けて立ち去ってしまう。将軍は姪のローラと一緒に住んでいたが、マルシーラはそのローラのそばを離れず、「私のローラ」と呼んで親密な関係を結んでいく。そしてローラはついにマルシーラの毒牙にかけられ、命を落としてしまう。

友達のローラが亡くなったことを聞いたモートン男爵の娘エマにも、危険は迫ってくる。マルシーラは、今度はミルカーラと名を変えてモートン家に紛れ込む。エマとの仲が急速に深まる様子は、ミルカーラのドレスをエマが試着しようと、二人が裸体をさらけ出し戯れるシーンに象徴される。わずかに衝立で遮られてはいるが、エロティックな戯れは観る者の覗き見的な欲望を喚起する。エマへの愛情表現が随所にちりばめられた後に、エマが見る悪夢で、ミルカーラのレズビアン的欲望と生き血に飢える吸血鬼の肉欲が描き出されていく。彼女はミルカーラの激しい愛情表現に戸惑いを隠せないでいたのだが、それに抗うことができない。彼女の体力が衰え病弱になっていくあたりから、ミルカーラのレズビアン的欲望が過大に表象されていく。エマを連れ去りたいという欲望のままに突き進んでいくミルカーラのシナリオに沿って、邪魔になる家庭教師や執事さえも吸血鬼の餌食となるのである。映画の終盤は、ミルカーラの暴走を止めようと、吸血鬼を退治する男性たちの屈強な精神と勇敢さを称えるモードに変化する。モートン男爵、スピルスドルフ将軍、そしてハートグ男爵らが、カルンシュタイン一族の眠る墓からミルカーラの棺にとどめを刺し、エマは一命を取り留めるのである。

男性たちの手で邪悪の対象である女吸血鬼を退治する構図は、男女の力関係の投影であるし、この構図は揺るがしがたいものと思われる。しかしこの映画で女吸血鬼とレズビアンを並置し、最後に男性の手で一刀両断する様には、女同士の結びつきが強まることへの男性の側の恐怖を遮断する意図が潜んではいないだろうか。登場する娘たちは、いずれも金髪

で目がぱっちりとして豊満な体つきをしている。これらの娘たちを、つまり女性を常に「欲望の対象」と特定できるのは、男性の特権であることを強調しているといえよう。

（髙橋　博子）

第二章　女同士の友情

性を仮装／仮想する
――L・M・モンゴメリ『赤毛のアン』（一九〇八）における女の友情

◉ジェンダー未確定なアン

カナダの作家L・M・モンゴメリの『赤毛のアン』は、一九〇八年の刊行以来二十世紀を代表する少女小説と位置付けられ、現在日本においても多くの読者ファンを持つ。『赤毛のアン』は、孤児であるアンがマシュウとマリラの兄妹に引き取られ、アンの想像力から繰り出される奔放な行動で周りの人々を巻き込みながらも、やがてはその兄妹にとって必要な存在になっていくという女の子の成長物語として読まれてきた。赤毛でやせっぽちでそばかすだらけのアンは、自分の理想とする「きれいな女の子」ではないが、想像力を駆使してひたすら「女の子らしくありたい」と努力する。しかしそんなアンの行動は、逐一「女の子」らしからぬ騒動に結びついてしまう。たとえば優雅なお茶会を開いてダイアナをもてなそうとすれば、彼女を酔っぱらわせてしまうし、アラン牧師夫人のために心を込めてケーキを作っても、間違えて塗り薬を入れてしまう。「きれいな女の子」になりたくて髪を染めれば、緑色に変色し切り落としてしまうという悲惨な結果になる。アンが社会の求めるジェンダー役割に順応するため女性性を取り込む努力をしても、無残な失敗に終わってしまうのである。

ジュディス・バトラーは、『ジェンダー・トラブル』のなかで、「ジェンダーの多種多様な行為こそが、ジェンダーの概念を作り」「行為がなければジェンダーもあり得ない」とし、「ジェンダーは、［中略］様式的な反復行為によって外的空間に設定されるアイデンティティ」（Butler, *Gender Trouble* 140）であるという。「女の子」というジェンダーは、「女の規範」に準じた行為を繰り返すこと、すなわち「女の子化（girled）」（Butler, *Bodies That Matters* 7）されつづけて「女の子」になるということである。その反復行為にアンは失敗し、その失敗が滑稽なエピソードに転じていく物語が『赤毛のアン』といえる。そして滑稽であればあるほど、彼女が順応しようとする「女の子」のジェンダー役割の不自然さが際立つことになる。アンは「女の子」になりたくてもなれず、かといって「男の子」と思われることには憤慨するジェンダー未確定な存在として描かれているのではないだろうか。この視点で物語を読み直してみると、アンとともに親密な関わりを持つマシュウ、ダイアナ、マリラの心情の一部が、ジェンダー規範と抵触するためにきちんと語られずにうやむやのまま放置されている点に気づく。彼らの行動や思いの中に、疑うことなく準じてきたジェンダー規範がある一方、彼女と関わることで生まれたざわつく不可解な感情との拮抗が物語の随所に垣間見えるのである。彼らのこのようなアンバランスな感情の表出は、社会に定着し要求し続ける規範への抵抗とまではなり得ていないまでも、言葉にできない閉塞した状況を物語っているといえる。このアンバランスな感情こそ、規範に基づく男／女二項の定位に対する、登場人物たちの内奥（ないおう）に巣食う疑念の表われだろう。そしてこの疑念は、アンに向けられたマシュウの、男の子であったらよかったのにという意味を想起させる「どうしてお前は男の子ではないのか」という問いかけに凝縮されている。マシュウの問いかけは、物語全般において「男の子らしくない」彼自身にも、またダイアナ、マリラの心の中でも常に繰り返されていくのである。さらにジェンダー未確定なアンとの関わりを通して、ダイアナは彼女との友情というかたちで、マリラは擬似母娘という関係を通じて、それぞれ自分たちのセクシュアリティの有様に気づいていくようにみえる。しかしながら彼女らの内に湧き出る思いは、言語化されないまま曖昧さを残すというかたちで、物語に埋もれていってしまう。「女の子」になりたいアンの想像力を駆使した世界で自らその役割を仮装／仮想していく姿が、期せずしてジェンダー規範の虚構性というほころびを露呈させていく。本章では、アンの仮装／仮想がもたらす、ダイアナ、マリラ、マシュウそれぞれの心の奥底でくすぶる感情に注目し、物語の中に埋もれてしまう女同士の過剰な友情の存在を明らかにしたい。

◉「赤毛」で癇癪（かんしゃく）持ちは「女の子」ではない

そもそもどうしてアンは、ジェンダー未確定といえるのか、まずは赤毛の異質性から考えていこう。訳者村岡花子は、原題の『緑の切妻（きりづま）のアン』（*Anne of Green Gables*）を、『赤毛のアン』にし、彼女の際立つ特徴である「赤毛」をタイトルに付け加えた。アン自身は、自分の「赤毛」を嫌っている。

確かにこの「赤毛」が原因で、彼女にはさまざまな事件が起こる。「嫌いな赤毛に格闘するアン」というのが村岡花子のつけたタイトルの含意（がんい）だろうか。

アンは自分の名前を名乗るより先に、「そうなの、赤なの。〔中略〕これでどうしてあたしが完全に幸福になれないかが、わかったでしょう？　赤い髪をもった者はだれでもそうだわ」（『赤毛のアン』三三）と、自分の抱える悲しみについて、迎えに来ていたマシュウ・クスバートに語る。「赤毛」は、アンの一番のコンプレックスなのである。彼女は何よりもこの赤い髪の色に失望している。この失望が自分は「きれいな女の子」になれないという彼女の自己肯定感をくじく。アンのなりたい自分を阻害するのは、この「赤毛」なのだ。なぜこれほどまで彼女は「赤毛」に対して否定的なのだろうか。

高橋裕子は、毛髪についてヨーロッパ社会のさまざまな象徴的解釈から女性の毛髪の意味の多様を探る。「赤い髪は望ましからぬ属性ばかり引き寄せてしまう。情熱的で癇癪持ちなどというのはまだいいほうで、滑稽とも考えられたし、はては信を置けぬ、悪魔的、などと忌み嫌われた」（三）と指摘する。高橋はさらにフランスの文化史家ミシェル・パストゥローを引いて、「赤毛が、赤い色の否定的側面（地獄の炎を連想させること）と、中世人にとっては常に悪しき色だった黄色（黄色が連想させる良きものは「金色」とされた）とが結びついた」（三）という説を論拠に、赤毛への偏見の歴史と他者性について触れている。

古代ローマの演劇では、赤毛のついた仮面は奴隷か道化役を意味し、中世にも赤毛としてイメージされた「被差別者」の中には、ユダをはじめとする悪人、高利貸し、贋金作り、娼婦、さらに曲芸師や道化師が含まれた。現代に残る道化役者の赤い髭には、この伝統も流れ込んでいる。もちろんこの場合、「他者」であることは、笑いの対象であることと切り離せない。(高橋 五)

高橋は、「赤毛」に好ましいイメージがなく、美しさというより笑いを誘う要素にもなったという。さらに、「赤毛」を持つものは、社会の異質な「他者」というマージナルな存在に位置付けられていたとも指摘する。またマーガレット・ドゥーディは、「十九世紀後半の赤毛に対する偏見は階級意識とからんでいる」(Doody 29)として、髪の色が人種的偏見を呼び込む要素でもあったという。「赤毛」は、社会的に「他者」としての異質性を顕示するものであったといえる。したがって、アンがアヴォンリーという社会へ受容されるには、「赤毛」であることでさまざまな困難を引き起こすことが予想される。

マリラの友人であるリンド夫人に、初対面で「こんなそばかすってあるだろうか。おまけに髪の赤いこと、まるでにんじんだ」(一一二)と「赤毛」を指摘されると、アンは「あんたなんか、大きらいだわ」(一一二)と、大人のリンド夫人に向かって暴言を吐き、怒りをぶつけて大騒ぎとなる。またアンが初めて学校に登校した日に、「にんじん」と囃(はや)し立てたギルバートの頭を石盤(せきばん)で叩くという事件を引き起こすのも、「赤毛」を笑いものにしたという事実に、彼女の怒りが噴出したためである。彼女のこのような行為は、異質性を指摘されたために癇癪を起こすという点では過剰な反応だが、ここに怒りを伴うことこそ、先に触れた「赤毛」が持つ属性にほかならない。アンは、「赤毛」であるばかりでなく、「赤毛」の属性をも内面化している。

アンの「赤毛」のこの属性に気づいた人物がいる。彼女が通うことになる学校のフィリップ先生である。石盤を振り下ろし、ギルバートへの怒りを抑えられなかったアンに対して、彼は罰を与える。彼女を黒板の前に立たせ、「アン・シャーリーはかんしゃくをおさえることを学ばなければなりません」（一九四）と書き込み、この事件を彼女の癇癪がもとで起こった事件にしてしまう。もちろん「にんじん」と囃し立てたギルバートにお咎めはない。彼女はひとりこの罰に耐えるが、怒りがおさまることはなく、以後ギルバートの謝罪にも耳を傾けようとすらしない。

さらに翌日の昼休みの後、男の子と一緒に遅れて教室に戻ったアンに、フィリップ先生は「あなたは男の子といっしょにいるのがお好きなようだから、〔中略〕ギルバート・プライスといっしょにすわりなさい」（一九八）と言い放つ。よりによって「にんじん」とからかったギルバートの隣の席にである。「きれいな女の子」になりたいアンにとって、男の子と同列に扱われることは屈辱的なことである。「赤毛」を笑われ、さらには「男の子」として扱われ、彼女の怒りが収まるはずもない。

アンが、癇癪をおさえることを学ばなければならないと言われることの背景には、女の子は「癇癪持ち」であってはならないという規範があるからだろう。自己表現につながる感情の起伏をそのまま表出し、怒りをぶちまけ他を圧することは、女の子には許されていない。その許されていない感情のひとつが「癇癪を起こすこと」であれば、「癇癪持ち」であるアンは、「女の子」の規範から外れていることになる。フィリップ先生が言い放つ「男の子といっしょにいることが好きそうだから」という曲解は、彼女を「痼癪持ち＝女の子になれない＝男の子」と断罪していることになる。「きれいな女の子」に憧れているアンが、「赤毛」であることで「女の子じゃない」という女性性をも否定され、ついには「男の子」と結びつけられてしまう。つまり「痼癪持ちである」ことと「女の子ではない」ことが、「赤毛」に集約されているといえよう。「赤毛」は、彼女にとってなりたい自分を阻害するばかりでなく、自分の性自認である「女」とは別の、つまり自己の「異質」性を象徴的に表わすものなのである。彼女が社会的なジェンダーから外れた、すなわちジェンダー未確定な存在といえる根拠はここにある。またこの場面には、「どうして男の子ではないのか」の問いに対する「男の子であったら許されたのに」という理不尽なからくりが潜んでいる。ストレートな感情の表出は、男の子／女の子の両者に平等に許されているわけではないのだ。

アンにとって、現実世界は受け入れがたいことばかりだが、想像力を駆使することで現実世界から安らぎを得ようとする。孤児院やそれ以前のトマス小母さんとの貧窮（ひんきゅう）した暮らしの中でも、「赤毛」あることと同様、孤児のアンには厳しい環境だったため、その過酷な境遇からの逃避として自ら想像した別の世界に身を置くことを常とするようになる。孤児で「赤毛」という二重苦ともいえる彼女の劣等意識が、現実逃避ともいえるこの想像世界の構築と強く結びついている。「場所でも人でも名前が気にいらないときはいつでも、あたしは新しい名前を考えだして、それを使う」（三七）という具合に、アンの想像力は、幼児期の「ごっこ遊び」に似ていなくもないが、この想像世界の構築が「赤毛」に象徴されるアンの現実世界での「異質」性を封印し、その「異質」性を別のものに仮装／仮想できる場所を提供するという重要な役割を果たしていくのである。

◉ダイアナが同性愛的愛情に目覚める

「癇癪持ち」で「赤毛」であるアンを、ダイアナはそのまま「親友」として受け入れる。そしてダイアナは、彼女との友情を育んでいくなかで、「どうして（アンは）男の子でないのか」の問いとともに、彼女自身のセクシュアリティに向き合うことになる。

ダイアナの名前について、アンが「きれいな名前ねえ！」（四〇）というのに対してマシュウは、「そうさな、どんなものかな。なんかおっそろしく不信者じみたような名前に、わしには思えるがな」（四〇）と答える。マシュウの言葉にあるように、ダイアナという名前には異教性がある。アイリーン・ガメルは、ダイアナという名前がローマ神話の月の女神であり、異教の女神であるディアーナに由来すると指摘する（Gammel 84）。厳格な長老派が主流なアヴォンリーの社会において、「異教的」な名前が付けられているダイアナの存在は、どこか謎めいている。

ダイアナの家を訪れた際、アンは彼女の庭に鮮烈な印象を受ける。それは「貝がらでふちどった小径が、ぬれた赤リボンのように庭を縦横に走り〔中略〕ばら色のブリーディング・ハート、真紅のすばらしい大輪の牡丹〔中略〕つんとすましたじゃこう草の上には、燃えるような緋色の花が真っ赤な槍をふるって」（一四九―五九）、まるで「赤毛」であるアンを歓迎するかのような、「赤色」を基調とした花々が植えられた庭なのである。ダイアナもそしてこの庭もすっかり気に入った彼女は、「永久にあたしの友達になるって、誓いをたてられて？」（一四九）と、ダイアナに誓いを持ちかける。ダイアナは、「あんたって変わってるわね、アン。変わってるってことは前から聞いてたけど、でもあたし、ほんとうにあんたが好きになりそうだわ」（一四九）と、二人の友情は二言三言の会話後に成立してしまう。その後の二人は、自分らの歩く道にも「恋人の小径」（一八二）という名前をつけるなど、二人だけの世界を共有し合うようになっていく。アンにとってダイアナと過ごす時間は、「女の子」を体現できる想像世界と地続きである。この想像世界とつながっているアンは、過剰なまでにダイアナへの好意的な感情を口にする。ダイアナへ思慕を募らせ泣いている場面には、彼女の思いが表出している。

「あたしとてもダイアナがすきなのよ、マリラ。ダイアナなしじゃ生きていられないの。でも大きくなればダイアナはお嫁に行ってしまって、あたしをおいてきぼりにしてしまうってこと、わかってるんですもの。そうしたら、ああ、どうしたらいいかしら？　ダイアナの旦那さんを憎むわ」（二〇七）

それを聞いたマリラは、「急いでうしろを向いて、おかしさにゆがむ顔を隠そうとしたが、だめだった」（二〇七）。マリラが一笑に付すことは、ダイアナへのアンの感情が笑いに転じ、アンが引き起こすその他の一連のエピソードの一つとして回収される。したがって、ダイアナへの思いは、アンならではの過剰な表現として受け取られることになる。彼女は、いつも夢見心地で空想の世界を語り、ロマンティックな状況に憧れを持ち続け、想像世界に生きているからである。

しかしアンの想像世界は、ダイアナにとって現実世界そのものであった。アンが計画したティー・パーティを発端に、ダイアナは自身の中に目覚めた彼女への素直な愛情に気づいていく。マリラの外出中に、アンはダイアナをお茶に招き、二人だけで大人のようにティー・パーティを開く。しかしこれが思わぬハプニングを招く。ダイアナは、アンに勧められていちご水を三杯も飲み、気分を悪くしケーキも食べずに帰ってしまう。ところがいちご水と思って彼女が飲んだものは、実は葡萄酒だったことがわかり、ダイアナの母親のバーリー夫人は、娘を酔っぱらわせたと、アンに絶交を言い渡す。アンもダイアナもこの処置に絶望するが、二人が引き離されていくことが、二人の関係の親密度をいっそう確認し合うことにつながる。最後の別れのことばを伝えにきたダイアナは、彼女に愛を告白するのである。

「またと腹心の友はもたないわ——もとうなんて気にならないわ。どんな人だって、あんたを愛したようには愛せないもの」

「まぁ、ダイアナ!」手を握り合わせてアンは叫んだ。

「あんた、ほんとにあたしを愛してるの?」

「あら、もちろんよ。知らなかったの?」「ええ」アンはほっとひと息した。

「そりゃあ、好きだとは思っていたけれど、でもまさか愛してくれるなんて思いもよらなかったわ。［中略］もういちど言ってみてちょうだい」

「あんたを一心に愛しているわ、アン」とダイアナは頼もしくもうけあった。

「これから先だって、ずっとそうよ。見てらっしゃい」

「あたしもこれからさき、ずっと汝を愛するであろう」とアンはおごそかに手をさしのべた。

（二三二）

この直後、芝居がかった表現を好むアンは「あなたはとかあなたになんて言うより、汝はとか汝にのほうがずっとロマンティックですもの」（二三二）と説明を加える。この説明によって二人の愛の告白シーンは、一連のアンの空想世界でのごっこ遊びの演技であると納得させられてしまう。しかしダイアナは違う。初めてアンと出会ったときに「好きになりそう」と言っていたダイアナの口から「愛している」という言葉が飛び出しているのだ。自分がダイアナを思う以上に、ダイアナが自分のことを思ってくれていることを知って、アンは二人の思いが通じ合っていることに安堵（あんど）していることがうかがえる。

その後、バーリー夫人の誤解が解けると、離れ離れにさせられた二人の関係は元の鞘（さや）に収まる。ティー・パーティの惨事（さんじ）は、苦難を乗り越えいっそう絆を深め合うために必要だった二人の試練にも思える。

女同士の友情について分析するリリアン・フェダマンによれば、「二十世紀初頭の女たち、特に中産階級の女性は、若い女性同士の愛が普通とされる社会に育った」（Faderman 11）という。女同士で友情を育むことは、女性が男性との結婚生活に至る以前において、日常生活や男性について語り合ったり、教会での奉仕活動によって連帯意識を育んだりと、女同士で時間を共有することが多かった生活から考えても特別なことではない。それが「結婚適齢期に達すると身分相応の男と結婚するという強大で避けがたい圧力」（Faderman 12）があったために、それまでの女同士の愛は「胸ときめく友愛」(Faderman 11) と考えられたのである。「胸ときめく友愛」と受け取られていた女同士の関係は無害であり、肉体よりも精神の重要性を強調することから、フェダマンは「ロマンティックな友情」と名づけた。そして中産階級の女性の経済的自立が可能となった十九世紀末において、「ロマンティックな友情」が最も華やかに開花したと分析した。二十世紀に入ると、性科学によって性的指向が人格規定要素に押し上げられ、次第に「レズビアン」と呼ばれるようになる。ローラ・M・ロビンソンは、当時の中産階級社会では熱烈なホモソーシャルな行為に問題があるとは考えていなかったというフェダマンの主張を前置きとしたうえで、女性の友情とレズビアニズムの違いを示すことは非常に難しいという (Robinson, "Bosom Friends" 16)。ガメルはロビンソンの主張をさらに進め、互いに愛の詩を書き、不滅の友情を誓い合うアンとダイアナの関係性を親密なロマンティックな愛情と断定している (Gammel 89)。

再びダイアナとの付き合いを許されたアンは、彼女から美しいカードを贈られる。そのカードには次の詩が書かれてあった。

わたしがあなたを愛するように
あなたもわたしを愛するならば
わたしら二人をひきさくものは
死よりほかにない (二六七)

ここには、ダイアナからアンへの愛情が、はっきりと表われているのではないだろうか。ダイアナという異教的な名前や、「赤色」を基調とした彼女の庭の花々は、アンの「赤毛」と誘引し合うさまざまな要素としてダイアナの周囲にあらかじめ存在していたことをうかがわせる。ティー・パーティの場面において、アンから勧められたいちご水（本当は葡萄酒だった）、りんごなどを食したダイアナは、まさに「赤」色に包まれ、マージナルなアンの存在と呼応する。「木かげが多く、［中略］日かげを好む花が咲きほこっていた」（一四八）と描写されたダイアナの大事な庭も、彼女の秘匿性を表象しているといえよう。アンと出会うことで、彼女は自分の「異質」性をアンの想像世界に紛れて解放させることができたのではないだろうか。ダイアナの「異質」性、すなわちアンに寄せる同性愛的愛情である。

クィーン学院の受験の前に、ダイアナと「一生結婚しないで、一緒に暮らそうって約束しようかと、いまそのことを真剣に考えている」（四一二）とアンがマリラに語る場面がある。先のフェダマンによれば、「女子大卒業生どうしで世帯を持つのが珍しくなかった東海岸では、こうした関係は、〈ボストン・マリッジ〉と呼ばれていた」（Faderman 15）と現実に関係を持続させている場合があることを説明している。アンとダイアナの関係にも、「胸ときめく友愛」の将来があったのかもしれない。しかし、確かに存在したダイアナのアンへの思いは、目覚めさせられただけで結実させることはできなかった。バーリー夫人の強力な異性愛制度の教化によって、ダイアナはアンに寄せる自身の同性愛的愛情を語る言葉を持ち得ず、「親友」という立場で彼女の近くにとどまり続けることしかできなかったのである。

◉アヴォンリーは家父長制社会

次にここでアヴォンリーの社会を見ておこう。マシュウ、ギルバート、フィリップ先生を除けば、アヴォンリーにおいて男性の発言が少ないことから、アヴォンリーが男性性の希薄な社会のように思われる。

『赤毛のアン』の冒頭で詳細に語られているように、マシュウは、「マリラとリンド夫人のほかは女という女をいっさい恐れ」(二〇)、無口で女性に対する恐怖心を持っているゆえに、とても社交的とはいえない男という印象を持つ。男らしい男どころか、むしろ男としてのハンディを持っているようにさえ思える。ギルバートは、いたずらとはいえ「女の子たちをひどくからかう」(一八七)ことが多く、マシュウとは違い、女の子と関わりたがる「男の子」である。フィリップ先生もギルバートもアンの憎悪の対象になり、彼女の世界からは遠ざけることから、アヴォンリーの社会は、「権威」や過剰な「男らしさ」からは距離をおいた社会として造形されているように見える。

逆に女性たちは、リンド夫人やマリラ、アラン夫人(アラン牧師の妻)やステイシー先生(フィリップ先生の後任)のように、個人個人が他人に押し流されず自立的であることが目立つ。しかも彼女らは、互恵関係を保ち続けるための女性たちの絆を大切にしている。アヴォンリーは、彼女ら女性たちを中心とした絆が機能している社会でもある。女性の活躍が目立ち男性の存在が希薄なので、男女の勢力図の逆転を描いているように見えるが、果たしてその内実はどうだろうか。

アンは、男の子を期待していたクスバート家に間違えて連れてこられた。しかしクスバート家では、彼女を孤児院に送り返すことはせず、別の男の子を雇ってまでも彼女を養育することにする。

彼女を引き取って育てるという決断はマリラが下したが、実のところはマシュウが誘導したという面も否めない。威圧的に振る舞わなくても寡黙に訴えて主張するのがマシュウならば、その意思を受け止める側はマリラである。マリラは、「そんなときはわたしのほうで折れるのが義務」（一六）と考え、兄が無口だからといって彼の立場を軽んじている訳ではない。いや、兄だからこそ軽く扱うことはないのである。男らしくないマシュウでも、兄としての男の立場は守られている。

バーリー夫人は、ダイアナが本を読むことを嫌い、進学させずに花嫁修業をさせる。この例にみるように、女の幸せは結婚であるという考えがアヴォンリーの社会には着実に生きているといえる。またアヴォンリーの目付け役としての地位を保持しているリンド夫人にしても、女性参政権への理解は示しているものの、「男と一緒に大学なんかに行って、ラテン語やらギリシャ語やらわけのわからない知識を頭に詰め込むのはまったく感心しませんよ」（五一八）と、女が男と同等の力を保持していくことには懐疑的であり、女性の高等教育への進学にも否定的であることがわかる。アヴォンリーの社会は、女性の発言が多く行動も自立的に描かれているが、いかなる権利も男性と同等にという進歩的な考えには至っていない。結局アヴォンリーは、異性愛制度が機能し、家父長制度も健在な社会だといえる。

◉マシュウがアンに望んだもの

家父長制度が健在なアヴォンリーの社会において、男らしくないマシュウの存在は、異彩を放っている。さまざまな困難にぶつかるアンに助け舟を出すのが、男らしくない男マシュウである。彼はいつもアンの味方だった。「赤毛」を笑いものにしたリンド夫人への謝罪を提案し、アンの好きなキャラメルを買い与える心配りもする。彼女の念願のパフスリーブのワンピースの縫製を、リンド夫人に依頼するのもマシュウである。何より彼は、アンの繰り出す想像世界に最初に魅了された人物である。ではこの男らしくないマシュウが、どうしてアンの保護者に抜擢されるのだろうか。女性が苦手な彼がアンの世界に惹かれ、最後まで彼女を擁護し続けるのはなぜだろうか。

アンと出会ってすぐに、「自分でも驚いたことに、マシュウは愉快になってきた」(三一)と、彼女のおしゃべりに引き込まれている自分に驚く。そして、引き込まれていく理由は、次のように説明されている。

たしかに婦人連は苦手だったが、少女ときたら、彼がぱくっと、のみこんでしまいはしないかと言わんばかりに、横目で彼のほうを見ながら、こわごわそばを通りすぎて行くようすが大きらいだった。しかもそれがアヴォンリーの育ちのよい女の子の行儀だった。ところがこの、そばかすだらけのこどもはまったく、ちがっていた。(三〇—三一)

マシュウは行儀のよい女の子、つまり、やがては結婚する女性として成長していくように育てられる、淑女になる女の子のまなざしには耐えられないのである。おそらくそれは、自らが、そういった淑女の対象になる男から外れていることに自覚的だからだろう。したがって、アンに好意を抱くことができたのは、彼女が淑女になるべき振る舞いを身につけている女の子ではなかったからである。男らしくない男として生きる彼は、女性性とは無縁のアンの「異質」性を受け入れられる存在なのである。実はここにマシュウの屈折した思いが存在する。

マシュウは、孤児を迎えに出かけた時、男の子を迎えに行くはずだったことは先に述べた。それが手違いによって、駅で待っていたのがアンだった。「どうしてお前は男の子でないのか」（二三）と、マシュウは疑問を口にする。「どうして男の子でないのか」の問いは、「どうして男の子でなければならないのか」という絶対性を反転させる問いを生み出す。そしてこの問いには、「男の子でなくてもいいじゃないか」という規範への反発、抵抗へと連動する可能性を秘めている。この問いこそが、男としての社会的規範を求められてきた社会で、男らしくない男として生きてきたマシュウが、常に規範とのずれに向き合い続けてきた葛藤の自問と重なるだろう。マシュウは、アヴォンリーの男社会では「変人」であり、男に課せられた社会規範の絶対性を揺さぶる存在である。マシュウ自身が、このように「異質」性を抱え男性社会のマージナルな存在であり、現実世界での生きづらさを経験しているからこそ、「異質」なアンと共鳴し合う人物なのである。そして彼自身が男らしい男になり得ていないからこそ、自らの願望の投影として、彼女の希望を叶える役割を引き受け応援していくのではないだろうか。実際、マシュウは純粋に空想世界で羽ばたく彼女の希望だけを願っていた。彼が一番喜んでいるのは、音楽会でアンが「だれにも負けないほどに、やってのけた」（三五二）ことであるし、クィーン学院の受験にも合格し、「ほかの者をみんな、楽々と負かしてしまう」（四五二）ような、男性の二番手ではない彼女の存在なのである。だからマシュウは、そんな彼女に対して今とは違うもの、つまりは現実世界における「女の子」に変わってほしくないのである。

テニスンの『国王牧歌』[1]のワンシーンで、死んだエレーンが流されていく場面をアンが演じて失敗すると、「アヴォンリーじゃロマンティックになろうとしてもだめなことがわかったの。［中略］ロマンスはあんまりはやらないわ。もうあたしもすっかり変わってしまう時がきたとおもいます、マリラ」（三九二）という具合に、彼女はロマンティックな世界との決別を宣言した。それを聞いたマシュウは、「お前のロマンスをすっかりやめてはいけないよ。［中略］アンや、すこしはつづけたほうがいいよ」（三九三）と忠告し、想像世界から羽ばたく彼女を留め置こうとする。マシュウは、アンの変化を望んでいないのである。彼女の変化とは、現実世界の規範に準拠して成長し、「女の辿る道」、すなわちあの淑女たちの進んでいく道を意味する。したがってアンの成長の先は、アヴォンリーの社会の異性愛制度や家父長制度に参入していくことを指している。ところがマシュウは彼女にジェンダー化された女になってもらいたくないのである。他方、彼女自身は「ギルバートにたいしていだいていた憤りが消え去っていくのをどうすることもできなかった」（四二二）というように、想像／仮想世界と決別し現実世界に目を向け、異性愛制度へ進んでいく予感を漂わせているのである。

アンが変わり、女性として成長していくのは必然的である。彼女の変化が進んでいくのに合わせるかのように、マシュウは心臓発作を起こし、アンの世界から死という場外へ追い出されて役目を終えることになるのである。

◉マリラの仮装と語られない思い

『赤毛のアン』は、マシュウとマリラが二人とも独身で兄妹で暮らしているという点が目を引く。マリラは若い頃にロマンスがあったのだが、今では微笑みさえも「ながい間使わなかったのでさびついて」（四六）しまうような生活を兄のマシュウと送っていた。彼らは分業で仕事を行ない、生きていく上での依存関係を築いている。男らしくない男で孤立した生き方をする兄マシュウを支え、自らも結婚を逃し、それでも兄を置いて自分だけが幸せになる道は選ばなかったと思われる敬虔（けいけん）な妹が、マリラだといえる。

アンとの生活が始まる最初に、マリラは「ほんとうの身内みたいな気がすると思う」ので、「マリラ小母さんと呼びたい」と提案されても、「だめです。わたしは、あんたの小母さんじゃないんだから、そんな呼び方をするなんて、感心しない」（九六）と即座にその申し出を退ける。これは偽りの家族関係を作りたくないという考えの反映だろう。想像世界で羽ばたくアンを応援するマシュウと違い、マリラは、「じっさいとはちがったふうに想像するなんてことは賛成しない」（九七）と考える現実的な女性である。「あの子のしつけがわたしの手いっぱいの仕事」（九二）であり、「世の中をわたって行くには、それぞれ割り当てられた苦労をしなくちゃならない」（九二）のだからと、マリラは社会への適応力や実践力をアンに身につけさせることが、自分の役割だと自負している。アンにとって手厳しいと思われることも辞さない覚悟で、養育者の立場を全面に押し出す堅物（かたぶつ）な人物として描かれている。そんなマリラが「女の辿る道」とは違う道筋をアンに示すのは興味深い。

ステイシー先生がアンにクィーン学院への進学を勧めに来たとき、マリラは「女の子はその必要が起ころうと起こるまいと一人立ちできるようにならなくては」（四一七）と、女性の幸せを一元的に捉えていない考えを示す。「お金のことは心配することはないんだよ。マシュウとあたしがあんたをひきとったときに、あたしたちでできる精いっぱいのことをしてやって、教育もりっぱにしてやらなくてはと決心したんだからね」（四一七）と、アンの進む道筋を保証する。これは先のリンド夫人やバーリー夫人とは異なる考え方であり、女の子の成長の先にある「女の辿る道」に否定的であったマシュウの考えと合致する。

ところがマリラは、自分の内面で起きている、どうしても抑えられずに湧き出る感情の変化に向き合わなくてはならなくなる。彼女のこの内的葛藤は、宗教的価値観で培われてきたはずの自身の感情の取り締まりをはるかに超えるものであった。実はその内面の変化の兆しは、アンと暮らし始めてから起きていたのだ。それは、ジョシー・パイと張り合ってバーリー夫人の台所の屋根の棟を歩く挑戦を受けて、アンが怪我をした時のことである。バーリー氏に抱えられて家へ帰ってくるのを見つけたマリラは、「心臓を突き刺されたような恐怖」（三二二）を感じると同時に、「アンがこの世のなにものにもかえられないほど、自分にとって尊いものだ」（三二二）と自覚する。

マリラの胸の内に宿り始めた感情は、アンが一緒に住むようになってすぐに解説されている。リンド夫人への謝罪の帰り道で、アンがマリラの手に触れたときに受けた気持ちが、「身内のあたたまるような快いもの」（一三三）と表現され、その時のマリラの感情については、「たぶん、これまで味わわなかった、母性愛」（一三三）と名づけられている。母性愛と名づけられることは、マリラの中で眠っていた感情がアンによって目覚めさせられ、それが彼女に定着していくことを予感させる。言い換えれば、マリラとアンの関係が母娘関係に「仮装」され、マシュウを交えた擬似家族の物語に変奏していくことを示唆しているとも考えられる。果たしてマリラの内面で起こっている感情の変化は、語り手が解説しているように母性愛の予兆といえるものだろうか。

マリラは自身を律する宗教的な価値観から、感情に流されるアンの想像世界の構築や虚栄心や愛着に批判的であった。しかしアンとの絆が深まれば深まるほど、別の思いに翻弄されていく。「こんなにまでも人間をひたすら愛するのは神への罪になりはしないかと不安な気持ち」（四一〇）に陥り、逆にアンには厳しく接するという態度をとって、内面の奥深くにその感情を封印する。マリラは、彼女への愛情表現をしてはならないという縛りですら、自らに課すぐらいだ。さらに、「神第一の信心深さをアンのほうへ奪われている」（四一〇）ことが許されることではないとまで考える彼女は、アンへの深い関心をどのように解釈すればいいのか、自分でも理解できていないのである。血の繋がりのないアンへの思いは、着地点がわからず宙を浮いたままで、彼女自身もそれを言葉で説明することができないのだ。もし解説されているように、マリラがアンへの母性愛を開花させたというのであれば、どうしてその母性愛をひた隠しにする必要があるだろうか。横川寿美子が指摘するように、アンとの生活がマリラの人間的な温かみを取り戻させ、「麻痺してしまっていた感性にリハビリテーションをほどこす意味」（横川　八二）をもたらしたのは確かだろう。しかしそれ以上に、自分を律する力さえも奪われてしまうほどの強いアンへの思いは、母性愛で説明できるものだろうか。

『赤毛のアン』は、アンとマリラという二人の女たちの行く末を語ることなしには、ハッピー・

エンディングを迎えられない。アンとギルバートとのハッピー・エンディングを描こうとしても、女同士の関係を宙づりのままにしておけないからである。異性愛プロット完成間近に、マリラとアンという女同士の絆があらためて浮上してくるのである。

アンは、エイブリー奨学金でレドモンド大学へ行くことが決まる。ギルバートとの和解も成立していたので、後は彼とのハッピー・エンディングを迎えれば異性愛制度にのっとった少女小説の完璧なエンディングになるはずであった。一方マリラは、マシュウの死後アンが家を出て行けば、自分はひとりグリーン・ゲイブルズに残ることになるだろうと考えて悲嘆に暮れ、以前の堅物な振舞いも鳴りを潜めてしまう。それまで気丈に振る舞っていたマリラは、まるで堰を切ったように自分の胸の内をさらけ出すようになるのである。第三十一章の「二つの流れのあうところ」は、まさしくアンとマリラの感情が交差し合い、マリラが変わっていくことを象徴しているタイトルである。マリラは封印していた思いをさらけ出すことを自分に許すのである。

アンはグリーン・ゲイブルズに残る選択をする。この選択は、クスバート家の存亡に関わるマシュウの死とマリラの病という問題に対して、女性性に特化した看護の役割をアンが担うというジェンダー規範に基づいた正しい選択だと解釈できよう。このシナリオなら、アンが病のマリラを置いて出て行くような薄情な娘ではないという母娘関係が温存されるからである。しかし、このような家父長制度に絡めとられジェンダー化されたアンは、マシュウやマリラが彼女に託し続けてきた思いと矛盾しないだろうか。彼らは、リンド夫人やバーリー夫人のような家父長制度に従って生きる女性を否定的に感じていたはずである。「女の子」になりたくて努力を繰り返したアンの失敗は、「女の子らしさ」を追求することの意味を問いかけていたはずである。だからこそアンは、「女の辿る道」ではなく自ら生きていける道を歩き始めていこうとしていたのではなかったか。それを断念してマリラとの生活を選んだ彼女の選択が、赤松佳子が指摘するように、「作者の立場や曖昧さ、刊行当時の価値観を大きくはみ出さないバランス感覚」（赤松 四三）によって女の子の自然な成り行きの結末を用意したというのであれば、真正面からではないにしろ、さまざまに配置したジェンダー規範への抵抗の痕跡をこの結末で封印してしまうここにこそ、作者モンゴメリの仕掛けがあるのではないだろうか。モンゴメリは、ダイアナのアンへの思いを、ごっこ遊びのエピソードの中に閉じ込めてしまい、仲の良い女の友人として描いた。マリラのアンへの愛情でさえ、「母性」と名づけて擬似母娘の心温まる物語に仕立て上げた。しかしドゥーディは、「小説の真の〝恋愛物語〟はアンとマリラの間の、困難ながらも、徐々に変化していく関係である」と指摘し、アンとマリラとの複雑な関係について、「この二人は血縁関係で結ばれていない」ことが「先進的で、実験的である」（Doody 21）として、家制度に回収される母娘関係とは別の関係性を読み込んでいる。

今一度思い出すべきことは、アンは自己主張をし怒りを表わすような、すなわち「女の子化（girled）」、ジェンダー化されていない存在ゆえに、現実ではあり得ない「女の子」であったことである。だからこそモンゴメリは、異性愛制度内で表出する「女の子」の願望とは違う願望、「どうして男の子でないのか」から「男の子でなくてもいいではないか」につながる別のエンディングのマリラとアンを描きたかったのではないだろうか。しかしながらモンゴメリの持つ「刊行当時の価値観を大きくはみ出さないバランス感覚」は、ストレートに同性愛的愛情を描くのではなく、社会的に容認されるかたちへと働き、母娘関係を真似るはぐらかしと仮装の手法で貫かれてしまったのだろう。

モンゴメリは、異性愛プロットのエンディングを描くつもりだったのだろうが、女同士の絆を強調するアンとマリラの連帯を描き出し、擬似母娘の仮装によって、語られることのなかった女のセクシュアリティを露呈させることになった。セクシュアリティの「異質」性を持つマリラとアンが、女同士の絆の仮装という手法で別のハッピー・エンディングの当事者になり得ることを示したことが、『赤毛のアン』で展開された仮想世界といえるのではないだろうか。

（髙橋 博子）

◉注

（1）ヴィクトリア朝を代表する桂冠詩人アルフレッド・テニスン（一八〇九―九二）は、『アーサー王伝説』をもとに『国王牧歌』という長編詩を書いた。そのなかの「ランスロットとエレーン」で、ランスロットを恋するあまり死んでしまったエレーンは、船に乗せられて川を流れていく。アンたちは、学校でこの詩を習い、エレーン姫ごっこをしていたが、アンの乗った小舟が沈没しそうになる。

〈小説から映画〉

②正しい家族の力――映画『赤毛のアン』(二〇一五)ジョン・ケント・ハリソン監督

L・M・モンゴメリの孫娘ケイト・マクドナルド・バトラーの製作総指揮により、映画『赤毛のアン』は、二〇一五年にカナダで、二〇一七年に日本で公開された(同監督によって、二〇一六年に続編『初恋』、翌年に完結編『卒業』が製作され、二〇一八年秋に日本公開された)。映画の冒頭では、列車の中で不安げに座っているアンが大写しとなり、続いて彼女が過ごした孤児院の張りつめた雰囲気の白黒画面に変わり、「薄幸な少女アン」という強烈な印象を与えている。列車がトンネルを抜けると、物憂げなアンの描写とは対照的に、紺碧の海に浮かぶプリンス・エドワード島と思しき島の緑が広がり、彼女の旅立ちに希望の光が射し込んでいる。

原作どおり、男の子のはずだったのに女の子が来てしまったことで、アンはクスバート家に残れるかどうかの不安な一夜を過ごす。その夜の夢の中に、孤児院で彼女が折檻を受けるという原作にはないシーンが挿入され、「悲しい生い立ちを背負うアン」が強調される。原作とは違う趣を与えることで、映画では別の主張が見えてくる。

原作と違って、マシュウは偏屈な男ではなく、髭も髪の毛もきちんと手入れされた紳士であり、マリラも堅物というよりはごく普通の中年女性として登場する。二人は社会性も身につけており「薄幸な少女アン」の救済者にふさわしい人物に見受けられる。映画は、クスバート家ではアンの養育は無理なので、幸せな家族に引き取られるまでの間マシュウとマリラが面倒をみるという設定で進んでいく。したがって原作にはないアンの水汲みや家畜の世話という労働作業の場面が挿入され、彼女が家族の役に立つ努力もきちんと描かれる。マシュウとマリラにとってもアンの存在は家族の希望になると思える描き方である。アンの気性を示すあのギルバートへの石盤事件は、学校でのひとつのエピソードとして扱われているに過ぎず、彼女が学校をやめることもなく彼との確執もすぐに消え去る。またダイアナの妹の介護を適切にこなしたエピソードは、「機転の利く賢いアン」という印象を与えた上にマシュウとマリラが満足げな微笑みを浮かべたことで、「家族の一員としてのアン」という承認につながっている。映画は、マシュウとマリラ、そしてアンの「家族であること」の喜びに溢れているのだ。「家族愛」は終盤に向かってさらに強調される。

薄氷の湖の上で遊ぶアンが、またしてもジョシー・パイにそそのかされて今度は湖に落ちる。この事件は、屋根の棟を歩いて転落するという原作の場面を彷彿(ほうふつ)させる。映画では、あわやというところで心臓の弱いマシュウが駆け付け、アンを助け出すという展開になる。マシュウとマリラの二人にとって、つまりクスバート家にとって、彼女が何より大切な存在であることが確信に変わる場面である。

そんな三人のもとへ、アンを引き取ってくれる家族が見つかったという知らせが届き、マリラもマシュウも悲しみを押し殺してアンを送り出す。しかし「あなたたちもかけがえのない家族でしょ」とリンド夫人に叱咤されたマリラは、「もう家族なんだよ、あんたがいないなんて想像したくない。うちで暮らせないかい？　この先ずっと」と絞り出すようにアンに語り掛けるのである。

映画は、クスバート家に来てからの一年間だけが描かれ、アンが家族に馴染む時間だけが凝縮されているので、赤毛で癇癪持ちの孤児という原作のエピソードに欠かせないアンの魅力は、紹介程度に抑えられている。大人がきちんと見守り続けて「家族の温かさ」を提供できれば、子どもは幸せになるという「正しい家族」礼讃の映画といえそうである。

（髙橋）

第三章　レズビアンの自認

「母」の制約を超えて
——パトリシア・ハイスミス『キャロル』（一九九〇）におけるレズビアンの代償

◉『プライス・オヴ・ソルト（塩の代償）』から『キャロル』へ

パトリシア・ハイスミスが『プライス・オヴ・ソルト（塩の代償）』（一九五二）を執筆するきっかけとなったエピソードは、『キャロル』（一九九〇）の「あとがき」に詳しく書かれている（Highsmith 308–11）。一躍彼女をスリラー作家のスターに押し上げた『見知らぬ乗客』を書き終えたのは、一九四八年のこと。その年のクリスマスの繁忙期、ハイスミスはニューヨークのデパートのおもちゃ売り場で、一ヶ月間、アルバイト店員として働いていた。ある日、ミンクのコートを着たブロンドの女性が子どものクリスマス・プレゼントにと人形を買いに来た。ハイスミスは人形の配送手続きをしながら、女性の名前と住所を覚えた。女性との出会いに高揚した気分で帰宅した彼女は、二時間かけて『プライス・オヴ・ソルト』のアウトラインを創作したと語る。一九四九年出版の『見知らぬ乗客』は大ヒットし、すぐにアルフレッド・ヒッチコック監督による映画化が決まった。後続のミステリー小説を期待していたハーパー&ブロス社は、ハイスミスの二作目がレズビアンの恋愛を扱っていることに難色を示し、出版を拒否した。ハイスミス自身も「レズビアン作家」と形容されるのが嫌だったので、クレア・モーガンというペンネームで、一九五二年、カワード・マッキャン社から『プライス・オヴ・ソルト』を出版した。ところが本の売れ行きはすこぶる良く、翌年のペーパーバック版は百万部近くも売れた。四十年近く経った一九九〇年、ハイスミスは『キャロル』と改題して、本名でナイアド社から出版したのである。

　原題の「塩」には生気、刺激の意味があり、作品の主人公の女性にとってのレズビアニズムを指している。それを求めるのに支払わねばならない「代償」というのが原題の含意である。一方、改題の「キャロル」は、作品の中心的視点となっているテレーズの愛する女性の名である。「キャロル」にはさらに「喜びの歌」「祝い歌」の意味もあり、改題に登場人物キャロルに対するレズビアン讃歌の含蓄を読み取ることも可能だろう。ハイスミス自身も認めているように、この物語には「手首を切ったりプールで入水自殺をしたりして自分の逸脱行為の代償を支払わなければならない」人は登場せず、これがハッピーエンドを迎える最初のレズビアン小説であったのは確かである(Highsmith, “Afterword” 311)。それでも当時の女性がレズビアン関係を続けるために支払った代償が大きかったことは事実だろう。それに加えて、後に説明するような一九五〇年代のアメリカの同性愛排除という時代的背景を考えれば、出版時に『プライス・オヴ・ソルト』という、レズビアンに否定的な題にせざるを得なかったのも無理はない。

世紀が変わって二〇一五年、トッド・ヘインズ監督により『キャロル』が映画化され、それと同時に日本語訳本も出版され、観客と読者層は一気に拡大した。映画版『キャロル』が二十一世紀の観客層をターゲットに置いていることを考えると、それと比較することによって、小説版の『キャロル』(=『プライス・オヴ・ソルト』)の一九五〇年代という時代的特徴や制約はより明確になるだろう。たとえば、母娘関係の心的葛藤がテレーズの思考や行動に影響を与えるという精神分析的動機はその一つである。ジュディ・バーマンはハイスミスの作品におけるフロイトの影響を「時代遅れ」であり、精神分析的動機が「あからさま」だとコメントし、映画からこうした場面が削除されたのも同じ理由からだろうと推測している(Berman)。しかし、映画からは削除された母に対するテレーズの屈折した感情こそ、キャロルに寄せる彼女の両面的な思いを理解する鍵となっている。

ハッピーエンドという、当時としては予期せざるレズビアン・ロマンスの物語には、時代的にどんな障害があり、どんな代償を支払わねばならなかったのかを、テレーズの心的葛藤に注目しながら考察していきたい。

◉一九五〇年代のレズビアン・パルプ・フィクション

リリアン・フェダマンによる詳細な『レズビアンの歴史』(1)が明らかにしているように、第二次世界大戦後、とくに一九五〇年代、同性愛者への迫害が激化した(Faderman 139–58)。ジョゼフ・マッカーシー議員が共産党員に赤狩りを行なったように、同性愛者にも「情緒的不安定」で「道徳性が希薄」だから国家にとって危険だとして、魔女狩りが行なわれたのである(Faderman 142)。戦後の国家的秩序のため、異質なものを排除するというのが実は真の理由であったのだろう。そして奇妙なことに、同性愛者嫌悪が最も強くなった時代に、レズビアンを主人公にした大衆小説、いわゆるレズビアン・パルプ・フィクションが量産されたのである。ジャイ・ジメットの『奇妙な姉妹たち――一九四九年から六九年までのレズビアン・パルプ・フィクションの表紙絵』（一九九九）は、一九四九年から二十年間に出版されたレズビアン小説二百冊の表紙コレクション集である。ここに収録されているほとんどの表紙絵は女同士の性的な関係を示唆している。女同士のエロティックな絡み合いを描いて異性愛男性の覗き見趣味を満足させるこの手の大衆本は、実際のところ、女性名を使った男性著者によるものもあり（Bannon, Foreword 12）、ミシェル・アイーナ・バラルは異性愛男性読者を対象に書かれたと推定している（Barale 534）。一方でレズビアンたちが自分の性的指向を隠さなければならない時代に、こうした本がレズビアン関係や彼女たちの生活を知るための「ガイドブック」的機能を果たしていたのも事実だった（竹村「レズビアン研究の可能性」（2）二六四）。

「レズビアン・パルプ・フィクションの女王」（Costello）と呼ばれているアン・バノンの『カムアウトする変な娘（オッド・ガール・アウト）』（一九五七）は、内気な女子大生ローラが活発なベスによってレズビアンに目覚める物語である。しかしローラを誘惑した当のベスは、男子学生チャーリーとの出会いにより自分が異性愛者であることを再確認し、ローラとともに旅立つことをあきらめる。小説は、前半ではベスとローラの恋愛関係が前景化しているが、チャーリーが登場してからレズビアンは間違ったもの、あるいは一過性のものと考えられ、異性愛関係の方が中心となっていく。最後にベスに別れを告げられたローラは、レズビアンに対する現実と「直面する」（Bannon 211）と宣言し、一人、大学を去っていく。確かにこのエンディングから『カムアウトする変な娘』は「レズビアン的読みを誘発するテクスト」(竹村「レズビアン研究の可能性(2)二六四)であると言うこともできそうだが、それでもレズビアン・パルプ・フィクションの域を出ることはない。バノン自身も一九九二年のインタヴューで「エンディングに何か懲罰のようなものが必要不可欠だった」(Zimet 20)と述べている。一九五〇年代、ローラの高らかなレズビアン宣言は願望ではあっても、現実世界でレズビアンの幸せな社会や未来を作り出すことは、「フィクション」に過ぎなかったはずだ。そして何よりも、出版社がレズビアンのハッピー・エンディングを許さなかったのである。

◉異性愛物語の決まりごと(コード)から外れる物語

『キャロル』の冒頭、十九歳のテレーズは恋人リチャードに贈るクリスマス・プレゼントのことを考えている。つまり物語は、異性愛ロマンスとしての始まりを見せている。ところが、そのすぐ直後から彼との関係の希薄さが明らかにされていく。テレーズへの誕生日プレゼント、家族との食事への招待、ヨーロッパへの船旅への誘いなど、リチャードはさまざまな形で愛情表現を示してくるのだが、彼女は彼に好意は持っていても愛情を感じることはできないのだ。たとえばセックスを試みても、彼女は苦痛以外に何も感じず、途中で泣き出してしまう始末だった。そもそも舞台美術家を目指しているテレーズにとって、「将来への野心」(Hesford 123)が先決問題であり、結婚には消極的だった。エアード夫妻(キャロルと夫ハージ)やテレーズ自身の父母の例に顕著なように、『キャロル』に幸福な夫婦生活は描かれていない。名前だけしか登場しない既婚カップル、サムとジョーンをリチャードは理想化しているのに、テレーズは彼らを「もっとも退屈な人々」（二二〇）だと思ってしまうのだった。しかし、彼女は仕事と結婚とを天秤に掛けていたわけではない。むしろ、男女の恋愛から結婚へと結びつく異性愛の物語コードそのものに違和感を抱いていたのである。

テレーズとリチャードの関係に変化が生じる大きなきっかけは、キャロルとの出会いである。作者ハイスミス同様、テレーズはクリスマス・シーズンの一ヶ月間、デパートのおもちゃ売り場で売り子として働いていた。そこへ娘リンディの人形を買いにキャロルがやって来たのである。実はテレーズは同時期に、リチャードから劇団の仕事をしているフィルを紹介してもらい、フィルの兄ダニーとの出会いもあった。テレーズに好意を示す男女、すなわちダニーとキャロルが加わることで、それまでのリチャードとの異性愛関係が、男―女―男（ダニー）、男―女―女（キャロル）という三角関係へと変化していく。しかし、異性愛の三角構造はあくまでも伏線でしかない。男―女―女の三角関係はまもなく男の項（リチャード）が抜け落ち、女同士の関係へと変容していくのである（Castle 72–73）。

キャロルの登場によって、テレーズはリチャードとのデートや旅行にも関心を示さなくなった。リチャードとの関係が希薄になるにつれ、テレーズは同性愛関係を過剰に意識するようになる。たとえば、男性の同性愛についてどう思うかとリチャードに尋ねたり（一四二）、バーのカウンターに立っているスラックス姿の二人の女連れが気になりながら、「彼女たちを見ていることを気づかれたくない」（二二二）と思ったりする。キャロルへの同性愛的感情を自覚しつつ、そうした性的指向を持つことを知られたくなかった。つまりレズビアン関係を「異常」だとする世の中の価値観を、彼女自身、常に意識せざるを得なかったのである。

レズビアンに対する当時の世間の評価は、リチャードの言葉に端的に表われている。彼はテレーズとキャロルとの関係が急速に深まっていることに不安を抱いていた。女が女を誘惑するのは「犯罪的行為」であり、もしテレーズが未成年ならキャロルのことを「通報」していた、とまでリチャードは言う（二三五）。実際、匿名の告発によって国務省勤務の同性愛者が多数解雇されたこともあった（Faderman 143–44）。キャロルと一緒に西部へ自動車旅行に出かけたとき、リチャードはテレーズが最後には自分の元へ戻ってくるだろうと思っていた。『カムアウトする変な娘』のローラに対するベスのように、キャロルへのお熱は成長過程の一時的なものだから、いずれ正常な異性愛に戻るだろうと楽観していたのである。同性愛に寛容に見えたダニーもまたそうである。物語の終盤、キャロルとの関係に未練が残るテレーズが、他の女の人とはもうこういう関係にはならないと断言すると、ダニーはほっとしている（四一二）。つまり、ダニーもキャロルへのテレーズの感情を一過性のお熱であり、元の異性愛に戻ると考えていたのである。

しかし、旅先から手紙の返事すら寄こさないテレーズを本物のレズビアンだったと見限ったとたん、リチャードは彼女を激しく非難する。「嫌悪感」「汚らわしい病的なもの」「君が哀れ」「あのとき［中略］君を救い出した［かった］」（三八〇）というリチャードの言葉は、同性愛者は道徳心が希薄で情緒不安定な状態にあり、治療が必要な「病気」として捉えられていることを示している。十九世紀後半に登場した性科学によって、ロマンティックな女同士の友情は同性愛すなわち性倒錯として医学的に取り扱われるようになった。以前のように宗教的罪として扱われない代わりに、同性愛は「病気」であり、同性愛者は社会から「病人」「異常者」の烙印を押されて、哀れみや嫌悪の対象となったのである。一九五〇年代に性科学が一般の人々の間にいかに浸透していたのか、そして哀れみよりも嫌悪感がいかに強かったかは、リチャードの言葉が端的に物語っている。

ベスはローラとのお熱期間を経て、チャーリーとの「正しい」異性愛関係へ戻った。しかしテレーズとキャロルの関係は、こうした既成の物語コードを外れた別の物語を紡いでいく。異性愛か同性愛かの性的指向だけではなく、経験してきたさまざまな人間関係や絆の中で、未来をどう選んでいくのかという深い現実を『キャロル』は問うているのである。

◉絶望する女

テレーズはロマンスから結婚へと結びつく女の人生のシナリオに無関心だったが、自分の将来には大きな不安を感じていた。同じデパートで働く五十代の店員、ミセス・ロビチェクは、こうしたテレーズ自身の不安や絶望を体現する女性として登場する。昼食時に食堂で同席したミセス・ロビチェクは「絶え間ない疲労と不安に打ちひしがれ、目は老眼鏡の底でゆがみ」（一三）、貧しさと加齢ぶりが際立った存在だった。仕事帰りのテレーズは、ふとしたきっかけからミセス・ロビチェクのアパートへ誘われた。一人暮らしの彼女のアパートの部屋はみすぼらしく掃除もされていなかった。ミセス・ロビチェクはかつてドレス・ショップを経営しており、デザインもしていたと言う。売れ残ったドレスを試着するよう勧められたテレーズは、鏡に映る自分の姿が「人形売り場で働いている」売り子ではなく、「後光がさしているかのよう」に見え、「おとぎ話に出てくる女王のドレス」を着た自分の姿にひととき見とれてしまう（二五）。ドレスはテレーズ自身の人生の成功を約束してくれるような甘い誘惑だった。しかし彼女はすぐに自らの現実生活に引き戻される。夢の中でミセス・ロビチェクが地下牢の腰の曲がった番人さながら、テレーズをじらして苦しめている気がしたのである。

　この場面の「夢」「おとぎ話」「地下牢の番人」という描写から、テレーズが現実とファンタジーとを混同していることがわかるだろう。そしてその空想の中で、彼女はミセス・ロビチェクの世界に閉じ込められるのを恐れていた。「ミセス」の呼称と左の薬指の指輪から彼女が既婚者であることは明らかだ。夫と死別したのか離婚したのかは定かではないが、現在の彼女は仕事にも人生にも疲れ果て、孤独な晩年を迎えようとしている。ドレスの山は彼女の過去の成功の残骸である。それを身にまとったテレーズはやがて自分も敗残者となり、絶望から逃れられなくなってしまう恐怖を感じたのである。

> テレーズははるか彼方にある渦を眺めていた。渦の中心は薄明かりに照らされた恐ろしい部屋で、ふたりの女性が死闘を繰り広げている。渦のなかにあるテレーズの心はこれほどまでに自分を怯えさせるものの正体が絶望そのものだと悟っていた。持病に苦しみながらデパートで働き続けなければならないミセス・ロビチェク。トランクいっぱいのドレス。醜悪な姿、いずれ訪れる絶望的な人生の終末。そしてテレーズ自身の、なりたいと思う人間になり、やりたいと思う仕事をするなんて、どだい無理なのではないかという絶望。これまでの人生は夢でしかな

かったのではないだろうか。今のこれは現実なのであろうか。絶望感が恐怖心を駆り立てる。手遅れにならないうちにドレスを脱ぎ捨て逃げ出したい。早くしなければ体に鎖が巻きついて身動きがとれなくなってしまう（二六―二七、傍点筆者）。

ミセス・ロビチェクのドレスという誘惑の裏には、絶望という現実が張り付いている。彼女は、テレーズのなりたくない、しかしなってしまうかもしれない将来の絶望的な姿を映し出しているのだった。テレーズの絶望の要素には、孤独への恐怖心があることも間違いないだろう。リチャードと凧揚げをしているとき、彼が凧の糸を切ってしまったことに対して彼女は思わず泣いてしまった（一四五）。彼女は子ども時代からどこにも誰にも係留すべき関係がなく、そんな根無し草の自分を糸の切れた凧と重ね合わせたとも考えられるだろう。ミセス・ロビチェクが表象しているのは圧倒的な絶望感である。中年の孤独な女性の醜悪さ。一時成功したものの、その後は売り子に落ちぶれてしまっている彼女。異性愛結婚は女を生涯、幸せにしてくれる保障はない。鏡に映った自分のような、おとぎ話に出てくる幸せな女のシナリオを期待していても、破滅してしまうかもしれない。とはいえ、ドレスを脱いでミセス・ロビチェクのアパートから逃げ出しても、現実から「本当は逃げ切ってなどいない」（三〇）ことにテレーズは気づいていた。ミセス・ロビチェクがいなくとも、孤児同然の貧しいテレーズは将来への絶望を常に感じていたからである。

◉母への思慕と母の裏切り

『キャロル』の中で唯一「時代遅れ」だとバーマンが評したフロイトの精神分析的動機の部分とは、母に対する屈折したテレーズの感情である（Berman）。確かにテレーズの心理を単純に母娘関係と結びつけるのは、ナイーヴで古めかしい発想かもしれない。しかし、母への愛憎はまさしくハイスミスの伝記的事実に起因しており、テレーズの深い孤独感、絶望感も母との関係と切り離すことはできない。ハイスミス自身、生まれる直前に両親が離婚し、三歳で母が再婚した養父にはずっと反感を抱いていた。離婚するという理由で実家に戻ってきた母は、十二歳の娘（ハイスミス）を祖父母に預けたまま、数日後には夫の元へと戻ってしまった（Andrew Wilson 44）。母に捨てられたという喪失感は、ハイスミスのその後の自己肯定感の低さに繋がっていく。さらに母に対しても、愛着と拒絶という屈折した両面的感情を生涯持ち続けることになったのである（Andrew Wilson 74）。

テレーズの孤独感の背後にも、ピアニストだった実母との関係があった。慕っていた父が母に蔑ろにされ肺炎で亡くなってしまったことから、テレーズは母を恨んでいた。八歳のテレーズを寄宿学校へ入れた後は、母が会いに来る回数も少なくなり、再婚後はさらに疎遠になっていった。もう会いに来ないで欲しいと告げたのは、十四歳になったテレーズの方からだった。自分を捨てたも同然の母に反感を持っていることは、小説中のテレーズの言動から明らかである。母から十分な愛を与えられなかった彼女が、早い時期から人生に希望を抱けなかったことも不思議ではない。

テレーズが「母」への両面的な思いを示す場面が二ヵ所ある。最初は前項で触れたミセス・ロビチェクのアパートでの出来事である。ミセス・ロビチェクのドレスを試着後、急に気分が悪くなった彼女は椅子に座らされ、瓶の液体をスプーンで飲まされた。ミセス・ロビチェクの行動は娘を看病する母親のように見えつつも、テレーズはその液体が毒ではないかと疑ってしまった。身動きできなくなるのを恐れ、ミセス・ロビチェクが眠りにつくとすぐさま部屋から逃げ出したのである。ミセス・ロビチェクはテレーズの絶望的未来像だけでなく、彼女を抑圧し人生から希望を奪った「母」をも象徴している。

もう一つは、テレーズが初めてキャロル邸を訪れたときの出来事である。疲労感に襲われたテレーズは、ベッドに横になるように勧められた。キャロルが持ってきてくれた温かいミルクを飲むと、「おとぎ話に出てくる、人を変身させてしまう薬を口にするように」（九三）、彼女は突然、堰を切ったように喋りだし、同時に泣き出してしまう。おとぎ話の比喩はミセス・ロビチェクの場合と同様だが、今回のテレーズは、幽閉ではなく解放感を味わう。テレーズはリチャードのこと、両親のこと、とりわけ母について語った。このときからキャロルは、テレーズを抑圧から解放してくる存在となったのである。

ところがキャロルは、母の抑圧からの解放感だけでなく、母の裏切りをも連想させる存在であった。キャロルは旧友アビーと一時期レズビアン関係があり、それが理由で娘の親権を夫に奪われた。テレーズと西部への旅の道中、二人はレズビアン関係へと発展していくが、ハージが雇った探偵によってホテルの室内での言動が盗聴され、娘の面会権にも不利な影響を及ぼすことになってしまった。旅を中断して一人ニューヨークへ戻ったキャロルから、もう会えないという手紙が届いたテレーズは、失意のどん底に落とされる。絶望の中、通い慣れた図書館を訪れたとき、そこに飾ってある絵にキャロルの面影を見つけて彼女はさらにショックを受けた。

微笑する女性は飾り立てた宮廷衣装を身にまとい、片手を喉元にあて、不遜な表情で振り向きかけている。小さな引き締まった頬、ふっくらとした珊瑚色の唇の片端には微笑がたたえられている。その瞼は見るものを嘲笑するように薄く開き、あまり広くはないが、いかにも意志の強そうな額は、絵のなかでさえ眼窩の上にやや突き出しているように見えた。そのいきいきした瞳はあらかじめ何もかも見通しているようであり、哀れむと同時に笑っている。まさしくキャロルそのものだった。絵の女は口元に微笑をたたえ、いつまでも目をそらせないでいるテレーズにまぎれもない嘲笑をこめて見返していた。最後のベールが取り除かれ、あからさまな嘲笑と勝ち誇った表情があらわになる。そこには完璧な裏切りに成功したといわんばかりの達成感に酔いしれる顔があった。(三九七―九八)

その絵は、昔テレーズの寄宿学校の廊下に飾られた絵と同じものだった。母の友人宅でケーキをひっくり返し、母親に頬を打たれた記憶も蘇ってきた。描かれた女性はかつてテレーズに絶望感を与えた母を、そして現在のキャロルを想起させた。テレーズがショックを受けたのは、彼女を孤独という絶望へ突き落とした母そしてキャロルの、「容赦のない裏切り」(三九九―四〇〇)の表情をそこに見たからだった。

◉キャロルの払う代償

本作品では、母としてのキャロルの存在が重要である。『プライス・オヴ・ソルト』が書かれた時代、異性愛制度を否定する「レズビアン」は、「母」としてふさわしくないという評価が一般的であった。「レズビアン」と「母」は両立しないという考え方である。そもそも家父長制異性愛物語には「母の犠牲」がつきものである。夫以外の人との恋愛は言うに及ばず、自分自身の志のためであっても、子どもや家庭を捨てる「悪い」母は幸せにはなれない。つまり女が一人の人間として自由に生きたいのであれば、「母」としての立場を犠牲にしなければならないのである。後に残された子どもが娘の場合、「良い」養母の元で育てられて幸せな結婚をすることが、家父長制物語で求められるお決まりのエンディングであった。キング・ヴィダーの『ステラ・ダラス』(一九三七)やエドマンド・グールディングの『オールド・メイド』(一九三九)のような一九三〇年代の母ものメロドラマ映画が好例である。[2] 他方、『キャロル』のようなレズビアン物語では、メロドラマのように母が自分の意志で子どもを捨てるのではなく、法的に奪われる、という大きな代価を支払わなければならない。

一九五二年の小説版と二〇一五年の映画版とを比べてみると、映画版『キャロル』の方ではテレーズの母との心的葛藤が省略され、代わりに普遍的だとされる母性愛が強調されている。二十一世紀に製作されたにもかかわらず、映画版は小説版よりも保守的で、母ものメロドラマの系譜上に置かれている。映画は小説よりも大衆性が高いため、無難な「母の犠牲」を結末に持ってきたのだろう。当たり前のことだが、母になる人は限定されていても、すべての人には母がいる。つまり、他者としての「母」は理想化されやすいのである。映画では母性愛同様、異性愛制度も否定されていない。

キャロルの夫のハージは妻との結婚生活を維持することを望んでおり、ある意味では愛情深い夫だとも言える。キャロルは同性愛という「精神の病」を治療するようにと、定期的に精神科医に会うことを夫の家族や弁護士から要求されている。離婚を望む同性愛者のキャロルは、異性愛制度からは「悪い」母なのである。しかし、最後に彼女は娘の幸せを優先させ、自分から進んで面会権の制限という犠牲を申し出て、贖いを果たす。このように映画版のキャロルは、母ものメロドラマのシナリオを踏襲し、一般観客にも好印象を与えているのである。

他方、六十年以上も前に出版された小説版は映画版よりもラディカルな展開になっている。キャロルとハージの断絶は決定的だった。ハージは探偵からキャロルとテレーズとのレズビアン関係の証拠を入手し、娘の面会権に関して優位な立場に立つ。キャロルは娘との面会権を得るために彼から「山ほどの約束」(四二四)を押し付けられるのである。結局、彼女は「リンディから遠ざけられるとしても」、自分自身の「不品行のリスト」によって娘との面会権の制限という約束に縛られるのを拒絶した。言い換えれば、彼女は娘との面会権よりも、自分らしくレズビアンとして生きることを選んだのである。

人生を選択したのはキャロルだけではない。母とキャロルによる「容赦のない裏切り」を味わったテレーズは、おそらく「母」への過剰な期待を克服したのだろう。キャロルに言われるままに行動するテレーズはもういない。舞台美術家としての仕事を得るきっかけを掴んだ彼女は、キャロルからの同居の申し出を断る勇気があった。さらにその直後、レズビアンと思しき女優に誘われたテレーズは、

キャロル、ダニー、そしてその女優の三人の内から、キャロルを再び選ぶ決断力を身につけていたのである。この物語は二人の愛の関係が旅路ではなく、居住地で始まろうとする予測とともに終わっている。しかし、生活を共にする二人のレズビアン女性が生き抜くことの困難さ、社会から認知されることの困難さは、それ以降の歴史を知っている読者にとって想像に難くない。それでも、レズビアンに大きな希望を与える結末であったはずだ。

●注

（1）当該書籍に関しては翻訳書どおりに「レズビアン」と表記したが、本書では一貫して「レズビアン」と表記している。

（2）『ステラ・ダラス』の主人公ステラ（バーバラ・スタンウィック）は玉の輿を狙い、上流階級のスティーヴン・ダラス（ジョン・ボールズ）と結婚し、娘ローラを生む。しかし教養のない彼女はスティーヴンと話が合わず、実質的な別居生活となっている。ローラ（アン・シャーリー）は美しく聡明な学生になるが、品性のない馬券屋エドとつき合うような母がいるため、友人たちも離れていく。一方、スティーヴンはかつての許嫁で未亡人になっていたヘレン（バーバラ・オニール）と再会。急速に仲が接近し再婚を考えるが、ステラは離婚を承諾しない。ローラは父とヘレンの元を訪れるうちに、ヘレンの息子の友人との間に恋が芽生えていく。あるときステラは娘と出かけた避暑地で、「無教養な母親のせいでローラの恋愛もだめになる」という陰口を聞いてしまう。ステラはローラをヘレンに委ねて、娘の幸せのために姿を消した。原題『オールド・メイド』は日本語の「口うるさい人」「オールドミス」の意味。シャーロット（ベティ・デイヴィス）の従姉ディーリア（ミリアム・ホプキンス）とジムの結婚式の日、二年間不在だったかつての婚約者クレムが現われる。失意のクレムをシャーロットは慰めながらひと晩過ごしてしまう。シャーロットが子どもを身籠ったことを知らないままクレムは戦死した。彼女は娘クレメンティーナ（ティーナ）を出産するが、母であることは明かさなかった。その後シャーロットはディーリアの義弟との結婚が決まったが、クレムとの関係を知ったディーリアによって阻止され、従妹同士の間は疎遠になる。しかし、ジムが事故で亡くなると、シャーロットらはディーリア家族と暮らすようになり、ディーリアがティーナの母代わりとなった。ティーナは「叔母」シャーロットを口うるさい「オールドミス」だと軽蔑していた。しかしティーナの結婚を前にしたディーリアは、シャーロットが実母であること、そして娘のために今まで自分の幸せを犠牲にしてきたことを告げる。

〈小説から映画〉

③嘘からあぶりだされる真実――『噂の二人』(一九六一)ウィリアム・ワイラー監督

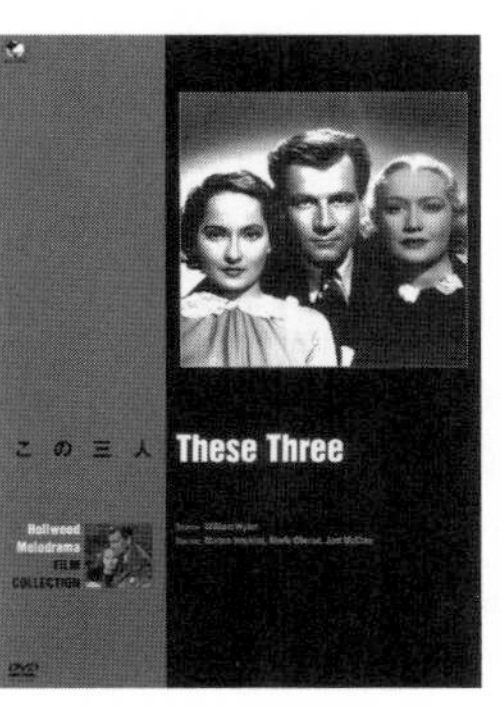

リリアン・ヘルマンの戯曲『子供の時間』(一九三四)は一九三六年、ウィリアム・ワイラー監督によって『この三人』と題して映画化された。原作は同性愛の噂を立てられた二人の女性教師の苦境を描いているが、当時のヘイズ・コード*の規制により、『この三人』では異性愛に変更させられた。カレンとマーサは共同で女子校を経営していた。マーサは親友のカレンと婚約しているジョーを密かに愛していた。それを知った問題児の生徒メアリーが、マーサとジョーが性的関係を持っているという悪意ある噂を流したため、学校は閉鎖に追い込まれ、名誉毀損で訴えた裁判にも負け、マーサ、カレン、ジョーはバラバラになる。しかし、最後には真実が明らかになり、カレンとジョーが再び結ばれる。

検閲制度が弱まってきた一九六一年、ワイラーは『噂の二人』としてオードリー・ヘプバーン（カレン）、シャーリー・マクレーン（マーサ）主演で『子供の時間』を再映画化した。『噂の二人』のストーリーは概ね原作と同じである。カレンは婚約者ジョーとまもなく結婚することになり、マーサの心は落ち着かない。「男性に関心を持たない」、「ジョーへの嫉妬」、「カレンを独り占めするのは異常」だと批判するリリー叔母（ミリアム・ホプキンス）に、マーサは激怒する。立ち聞きしていた女子生徒から言い争いの内容を聞いたメアリーは、二人の女性教師の間に良からぬ関係があるという悪質な噂を流す。

『この三人』も『噂の二人』のいずれにおいても、叔母リリーの不用意な発言が噂の根源となっている。しかし両者の映画における言語化されない感情、そしてそれを汲み取ったリリーの発言は、皮肉にも真実だった。もちろん実際の性的行動に関しては嘘だったにしても。

しかしもしも行動に移していたとしたらどうだろう。親友の婚約者を略奪することは倫理的に「悪」であろう。しかし、同性との性的関係を「悪」と断罪するのは、どんな判断基準なのであろう。敗訴後、「噂の二人」を見物するため見知らぬ人も家の前で立ち止まり、配達人は舐めるように二人を見る。

『この三人』では、ジョーがカレンに「聞きたいことはないか」と尋ねる。これは、自分とマーサとの異性関係の有無にカレンが拘（こだわ）っていることを察しての質問だった。一方『噂の二人』

では、カレンがジョーに同じ質問をする。同性愛関係をジョーが疑っているのではという懸念からの質問だった。同じ三角関係でも、異性愛の場合の失恋はありふれた出来事であり、やり直しは可能である。ところが同性愛の場合、マーサの告白を聞いたカレンは、自分が性的愛を抱いていないにしても親友への友愛を断ち切ることはできない。カミングアウトしたマーサも、もはや以前のようにカレンと接することはできない。

『噂の二人』がレズビアン・パルプ・フィクションの量産時代に製作されたという点は、重要である。レズビアンが顕在化することと、レズビアンが容認されることとは同じではない。結局、レズビアンは罰せられたかのように死ぬのである。マーサの葬式にカレンは誰の同席も望んでいなかった。墓地の外に集まる参加者たち。しかしカレンは誰にも目を向けることなく、一人で歩き去る。このエンディング・シーンは、カレンの今後の潔い人生を予期する一方、レズビアンの孤立化も暗示している。

（平林）

＊ヘイズ・コード　アメリカ合衆国映画の検閲制度。一九三〇年に導入され、一九三四年から実施され、一九六九年に廃止。「性倒錯」も規制の対象となった。

ここでブレイク　エポック・メイキング小説1

ラドクリフ・ホール『さびしさの泉』（一九二八）〔大久保康雄訳、新潮社、一九五二年〕

『さびしさの泉』は出版されるやいなや、猥褻であるということで発禁処分となったイギリスのレズビアン小説である。煽情的な関心だけで読まれ続けてきたばかりではなく、「少女の性がレズビアン的セクシュアリティを内包している」*という点においても女性読者の共感を得てきたのだろう。

舞台は十九世紀のイギリス、モートン館。フィリップ卿とアンナは、結婚して十年後に待望の子どもを授かる。フィリップ卿はアンナのお腹の中にいる子にスティーヴン（邦訳スティヴン）と名づけるほど、男の子を切望していた。しかしながら生まれてきたのは女の子であった。フィリップ卿はそのままスティーヴンの名で洗礼を授ける。彼は息子に与えるのと同じ教育をスティーヴンに受けさせたいという思いから、家庭教師をつけ、乗馬やフェンシングの技術を習得させていく。

スティーヴンは隣家のロジャーに紹介されたマーティン・ハラムと親しくなる。男として扱われたいスティーヴンの思いとは裏腹に、マーティンはスティーヴンを女として求婚してきた。自分の振る舞いのぎこちなさと、世間からの視線に戸惑い始めたスティーヴンは、「私には何かおかしなところがあるの？」と不安を口にし始める。スティーヴンは女性としての自分の身体に違和感を持ち続けていた。男性として生きることに馴染み、器としての女性の身体を嫌悪していたのである。たとえ男性として生きることを望んでいたとしても女性の身体を持つゆえに、スティーヴンは、レズビアン的欲望を開花させていくことになる。ここにスティーヴンの身体と欲望のせめぎあいが生じていく。

スティーヴンに対してアンナは、母親らしく振る舞えない後ろめたさを常に感じている。スティーヴンと隣家の人妻とのスキャンダルが明るみになると、「異常なのはあなたの方でわたしではない」とスティーヴンを断罪する。これによって慣れ親しんだモートン館を去ったスティーヴンは、家庭教師のパドルトンに勧められてフランスで暮らすことにした。第一次世界大戦中、スティーヴンは従軍してロンドンの移動衛生隊に加わり、そこで知り合ったメアリ・レウェリンを愛するようになる。スティーヴンは自己を解放していくようになる。大戦後、スティーヴンはメアリを連れてフランスのセーヌ川左岸で作家としての暮らしを始めた。メアリとの暮らしは順風満帆に思われたが、そこへあのマーティンが再訪した。あろうことか、マーティンがメアリを愛しはじめるのである。それを知ったスティーヴンは、メアリの幸せを彼に託す決断をする。

「あなた［スティーヴン］は不自然でもなければ、いまわしいなどということもなく、気が変でもないのです。よその誰とも同じように、世間の人のいわゆる造化の妙の一つなのです。ただあなたには、まだ説明されていないだけなのです。」（上巻、一九一）

［髙橋］

＊武田美保子『〈新しい女〉の系譜——ジェンダーの言説と表象』彩流社、二〇〇三年、一四二。

アナイス・ニン

『ヘンリー&ジューン』（一九八六）

［杉崎和子訳、角川文庫、一九九〇年］

『インセスト　アナイス・ニンの愛の日記　一九三二―三四』（一九九二）

［杉崎和子編訳、彩流社、二〇〇八年］

パリ生まれのアナイス・ニンは夫の転勤でパリに移り住み、そこでアメリカ人小説家ヘンリー・ミラー、彼の妻ジューンと運命的な出会いをする。アナイスは異性愛や結婚制度、近親姦のタブーなど、性の欲望を制限する制度や慣習を度外視し、奔放な性関係を求めていく。『インセスト』において愛の中心となるのはアナイスの実の父親である。子ども時代に自分と母を捨てて出奔（しゅっぽん）した父とフランスで再会。父娘は互いの中にそれぞれの理想像を見出し、たちまち愛に溺れていく。アナイスは二人の濃密な性の営みを詳細に綴っていく。しかし、まもなく自分に執着する父を見限り、彼女はヘンリーの元へ戻っていった。ヘンリー、父、精神分析家のオットー・ランクなど、夫以外の幾人もの男性との情事は、決してアナイスの軽薄さからの行為ではない。アナイスの日記は彼女がいかに素朴で欲望に忠実であったかを物語っている。

こうした男性遍歴の間を縫うように、アナイスはジューンにも強く惹かれていく。『ヘンリー&ジューン』ではジューンを初めて見たときの衝撃を、「この地上でもっとも美しい女性に出逢った」（一三）と書いている。そして「男みたいに、彼女の顔にも躰にも恋をしていた」（一三）と続け、ジューンへの愛を自覚する。ヘンリーとジューンをともに愛するアナイスは二人に対して嫉妬を感じるが、ジューンに対する嫉妬は女として、ヘンリーに対する嫉妬は男としての嫉妬である。「ジューンの愛が欲しかった。そのために自分の中の男性が、はっきり見えたことを、私は喜んでいる」（七七）のである。しかし、二人がベッドで愛撫（あいぶ）しあったとき、アナイスはジューンに裸身まで見せるが、ジューンの方は「わざとレズビアンのふり」（『インセスト』五七）をした、とヘンリーに言い放っていた。それでもジューンはアナイスにとって唯一愛した女性だったのである。

女二人の愛はヘンリーへの愛の延長にあるのだろうか。ジューンがヘンリーの一部だったから、私は彼女を愛したのか。違う。お互いの価値を認めあったから、私たちは似ているから、二人の間に愛が生まれたのだ。（『インセスト』五八）

［平林］

リリアン・ヘルマン『子供の時間』（一九三四）

［小田島雄志訳『リリアン・ヘルマン戯曲集』新潮社、一九九五年］

学生時代から仲が良かったカレンとマーサは、良家の娘が通う女学校を経営していた。かつては女優であったというマーサの叔母リリーも女学校を手伝っている。しかしマーサは叔母を疎（うと）ましく感じ、何とか出て行くように仕向けていた。リリーはマーサが自分につらく当たることに我慢できず、姪の機嫌が悪いのは、カレンの求婚者ジョーのせいだと言い始める。さらにリリーは、カレンに愛情を抱いているためにマーサはジョーにやきもちを妬(や)いているのだと指摘し、それは「まったく不自然なことだ」と非難する。叔母と姪のこの言い争いは生徒二人に立ち聞きされてしまう。

女学校にはメアリーという問題児がいた。彼女は富豪の祖母ティルフォード夫人が後ろ盾(だて)になっているため、事あるごとにカレンやマーサを手こずらせていた。メアリーは、マーサとリリーの言い争いを立ち聞きしていた生徒たちから、二人の女教師の関係が「不自然」だという話を聞く。彼女はその話を悪意ある噂話にでっちあげ、祖母に告げ口する。するとあっという間に、生徒らの親が子供を迎えに来て、女学校から逃げるように立ち去っていく。カレンはこの原因がティルフォード夫人にあると推測し、夫人宅を訪ねてみる。事の真相は、二人の女教師がただならぬ関係にあるというメアリーの話を信じたティルフォード夫人が女学校の父兄に連絡し、即刻子どもを引き取るように進言したからだった。カレンとマーサの弁明もむなしく、メアリーのついた嘘が翻(ひるがえ)ることはなかった。その後、マーサはカレンに対する愛情を告白する。

女学校は閉鎖。二人は、周囲の住民から好奇の視線を浴びせられて暮らす日々を過ごす。喪失感に襲われたカレンは、ジョーと別れることになる。それを知ったマーサはピストル自殺を図る。マーサの死後ティルフォード夫人が寂(さび)れた女学校を訪れメアリーが嘘をついていたと謝罪する。夫人はできる限り学校再建の手助けをしたいと申し出るのだが、婚約者と親友を失ったカレンは、その土地から立ち去る決心をする。

マーサ　私、あの子が言い出したあの夜以来ずっと、自分に言い聞かせてきた、そう確信できるようにお祈りしてきた。でももう、もうだめ。罪を犯しているんだもの。どのように、どういう理由でかは知らないわ。でも、私はあなたを愛していた。いまもあなたを愛している。あなたの結婚には腹が立った、おそらくあなたがほしかったから。おそらくずっとあなたがほしかったのよ。その気持ちをどう呼べばいいかはわからない、でもはじめてあなたに会ったときからずっとそうだったのよ、おそらく――

カレン　（緊張して）嘘。あなたは自分に嘘をついている。私たち、おたがいにそういう気持ちをもったことなどなかったわ。

マーサ　（にがにがしく）ええ、もちろん、あなたはね。でも私もそうだとだれに言えて？　私、あなた以外の人にそういう気持ちを持ったことはなかった。男の人を愛したこともなかったし――いままでなぜそうなのかわからなかった。多分そういうことなんだわ。（八〇）

［髙橋］

ジューナ・バーンズ『夜の森』(一九三六)

［河本仲聖訳『集英社ギャラリー「世界の文学」4 イギリスⅢ』所収、集英社、一九九一年］

「夜の森」は原始の闇や人間の心の根源を探求する物語である。自称男爵フェリックス・フォルクバインはユダヤ人であることから社交界で疎外感を味わっていた。あるとき、無免許の産婦人科医マシュー・オコーナーからロビン・ヴォートを紹介され、二人は結婚する。しかし子どもを産んだロビンは家を出ていき、アメリカで文学サロンを開いているノラ・フラッドと知り合い、同棲を始めた。ノラの愛にもかかわらず、放浪癖が止まないロビンは夜の町を徘徊(はいかい)し、見知らぬ人と関係を持ってはノラの待つ家に帰ってくるのだった。ノラはロビンとの関係に絶望的になっていく。そんなとき、四度の結婚歴がある中年の未亡人ジェニー・ペサブリッジがロビンに関心を持った。ジェニーは他人の持ち物に執着するあまり、最後には自分のものにしてしまう女で、ロビンもノラから奪い取る。ジェニーとロビンはともにアメリカに渡ることになったが、関係は長くは続かず、ロビンは相変わらず彷徨(さまよ)っていた。

ロビンがいなくなり絶望状態になったノラは、自分の出生時に立ち会ったマシューの元を訪れる。トランスジェンダーの彼は女装して恋人を待っているところだった。ノラはロビンに対する思いをマシューにぶつけるが、彼から慰めを得ることはできなかった。

ある晩、ノラは飼い犬の後を追って、小さな教会へ入っていった。祭壇周りでロビンと犬が吠えながら噛み合いながら、追いかけ合っていた。犬は後ろの二本脚で立ち、ロビンは四つ足で這い回り、犬と人間は一体となって最後に倒れた。ロビンの獣性が何を意味するのか曖昧なまま物語は終わる。

相手が少年であれ少女であれ、われわれが倒錯者にたいして抱くこの愛とはいったい何だろう。子どもの頃読んだあらゆる物語の主人公こそ、そういう少年であり少女だったのさ。［……］王子を王子――一人前の男でなく――たらしめているのは、少女の中に潜む少年であり、少年の中の少女だったからだ。（六三〇）

［平林］

オリヴィア『処女オリヴィア』（一九四九）［福田陸太郎訳、新潮社、一九五二年］

著者オリヴィアの本名はドロシー・ストレイチー・ビュッシーで、ヴァージニア・ウルフ夫妻をはじめロンドンのブルームズベリーに集まった知識人たち（ブルームズベリー・グループ）のメンバーの一人で、同性愛者でもあったリットン・ストレイチーの姉である。この作品はオリヴィアという語り手が何十年も前の体験を書き記したものという体裁をとっている。

十九世紀末、イギリス人の十六歳の語り手は、マドモアゼル・ジュリーとマドモワゼル・カラが経営するパリ近郊の花嫁学校へ留学することになった。語り手は徐々にマドモアゼル・ジュリーに憧れ、さらに恋心を抱くようになっていく。

語り手はまもなく二人の教師の間に何等かのわだかまりがあることに気づく。ドイツ人教師フラウ・リーズナーが働くようになった三年前から、ジュリーとカラの関係に亀裂が生じてきたということを、後になってイタリア人の教師シニョリーナから教えてもらった。母性的で控えめだったカラはリーズナーによって病気扱いされるようになり、社交的なジュリーに生徒の人気が集まることを嫉妬し始めたのである。

語り手はある日、思い余ってジュリーに自分の思いを打ち明けた。ジュリーが他の生徒に優しい仕草をするのを見ると、語り手は抑えきれないほどの嫉妬を感じてしまうのだが、ジュリーは「あなたが信じられないほど、あなたのことが大好きなの」と言う。一方、ジュリーとカラの関係はますます悪化し、とうとうジュリーは学校をカラとリーズナーに譲り、自分はカナダに移住する決心をした。

学校を移譲する手続きがほぼ終わった頃、カラは催眠剤を多量に服用して亡くなった。薬の服用の介助をした人が量を間違えたのか、本人が自殺目的で余分に服用したのかは分からず、過失として処理された。カラの死でジュリーは自分がどれほど、そして誰よりもこの友人を愛していたのかを再認識した。彼女は語り手に対してももはや以前のような愛情を見せることはなく、シニョリーナを連れてカナダに去っていった。その後、語り手の手紙にジュリーが返信することは一切なく、シニョリーナが時折様子を知らせてくれるだけだった。数年後、ジュリーも亡くなった。

「私はお前が大好きなのよ」

その声はとぎれ、沈み、それから一層低くつづきました。
「お前が信じられぬほど」(一〇五)

〔平林〕

モニック・ウィティッグ『女ゲリラたち』(一九六九)〔小佐井伸二訳、白水社、一九七三年〕

『女ゲリラたち』は継続的ストーリーがないため、通常の物語(フィクション)として読むのは困難だ。しかし詩的散文で書かれたこの作品には女性の解放のための闘争という明白なテーマがあり、サークル(円)によって三つの部分に分けられている。第一の部分は女性たちの闘争が描かれている。女性(女性器)について男性が書いた「フェミネール」は女ゲリラによって書き直され、女性たちは身体への喜びを味わっている。第二部は過去と未来を往来し、男性との闘争を予期する。「フェミネール」は解体されて書き直されていく。第三部は男性支配を作り出してきた言語を解体するための、男性に対する戦争の物語である。

各部分を分けるサークルは女性器の象徴でもあり、また頭文字にOを持つ女たちのO連合体や平等性(円卓)をも表わしている。「女らしい」女性たちは闘争する女性へと変化していく。多くのページに挙げられている女性名リストは、この戦争に参加した女性である。つまり『女ゲリラたち』は、男性英雄を中心とした従来の神話や叙事詩を、女性戦士たちの物語へと語り直しているのである。しかもその物語は一人の英雄物語ではなく、女性たちみんなの物語なのだ。この闘争に参加する男性も女ゲリラたちは受け入れる。女ゲリラたちは男性たちや父権体制をあざけるために笑う。笑いは女性勝利を表わす特徴となっている。

しかし物語を書き直すだけでは足りない。従来の父権的体制を壊すには、まず意識、観念、無意識を作り上げている文化の仕組み、すなわち言語を作り直さなければならない。ここでは、女性を「自然」と安易に結びつけることも否定されている。この作品の目的としている女性解放の闘争とは、まさに言語解体のための闘争なのである。

彼女たちは勝ち誇って断言する
すべての仕草は転覆させることだと。(プロローグ)

彼女たちを飼い馴らした文明の規律や慣習に屈した話を捨象しなければならない［中略］あらゆる言語の語彙は調べられ、変えられ、完全にひっくりかえされなければならない。
(一九六)

［平林］

第四章　レズビアン的繋がり

ユートピア的共同体を求めて
――アリス・ウォーカー『カラー・パープル』（一九八二）とファニー・フラッグ『フライド・グリーン・トマト』（一九八七）におけるレズビアン的友情

◉レズビアン的友情

一九八〇年代に出版されたアリス・ウォーカーの『カラー・パープル』（一九八二）とファニー・フラッグの『フライド・グリーン・トマト』（一九八七）は、いずれもアメリカ南部を舞台にしたレズビアン小説である。『カラー・パープル』ではアフリカ系アメリカ人のセリーとシャグ、『フライド・グリーン・トマト』では白人のイジーとルースというそれぞれ二組の女性のレズビアン的友情を描いており、彼女たちの友情が直接的・間接的に周りのコミュニティや時代を超えた人々に、愛と共生の輪を広げていく。『カラー・パープル』のセリーとシャグの場合、二人の間にはエロティックな描写があるが、『フライド・グリーン・トマト』にはイジーとルースの身体的関係性は描かれていない。にもかかわらず、これら二組の女性たちが単なるプラトニックな繋がり以上の恋愛感情を相手に抱いているのは、テクストの随所から明らかである。クリステン・プロールが彼女たちの関係性を「クィアな友情」と名付けているように、とくに「ジェンダーが未確定」(Proehl) なイジーを考える場合、「クィアな友情」は適格なカテゴリーかもしれない。しかし他方で、イジーがジェンダー規範に逆らうにしても、その基に「女性」のジェンダーが存在しているのは事実である。つまり自分が置かれるはずのジェンダーとそれに対する反発という意味で、彼女たちの関係性を「クィアな友情」ではなく、「レズビアン的友情」の呼び方を使用していこうと思う。

両作品のコミュニティは、レズビアン的関係に対して現実的には奇妙なほど寛容である。正確に言えば、いずれの小説でも「レズビアン」という言葉は使用されていないし、そもそもレズビアニズムが作品の中心テーマになっているわけではない。『カラー・パープル』では公民権運動前(一九〇〇年代から一九四〇年代)のアメリカ南部における黒人女性の抑圧状況が描かれている。父権的な黒人社会で人権を無視され性差別を受ける主人公セリーは、悲惨な生活を送りながらも、素朴でしなやかな精神によって生き抜いている。そしてシャグとの出会いによって彼女は徐々に変わり、周囲の男性たちの差別意識も取り除いていく。『フライド・グリーン・トマト』も人種差別が根強い一九二〇年代からの南部アメリカが背景となっている。型破りな主人公イジーは性、人種、階級という偏見に一切とらわれず、社会的弱者と同等に立って彼らを支援していく。二作品の中心テーマを促す原動力となっているのがレズビアン的友情である。セリーとイジーはそれぞれシャグ、ルースに対するレズビアン的友情を築くことによって自己を肯定するようになり、その充実した感情があるからこそ、周囲の共同体を共生の道へと導いていくのである。本章では二組のレズビアン的友情が、異性愛に支えられた家父長制度をいかに問い質し、どのようなユートピア社会を提示していくのかを考察していきたい

◉ジェンダー・ポリティクスからの脱却

『カラー・パープル』と『フライド・グリーン・トマト』の両作品には男性の権威を持続させる強制的異性愛制度（結婚制度）が根強く存在する。『カラー・パープル』のセリーは十四歳のとき、二病弱な母の代理として父（後に実父でなかったことが判明）の性欲の捌け口とされるようになり、二人の子どもを産まされたあげく、その子どもたちは里子に出される。ミスター（アルバート）との結婚も父の言うなりに決められ、その夫からも暴力を受け続ける。ちなみに、夫に対し「ミスター」と男性一般の呼称を使用しているのも、セリーにとって男性は固有の存在ではなく、逆らえない権力者であることを示唆している。彼女の意志や選択権はまったくなく、母からの保護の手すらない。母は娘を裏切ることによって夫への忠誠心を証明するため、「現実の社会／家庭は父権的な性抑圧が強化されている場所」なのだ（竹村「レズビアン研究の可能性（5）」四三二）。ジェンダーのダブルスタンダードは結婚生活においてさらに顕著に表われる。アルバートはセリーと結婚しながら、愛人シャグとの間に三人の子どもをもうけている。たしかに、彼に対する世間の評判は良くなかった。しかしそれでも先妻の死後、彼はセリーと結婚でき**た**。他方シャグは、子どもを婚外で産んだ

ことによって「堕落した女」「尻軽女」「淫売」などの汚名を着せられ、アルバートとの結婚も親から認めてもらえなかった。こうしたジェンダー・ポリティクスは被害者側の女にも刷り込まれている。セリーも例外ではない。彼女は義息子ハーポの妻ソフィアの反骨精神が羨ましいあまり、「自分の言いなりにならない」とこぼすハーポに、妻を殴るよう助言してしまうのである。『フライド・グリーン・トマト』にも暴力で妻を服従させる夫フランクが登場する。ルースとの結婚前からフランクの強姦(ごうかん)まがいの行為の被害者は何人もいたが、彼女たちは彼の報復を恐れて泣き寝入りしていたのである。結婚してから四年間、ルースもそんな夫の暴力に耐え続けた。

二十世紀前半のアメリカ社会において、男女関係、とくに家庭内のジェンダーの不均衡——男だけがバーに行く、酒を飲む、暴力をふるう、女が家事をする、男に従う——は当たり前のことだった。そして男女の力関係の上に結婚制度が成り立っているため、不平等を声高に批判することもなかったのである。しかし『カラー・パープル』と『フライド・グリーン・トマト』では、こうしたジェンダー構造から逸脱する事例が随所にみられる。

『カラー・パープル』のジェンダー構造の逸脱例を考える上で、ソフィアとシャグの存在は大きい。ソフィアを殴ったハーポは逆に妻から殴り倒され、彼女を服従させることができなかった。セリーもソフィアの勇気が羨ましかったことを認め、殴れと言ってしまったことを彼女に謝罪する。ソフィアはハーポと離婚しないまま「賞金稼ぎ」との間に子どもまでもうけているが、コミュニティの中では容認されている。またアルバートもシャグを殴ることは決してなく、二人の関係は対等である。ジェンダー・ポリティクスはセクシュアリティとも関係していく。イヴ・セジウィックは男同士の間で女を交換し合うという三角構造を用いて、男同士の絆と家父長制度とは特別な関係にあることを説明した（Sedgewick, *Between Men* 21–27）。ホモセクシュアルな関係に嫌悪と恐怖心を抱きながら築いていく男同士の友好関係は、女を媒体にすることで維持しているのである。反対に、男を間におくことによって女同士の反目した関係が生まれるのも、家父長制度と深く関わっている。女同士の友好関係が成立しえないのは、結局ジェンダー構造が非対称だからである。妻と愛人であるセリーとシャグがたとえ対立し合うとしても、それは当然のことなのだ。したがって彼女たちのレズビアン的友情は、プロールが指摘するように、転覆的な社会批判として使われていることになる（Proehl）。二人のレズビアン的友情を知ったアルバートがそれに対し反発やら嫌悪を示さず、むしろ自分の今までの暴力行為を反省し始めたことも、従来のジェンダー・ポリティクスの転覆として読めるだろう。

『フライド・グリーン・トマト』におけるジェンダー規範の逸脱者はイジーである。十歳のとき彼女はスカートをはかないと宣言し、大好きな兄バディの服を着るようになった。これはいわば、ジェンダーの模倣行為だと言えよう。姉の結婚式の参列のため母がイジー用に男物のスーツを作らせるなど、イジーの異性装、正確に言えばジェンダー規範への不服従は、周囲から容認されていた。後になると、イジーは保安官グレイディスらと酒を飲んだりポーカーをしたりするなど、男にだけ許されている行動も容認されている。さらに事故で片腕を失ったルースの息子スタンプ（フランクの元を去ってから生まれた子）をアウトドア活動に誘ったり、セックス恐怖心に苦しむ彼を馴染みの娼婦のところで実地訓練させたりするなど、彼女は男親の役割を果たしている。このようにイジーのジェンダーは未特定のままなのだ。

実はルースもジェンダー規範を逸脱した一人である。彼女はレズビアン的友情を異性愛結婚よりも優先した。ルースは穏やかで優しい、いわゆる「女」のジェンダー規範に準じた女性であったが、イジーが危険を冒してまで蜂の巣から蜂蜜を取ってくれたとき、「心の底からイジーを愛していることを知った」(八七)。ルースは夫の暴力に四年間耐えた後、自らの意志で夫の元を去り、同性のイジーを伴侶として選ぶ。作品中にエロティックな描写は確かにないが、二人の生活拠点としてホイッスル・ストップ・カフェの資金を援助するなど、イジーの両親も二人の関係を暗黙に認めているのである。

◉語りによる制度攪乱

制度の問い質しという観点から、両作品の語りの特徴は注目に値するだろう。『カラー・パープル』はセリーの手紙という書簡体形式をとっている。セリーは養父によって性的暴行を受けて子どもを産まされる。アルバートと結婚させられた後は、先妻の子どもたちの世話に加え、夫の暴力にも耐え続けるのである。女の悲惨さを絵に描いたような生活を送るセリーは「神さま」に宛てて手紙を書いている。手紙が実際に投函されるわけではないにしろ、父権制社会の被害者セリーが語りの主体になっていることは、「人生の抑圧状況に対する抵抗の形」(Harris)であり、男性中心的な社会への抗議とも読める。

この書簡体形式では、途中からセリーに宛てた妹ネッティの遅れた手紙が断続的に挿入されている。ネッティからの何通もの手紙はすべて、長年にわたってアルバートによって隠されていた。シャグが探し出してくれた手紙から、セリーはそれまでのネッティの消息を知ることになる。セリーの結婚後、義兄アルバートから性的暴行を受けそうになったネッティは家から逃げ出し、黒人宣教師夫妻（サミュエルとコリーン）の元へ身を寄せ、宣教のために彼らと一緒にアフリカに赴いたのだった。セリーにとってなによりも衝撃的な事実は、その宣教師夫妻の二人の子どもが自分自身の実子であることだった。

ネッティからの手紙を読むまで、セリーは神を白人男性の姿で想像していた。しかし、養父が実父だと偽ってセリーに近親相姦の罪悪感を植え付けていたこと、夫がネッティの手紙を隠し続けていたこと、さらには実父が白人のリンチで殺されていたことを知り、男性と白人に激しい怒りを感じ、神への祈願が無意味であることを知った。そもそもセリーが「神さま」に手紙を書くきっかけとなったのは、「神さま以外の誰にもいうんじゃない。それを聞いたらお母さんは死んでしまうぞ」（プロローグ）という言葉だった。最初の手紙が養父から性的暴行を受けていることの告白であることを考えると、手紙の前のプロローグは養父の言葉なのだろう。白人の男性神に辛いことを打ち明けるように仕向けることは、女の絶望的苦悩にまったく無関心であるということだ。セリーが神さま宛てに書くことをやめ、代わりに妹ネッティに宛てて書き始めたのは、まさしく家父長制度への批判である。直線的で連鎖する家父長制度に倣った語りの形式に対し、時間的継続を断ち切るネッティの遅れた手紙の挿入は、父権制への抵抗表現といえるだろう。

『フライド・グリーン・トマト』の語りはさらに複雑である。中年の主婦エヴリン・カウチは老人ホームに入所している夫の母を訪問したとき、たまたま入所者のニニー・スレッドグッドに出会う。ニニーは自分の若い頃のホイッスル・ストップ（アラバマ州）での出来事、とくにホイッスル・ストップ・カフェを営んでいたニニーの従妹のイジーとルースの生活と、二人を取り巻くコミュニティの話を語った。ニニーの話に魅惑されたエヴリンは、その後約一年間、毎週老人ホームを訪れて老女の話を聞くことになる。ニニーの話の前後には、一九二〇年代から八〇年代までのローカルな週刊新聞記事や背景となるエピソードなど、彼女の語りを補足する話が年代を前後しながら挿入されている。たとえば、一九三〇年十二月に起こったフランク失踪事件は、十年後の週刊新聞記事の後に出てくる。この失踪事件の捜査は一か月ほどで打ち切りとなるが、作品の後半（一九五五年七月）に、フランク殺害容疑でイジーと黒人の使用人ビッグ・ジョージが裁判を受け、無罪となる結末が描かれる。事件の真相が明かされるのは作品の最終盤になってからである。その真相とは、赤ん坊だった息子スタンプを連れ去ろうとしたフランクをビッグ・ジョージの養母シプシーがフライパンで殴り殺したこと、その死体はカフェのメニューであるバーベキュー用に調理されてしまったことである。読者はポリフォニックな語りと、物語の因果関係を無視して提示される語りの形式に直面して、自ら物語を紡いでいかなければならない。『カラー・パープル』同様、『フライド・グリーン・トマト』も、直線的時間という家父長的物語形式を壊すことで、異性愛制度の攪乱を目論んでいるのである。

◉人種・階級差別への抵抗

『カラー・パープル』では黒人差別の社会で生きる女性のサバイバル精神が主要テーマとなって

いる。セリーが語りの主体の立場をとることによって、白人の登場人物ですらも彼女の声として語られることになり、ジェンダーだけでなく人種の抑圧的状況をも逆転させている。とはいえ、人種の抑圧に対し、語りのレベル以外で正面切っての抵抗は難しい。この作品内で人種の序列に異議申し立てをする例が、ソフィアとエレノアの関係である。

反骨精神の持ち主であるソフィアは白人に反抗したため、暴行と懲役の刑罰を受けた。事の真相は次のようである。ソフィアは白人の市長夫人からメイドにならないかと声をかけられたが、反抗的態度をとったため市長に殴られた。これに対し「目には目を」の精神を持つソフィアは、すぐさま市長を殴り倒してしまった。白人に暴力をふるった反抗的な黒人ということで、彼女は半殺し状態になるまで暴行を受けた挙げ句、刑務所に収監された。生命の保障がない刑務所に入れられたソフィアを心配し、セリーらはいろいろと画策した結果、刑期の残りを市長の家で無報酬のメイドとして働くようにしてもらったのである。その間ソフィアに愛情を感じてきた市長の娘エレノア・ジェーンが、成長後、ソフィアの末娘の世話をするようになる。「白人が黒人のために働くなんてこと聞いたこともない」と猛反対する両親に対し、エレノアは「ソフィアのような人が下らないことのために一生ただ働きしたなんてこと、聞いたこともない」（三四五）と言い返すのだ。エレノアの行動は、白人内部から人種差別への問い質しとして大きな意味を持っているといえるだろう。

『フライド・グリーン・トマト』は中心人物が白人であり、『カラー・パープル』と事情は異なるが、物語の大半は公民権運動前の出来事であり、人種差別や階級差別が随所に見られる。こうした差別にひるまず抵抗するのがイジーだった。彼女のジェンダーが未確定であることは、ジェンダーの権力構造への異議申し立ての表象である。それだけではない。ジェンダー未確定が彼女のポジションだとすれば、その未確定というポジションは、人種や階級による抑圧構造に対しても通用する。たとえば、黒人の使用人シプシー、その養子のビッグ・ジョージ、彼の妻オンゼルと子どもたち（ジャスパー、オーティス、ウィリー・ボーイ、ノーティー・バード）はイジーにとって家族同然の存在であり、彼女は白人の特権意識もなく、友人として彼らと接していたのである。この作品に登場する白人至上主義団体のクー・クラックス・クラン（KKK）は、当時のアメリカで、人種を超えた付き合いをする白人や黒人にリンチを加えていた。KKKの報復を心配したグレイディスから黒人に食べ物を売るなと忠告されても、イジーはカフェの裏口から彼らに安く食べ物を売っていた（五三―五七）。またビッグ・ジョージにフランク殺しの容疑がかかったときも、黒人は白人よりも有罪判決を受ける可能性が高いからという理由で、イジーは彼のアリバイ証明をするために法廷に立ち続けるのである。さらに、何日も食べるものがなかったスモーキーが浮浪者然とした風体で現われたときにも、「［手洗いで］さっぱりとしてから食事をするといい」（二一）と声をかけたり、アルコール依存症の禁断症状で身体が震える姿を見れば、さりげなく外に誘い出してウイスキーの小瓶から飲ませてやったりする。ジェンダー規範へのイジーの抵抗は、そのまま黒人や流れ者に対する対等な友情へと繋がっていくのである。

◉人との繋がり

『カラー・パープル』と『フライド・グリーン・トマト』におけるセリーとシャグ、イジーとルースのレズビアン的友情は、周囲の共同体の人々に癒しと調和を与えていく。まずはそれぞれの友情の発端を見ていこう。

セリーはアルバートとの結婚前、彼と噂があるシャグ・アヴェリの写真を手に入れ、写真の彼女にひと目惚れした。アルバートが病気のシャグを家に引き取ったときが、セリーとシャグの最初の出会いである。本妻の家で世話になるシャグは、本妻よりも性的魅力がある愛人という立場をわざと見せつけ、セリーの「醜さ」を正面切って指摘した。しかしセリーはシャグを風呂に入れるとき、彼女の裸体姿を見て「男になったような」(六二)気がして、ますます彼女に惹かれていくのである。やがて二人の間にレズビアン的友情が芽生え、性的な関係に入っていく。シャグによって身体の快感を知ったセリーは、子どもに授乳した時の感覚とクリトリスの感覚を同等の快楽だと感じた(九六—九七)。アドリエンヌ・リッチによれば、レズビアンは従来「『喜び、官能性、勇気、共同性』を知らされずにいた」のである(Rich 27–28)。セリーはシャグとのレズビアン的友情を契機にして喜びと官能を味わうことで、家父長制度の異性愛結婚がもたらした抑圧、自己否定感、罪悪感から脱却し、男への服従心から逃れる勇気を得ていくのである。

その後、アルバートがセリーにとって最も大切な存在である妹からの手紙を隠し続けていたことを知ると、彼に対して暴力的な激しい怒りを感じる。そんなセリーに対し、怒りのエネルギーをズボン作りで発散させるように仕向けるのもシャグだった。シャグの助言は、やがてセリーの精神的・経済的自立の元となっていくのである。

セリーとシャグのレズビアン的友情は周りにもさまざまな形で波及していく。自己肯定感と勇気を得たセリーは、ハーポの愛人に、彼の勝手な呼び名「スクイーク」(Squeak)(「キーキー声を出す」の意)でなく、本名「メアリ・アグネス」と呼ばせるように助言する。名前の選択は基本的アイデンティティを確立するための第一歩である。メアリ・アグネスも自分の名前を取り戻すことにより、ハーポに従属する関係から脱却するのである。そしてシャグはメアリ・アグネスの歌唱力を認め、舞台で歌うように勧めた。さらに共同体の女性たちが妻や愛人という対立し合う立場を超え、協力し合って互いの子どもを育てていくことも重要だ。たとえば、ソフィアの刑期中、夫の愛人であるメアリ・アグネスと姉オディッサが子どもたちの面倒を見ているし、メアリ・アグネスが歌の仕事のためにメンフィスに行くときは、ソフィアが彼女の子どもの面倒を見る。この世のすべての存在への愛を主張するウォーカーのウーマニズム(1)に基づき、家族を超えたゆるやかな大家族的共同体——リッチの言う共同性——が女性たちの自立を支えているのである。

『フライド・グリーン・トマト』におけるイジーの友情の対象は、人種、階級、主義主張の違いにかかわらず、多彩な顔ぶれである。イジーのさりげない友情を示す例が、禁酒主義者で彼女と仲の悪いバプティスト教会牧師との関係である。この牧師の息子ボビー・リーが不始末を仕出かして捕まったとき、彼女は保釈金だけでなく、ボビーが前科者にならないために警察の記録からの抹消(まっしょう)代金も支払った。その際、彼女はこの件を牧師には秘密にするよう、ボビーに固く口止めしておいた。ところがルースの夫殺しの容疑でイジーとビッグ・ジョージが起訴されたとき、ボビーはかつてイジーが自分を救ってくれたことを父親に明かすのである。結果として牧師は、イジーとビッグ・ジョージのアリバイを偽証するという恩返しをしてくれることになった。これこそまさに友情の連鎖である。

『フライド・グリーン・トマト』の友情は、同時代の横の繋がりだけでなく、時代を超えた繋がりをも生み出していく。イジーのレズビアン的友情や武勇伝は、ニニーの語りを通じて、数十年を経て現在を生きるエヴリンに力を与えるのである。エヴリンは更年期に差し掛かり、精神的に不安定になっており、死や病に過剰な恐怖を感じている。二人の子どもが巣立った後の空虚感を食べることで補い、その一方で、そうした食欲を節制できない自分を卑下している。ニニーはこんなエヴリンに、従妹イジーのさまざまな武勇伝やホイッスル・ストップ・カフェを取り巻く人々の話を語る。分け隔てのないイジーの友情物語を聞くことによって、エヴリンはジェンダーや年齢によって差別する社会慣習に、初めて気づいていくのである。ある日、若い男に理由もなく罵倒（ばとう）されたことに動揺したエヴリンは、暴力的な「トゥワンダ」に変身して差別者を処刑する自分の姿を夢想する。しかしその後、黒人教会に参列することによって、心からの喜びの感動を味わい、憎しみや嫌悪、暴力的感情から一気に解放されるのである。こうして一年近くにわたってニニーから伝えられた話は、平穏な精神と勇気を彼女に与え、自己肯定感を高めていく。ニニーの死後、居間に飾ってあるニニーの写真を見た人からエヴリンは「お母さんとそっくり」（三七八）と言われている。『カラー・パープル』同様、ここにも伝統的家族を超えた「新しい家族」の繋がりを見ることができるのである。

従来の恋愛物語のヒロインは、結婚という形で男性との愛を成就（じょうじゅ）させるか、不慮の事故か病で死んでしまう悲劇的結末を迎えるか、いずれかのエンディングしかなかった。しかし『カラー・パープル』と『フライド・グリーン・トマト』では、持続する女同士の友情と、その友情をきっかけに、セリーとエヴリンが精神的、社会的に自立していく姿が描かれるという、異性愛物語とは異なったエンディングを提示している。二つの作品のいずれも、レズビアン的関係は後景に位置し、女性同士の友情とエンパワーメントが主題となっている。『カラー・パープル』ではアルバートやハーポも女性の共同体に受け入れられている。ハーポは畑仕事よりも食事作りや掃除などの家事が好きで、針仕事が好きなアルバートはセリーと一緒にズボン作りを手伝う。男女の役割分担が明確だった父権的な家族は解体され、それに代わった母系的家族では男女の役割が決められているのではなく、個人の意思と能力が尊重されている。ハーポとアルバートの「女性化」は、伝統的男性役割から解放されて「個性化」されたことを意味している。『フライド・グリーン・トマト』のイジーとルースの関係も通常の家族構造を逸脱するだけでなく、時代を超えて、多様な家族関係の可能性も示唆していく。このように両作品のレズビアン的友情は伝統的な家族とは異なる別の共同体、人間関係を提示することで、異性愛制度だけでなく家父長制度をも問い質しているのである。

◉注

（1）"womanism" Walker, *In Search of Our Mothers' Gardens*, xi–xii.

〈小説から映画〉

④姉妹愛を謳う――映画『カラーパープル』（一九八五）スティーヴン・スピルバーグ監督

この作品で主役としてデビューしたウーピー・ゴールドバーグは、ゴールデングローブ賞の主演女優賞を受賞した。映画は原作にほぼ忠実に沿った内容となっている。とはいえ、女性同士の性的描写は十三歳未満の子どもでも鑑賞できるように穏やかにした、とのスピルバーグの説明*にあるように、レズビアン表象はかなり曖昧になってしまった。

問題のシーンは原作では二段階になっている。まずシャグがセリーに自身の陰部を鏡で見るように言い、その美しさを認識させる。その後、結婚したシャグが夫と一緒にやってきたとき、セリーとキスを交わし合い、性行為に入っていく。他方の映画では、セリーが鏡で見るのは自分の笑顔であり、その後シャグとキスをする。続くベッドシーンは、揺れる風鈴で暗示されているだけだ。

セリーのズボン製作も、映画においてカットされた重要な部分である。ズボン作りは、ネッティからの手紙を隠してきたアルバートに対するセリーの怒りを紛らわせるため、シャグが提案したことである。この創作行為はセリーの感情をコントロールするだけでなく、彼女の精神的、経済的自立へと繋がっていく。映画ではズボン作りのきっかけであるシャグ

の助言もなければ、セリーの自立へのプロセスもカットされている。

映画ではさらに、男の「女性化」も削除されている。原作ではセリーがシャグと一緒にメンフィスに行ってしまった後、荒れた生活を送るアルバートの面倒を見るのは息子だった。ハーポは、掃除や食事作りに加え、父親を風呂に入れて世話をする。アルバートはその後セリーのズボン作りを手伝うようになり、彼もまた「女性化」するのである。映画ではアルバートの老父が訪れて息子に小言を言う場面に代わっており、父権制が続いていることを感じさせる。

一方、映画で強調されているのは姉妹愛である。冒頭シーンは、セリーとネッティが手遊び歌で姉妹愛を表現している。原作ではネッティがアルバートの性被害者にならないために、セリーが妹に出ていくように言うが、映画ではネッティに急所を蹴とばされて怒ったアルバートが、彼女を追い出す。仲の良い姉妹を見るときのアルバートの表情、姉妹をむりやり引き離すシーン、ネッティからの手紙を隠し続けることなどから、たとえ姉妹であっても、女同士の絆に対するアルバートの嫌悪をみてとることができよう。レズビアン的身体関係は、観客にとって安全な姉妹関係に置き換えられた。しかし、姉妹愛が実はシスターフッド、そしてレズビアン連続体に繋がることをこうしたシーンが示唆しているとすれば、映画のメッセージ性は深い。

（平林）

＊ Kisner, Jeremy. “Steven Spielberg Says He Softened Lesbian Sex in *The Color Purple*.” *The Advocate*, 5 December 2011. https://www.advocate.com/news/daily-news/2011/12/05/steven-spielberg-says-he-softened-lesbian-sex-color-purple

⑤女のストーリーを語り継ぐこと——映画『フライド・グリーン・トマト』（一九九一）

ジョン・アヴネット監督

この映画のポスターは、前列に老女ニニーとエヴリン、そしてその背後にニニーの回想に登場するイジーとルースの四人が掲載されている。映画は、イジーとルースの生きざまをニニーが語り継ぎ、彼女らの体験が、現代のエヴリンに新たに生きる力を支えていくという時空を超えた女の連帯を描いている。

エヴリンは、夫の叔母の見舞い先の老人ホームで知り合ったニニーから、一九三〇年代の南部アラバマ州、ホイッスル・ストップ・カフェで暮らしていたイジーとルースの話を聞くことになる。幼い頃より性別という社会的規範に抗ってきたイジーは、信頼を寄せていた兄バディを事故で失い、その喪失感を共有できた兄のガールフレンド、ルースと親しくなっていく。そして結婚したルースが夫の暴力に苦しんでいることがわかると、彼女の救済に乗り出す。

その後二人はカフェを経営しながら、後に出産したルースの息子とともに暮らしていく。

一方、エヴリンは子育てがひと段落した中産階級の専業主婦で、六〇年代初頭にベティ・フリーダンが提起したあの「名前のない問題」*に直面している。彼女は啓発セミナーに通うことでその問題に対処しようとし、夫との生活の変化を期待している。しかしニニーの話を聞くうちに、彼女は、自己主張などをせずに社会の規範に従って生きてきたからこそ、夫との空虚な生活に悶々(もんもん)としているのではないかと考えるようになる。エヴリンは遅れてやってきたフェミニストである。過去の女性たちの連帯やエネルギーを共有することで、彼女は初めて自分の生き方を見つめ直せているのである。老いたニニーも誰も頼る人がいないなか、女としての経験を語ることで悩めるエヴリンに寄り添い、その結果、ニニー自身も新たに友を得るのである。イジーとルースの核となる(過去の)物語が、外枠(現在)のエヴリンの日常の覚醒(かくせい)を促していく。

ニニーは、ルースの夫フランクが失踪した事件に触れ、裁判にかけられたイジーの弁護に立ったルースが「愛していたからイジーと一緒に付いていった」と証言する場面を語る。この証言を聞いた聴衆は、「愛していた」という言葉を敬虔なルースの発言として受け取っている。さらに二人の共同生活も、友達の窮状(きゅうじょう)を救うのは当然であるというイジーの道義心に周囲が加担していくため、ここではレズビアン的愛情が語られることはない。しきたりを無視するイジーの型破りな態度ですら、ルースにも周囲にも共感を持って受け入れられていくのである。

映画のラストで「人生に何が大切か思い出したわ、友達よ」とエヴリンに語るニニーのセリフは、イジーの示した性に囚われない愛情を友情へ、そして世代を超えた繋がりの大切さへと効果的に読み替えている。原作と違って、映画では時系列で語るニニーの物語が、女の連帯の実績と継続を促し、次世代を支える力につながるメッセージになっている。

（髙橋）

＊ベティ・フリーダン（一九二一－二〇〇六）が著書『新しい女性の創造』（一九六三）の中で、中産階級のアメリカ女性は自分たち自身に鬱積（うっせき）していた不安や動揺がこれまで問題視されなかったことを指摘した言葉。フリーダンはこれが女性に共通する問題であり、社会問題であると指摘した。

第五章　レズビアン・リアリティを創る言語

レズビアンの身体が語る
――ダフニ・マーラット「母親語で物思う」(一九八四)

◉(ポスト)植民地言語と女の言語

カナダのレズビアン小説家、詩人であるダフニ・マーラットは、自らの移民体験から言語に深い関心を持っている。英語を母語として生まれ、子ども時代、英国植民地マレーシアのペナンからカナダのヴァンクーヴァーへ移住した彼女の経歴は、支配言語の強制による母語の喪失という、いわゆる類型化された言語の植民地主義とは無縁のようである。しかし、マーラットの育った環境は異なった形ではあるが、彼女に母語の分断と喪失を体験させることになった。英国の寄宿学校で学んだ彼女の母は、英国人植民者にふさわしい言語と風習を子どもたちに教え込もうとした。その一方、ペナンの家では、英語以外に通常四ヶ国の言語(マレー語、広東(カントン)語、タミール語、タイ語)が乳母や料理人によって使われていた。英国人にふさわしくないとされたこれらの被植民地言語は、就寝時には子守歌として、お仕置きの際にはこっそりと食べ物を運んでくれるときの慰めの言葉として、幼い子どもには心安らぐ身近な言語だった。こうしてマーラットは英語を母語としながらも、現地の言語が母語と同等の重要性を持つという、言語の最初の分断を経験したのである(1)。

一九五一年にカナダに移住後、マーラットにとって第二の言語の分断が始まった。北米の戦後の文化と風習に溶け込み、「アメリカン・イングリッシュ」を習得する娘に対し、母はかつての植民地であったカナダで今なお英国の優位性に執着し、「英国の英語」である「キングズ・イングリッシュ」と伝統的文化を娘に強要した。植民地主義に固執する母への娘の反発は、ポスト植民地主義が提起する言語の分断の問題を図らずも露呈することになる。

一つの地で同じ言語を使用しながらそこに文化の差を感じるのは、マーラットにかぎらず、多文化社会に生きる者の宿命である。移民の国カナダに住む人は、たとえ英語やフランス語のいずれかの公用言語を母語に持ってはいても、植民地主義とポスト植民地主義の葛藤がもたらす言語の分断を内在化しているのだろう。こうした分断意識は家父長制社会における女の言語という問題を浮上させる。言語が内包する家父長制イデオロギーによって女が抑圧されているということと、支配者言語を強制され文化支配を受ける被植民者の状況は、通底しているからである。

マーラットはこのことを十分に意識していた。マレーシアにいた頃、母が支配民族として'memsahib'（奥様）と呼ばれながら、まさにその呼称が示すように'sahib'（ご主人様）の従属者にすぎないこと、そしてそのことが母自身の葛藤でもあったことを、彼女は詩的エッセイ「飢餓亡霊の月」（一九九三）の中で述懐している（Marlatt, *Ghost Works* 88）。被植民者の母語の収奪と異なってはいるが、しかしまたそれと同様に、家父長制イデオロギーのもとで、女は母語／自語（自分の言語）を奪われているのである。「女であることによって私はすでに翻訳である」（Homel and Simon 49）というモントリオール生まれの作家であり、翻訳家のスザンヌ・ドゥ・ロトビニエール＝ハーウッドの言葉は、女にとって言語のみならず存在そのものが、ポスト植民地主義の問題をはらんでいることを示している。

マーラットは「母語」としての英語を使用しつつ、主体としての女が顕在化するような「自語」を求めていく。それも、女性性を表現するフランス語の無音の「e」によって女が書く可能性を提示したケベック作家、ニコル・ブロサールのように、具体的なものを。[2] マーラットはメアリー・デイリー、ナンシー・チョドロウを[3]読みながら、女として書くことと〈母〉との関係を考え、前エディプス期の潜在的記憶の重要性に気づいたと言う（Williamson 183）。マーラット自身も気づいていたように、彼女の言語意識の根源には〈母〉との葛藤があった。しかし「私の最も古い言語の層、すなわち〈母〉から継承した言語と折り合いをつけなければならなかった」（Williamson 193）と語り、書くための力の源となる〈母〉との関係を彼女が考えるとき、その〈母〉はマーラットの生母だけを指すのではない。〈母〉とは母語を奪われたマレーシアの乳母を含め、「自語」を奪われたすべての女を含んでいるのである。女から奪われた言語を創造するために、マーラットは心理的・身体的に〈母〉と連続していた前エディプス期の状態へと遡る。意識には残らないが身体が覚えている〈母〉の記憶を、マーラットは「肉体のつぶやき」と称して説明する。この命名は、「巨大な「母の」身体」（Williamson 185）との潜在的な繋がりが、身体レベルであると同時に言語レベルのものであることを物語っているだろう。では〈母〉の身体との融合状態は、女の言語のどんな特徴を語っているのだろうか。以下、マーラットの詩的エッセイ「母親語で物思う」（一九八四）を中心にして、女の言語の特徴だというレズビアン言語について考えてみたい。

◉母の身体とレズビアン言語

一九七七年、マーラットは「散文のような長い文を使うことにした」（Arnason 29）と語り、境界をはみ出すようなレズビアン詩人の「意味作用の過剰な詩学」（Godard 481）への第一歩を踏み出した。彼女の場合、言語の透明性や表象作用を疑い、言語の物質性や身体性に関心が向かっていくことと、女の身体／セクシュアリティへの関心とは切り離せない。

女の身体はそれまで主体の場としては認識されてこなかった。しかしマーラットにとり、身体は「物いわぬ」のではなく、語る主体になるのである。イリガライ流のレズビアンのエロティックな身体を主体とするマーラットの新しい表象／言語の創造は、クリステヴァ流に〈母〉への回帰から始まる。[4] ただし、マーラットの言語は身体／物質性が強調され、〈母〉の身体とレズビアン身体がそのモデルとなるのである。

> 始まり。言語、私たちが誕生時に入っていく、生きている身体は私たちを支え収容する。それは何か他のものの代わりではない、それは私たちの回りの身体の代わりをしない。胎盤がついた、私たちの平地、海、それは（私たちが置かれた）場所でもあり、（私たちを収容する）身体で

もあり、私たちが話す言語の身体、私たちの母親語（mothertongue）である。私たちがそこの中で生まれたように、それは私たちを認識へと運ぶ。（45）

マーラットによれば、身体と言語の関係は胎児と母体の関係である。胎児が母体から離れて生きられないように、身体も言語から離れて生きることはできない。「［言語は］身体の代わりをしない」とマーラットは言い、意味するもの／意味されるものという、二分割した言語の表象作用を認めていない。言語は私たちの居住地であり、私たちの身体は母親語の一部なのである。言い換えれば、言語は私たちを収容して認識に向かわせるのだ。

マーラットは言語の「物質性」、言語の母的性質を早い時期から認識し、「何が問題なのか？　言語が問題だ。［言語は］物質であり、母だ」（Marlatt, *Rings* 127）と言い切る。言語の身体性、物質性の土台になるのが〈母〉の身体であるならば、ジュディス・バトラーが『問題なのは身体だ』（一九九三）の中でセックスの物質性について議論したように、〈母〉の身体の物質性を問題にしなければならないだろう。しかし、マーラットは〈母〉の身体の物質性については不問のままである。彼女にとって〈母〉の身体がすべての始まりの場なのであり、父の存在に触れることはない。彼女が〈母〉を自分の詩学の立脚点にしているのは、〈母〉において確定と不確定が融合しているからである。〈母〉の身体が出産によって外へ伸展していくように、言語も含有する意味が展開していく。すなわち言語の物質性とは、潜在的なものを顕在させて拡張伸展していく〈母〉の身体性に依存しているのである。

言語の身体性の特徴の一つは音である。私たちは誕生とともに生命の母体から言語の母体へと移動する。母体の子宮が音で満ちていたように、母親語の母体においても「多様な音が私たちの耳を浸す。何を言っているのか学ぶ前に私たちは音を学ぶ」(45)。すなわち言語の意味作用、参照性を知る前に、私たちはまず言語の身体性＝音を知るのである。

さらにマーラットは、言語の音には喚起力があると語る。言語の身体性のこの喚起力、引き合いを、彼女はレズビアンのエロティックな身体と関連づけていく。

[……]音は連想のプロセスによって思考を先導するだろう。単語は互いを呼び出し、互いを喚起し合い、互いを挑発し合い、そっと発話させる。夢や分裂症的な会話から連想が精神の中でいかに深く働いているのか、私たちは知っている。惹きつける力によって動いているので、理性的ではなくエロテイックなものである思考の一形式。(45)

マーラットは「好み、好意」の意味を持つ単語'liking'に、ゲルマン語の語源から「身体、形が似ている」(like)の意味を加える。そして、言語の発話の一形式である詩における類音、語呂(ごろ)のよい音、頭韻(とういん)、脚韻などの類似の音は、身体の発話の一形式であるレズビアンの愛の営みにおけるように、互いに引きつけ合うと説明する。単語の引きつけ合いを身体モデルで説明するとき、マーラットは女同士の身体を想像する。似ている(好きな)ものは似ている(好きな)ものを引きつける。したがって、似通った音の単語は、レズビアン同士の似通った身体のように互いを喚起し合い、発話の動きを作り出すのである。連想というエロティックな思考形式では、意味は複数の方向へと広がっていく。なぜなら、言語は引きつけ合い意味のないところ――今まで意味が見えなかったところ――に意味を作り出していくからである。

従来の言語観は一つの意味に到達することを目的としていた。「一つの文章」というのは「多様性を統一体にし、終止符によって理解できるものにする」(46)ことでもある。エロティックな言語の多様な連想に対して、一つの意味へと還元してしまう「ロゴス」の「操作」に、マーラットは異議を唱える。このことが彼女を家父長制言語の批判へ導いていくのである。

続いてマーラットは、言語と身体との繋がりを語源から検証して、言語の身体性をより明らかにしようとする。

> 言語の身体的特徴との繋がりは、言語によるコミュニケーション(接触、共有する)のための語彙の多くの語源や使用法に潜んでいる。(話す内容)事柄と物質とその延長である母[mother/mater]、言語と舌[language/tongue]、言葉を発することと外へ押し出すこと[utter/outer]、品詞と臓器[part]、意味深長なことと妊娠すること[pregnant]、喋ることと食べたり愛し合ったりする口[mouth]、意味と世界を感じる感覚[sense]、物語を述べることと出産によって縁続きになること[relate]、親密であることとほのめかすこと[intimate]、外陰と能弁なこと[vulva/voluble]。(46)

単語の音の引きつけ合い同様、身体と言語の語源的な繋がりは、単語の意味を多様に広げていく。言語の母体への語源的な探求によって、マーラットは単語を家父長制言語の意味の制約から解放しようとする。このように言語と身体との語源的な繋がり、つまり引きつけ合いは、両者の新しい関係を作り出していくのである。

語源を遡ると、一つの単語は他の単語と網の目のような繋がりを持っている。だが通常、それは言語の歴史の層に埋もれてしまい、表面には表われてこないものである。マーラットが関心を向けるのはその発掘であり、「私たちが話さなければならないことだけでなく、私たちを運びながら言語が話していることを発見する」(46) ことである。しかし実際には「言語が世界を構築する」(47) のだから「言語化されないものを見ることはできない」(47)。逆に言えば、家父長制言語では伝えられないものがあるということである。

◉子どもを生み出すことと言葉を発すること

次にマーラットは、男と女の言語の差異に焦点をあてていく。まず「所与」の世界や「所与」の言語に彼女は異議を唱える。母語とは結局のところ「所与」の家父長制言語ではないのか。従来の言語は男の身体的体験、男の階層構造と結びついてきた。主・客の分断と直線上の構造、文の終止符は、まさしく家父長制言語の特徴である。マーラットは、家父長制イデオロギーを内包する言語が女の身体的体験といかに隔たっているのか、女の身体的体験はいままでどれほど間違って表現され伝えられ、その結果語られないままにされてきたのか、を問い質していく。

経血の流れが身体から出ていくときのやわらかな離散を祝う詩はどこにあるのか。主語、動詞、目的語からなる直線の権威を持つ英語の標準的な文構造は、女の身体が知っている絶え間なく反復し、正確には反復のサイクルではない知恵をどう伝えることができるのか。彼女がいつも抱き抱かれる他の身体、子どもたち、友人、動物、すべてのものを抱擁しながら彼女の身体が共有する相互性は？　母と子という別個の名詞が、彼女が授乳時の最初の数日間に体験する、出血する子宮と赤ん坊の口の融合状態をどうやって伝えることができるのか。愛人の舌の上で、同時に吸う口であり熱いほとばしりとなるとき、表と裏が逆になった彼女をどんなシンタックスによって伝えることができるのだろう。（47–48）

経血の流れ、出産時の母と赤ん坊との融合した状態、女同士の愛の営みなどの女の身体の体験を挙げるとき、マーラットは女の身体の意味作用を念頭に置いている。つまり出産する母体やレズビアンのエロティックな身体は、自らが意味を作り出し表現するのである。これらの身体はもはや表象される対象ではなく、自ら語る主体として記号生産するのだ。

『歴史上のアナ』（一九八八）の中でマーラットは、出産時の女の身体が「怪物的な主張」をする様子を次のように描写している。

全身が腹となったジェニー、この世界で途方もない怪物的な主張をするおかげなのか、腹のせいで優位に立っている。どのようにして女の腹部はあんなにも変容できるのだろうか？（Marlatt, *Ana Historic* 116）

これは言葉にならない衝動を駆り立てる、奥深く開く口だった――。捕まえにくい肉の塊のひと言がその開いた口から滑り出す。（*Ana Historic* 125–26）

出産時に女の膣は口となり、子どもという肉の塊を語り出す。「言葉を発する」（utter）ことと「外に押し出す」（outer）ことは身体の記号作用としては同値なのだ。しかし、言語を使用せずに記号生産をする身体は、どうやって解読されるのか。カルガリ大学のカナダ文学研究者パミラ・バンティングは解読方法を身体と言語との「翻訳」だとして説明する。身体は語ることのモデルで表象されることができないから、身体の言語は通常の言語へと翻訳されなければならない（Banting 197–209）。しかしその翻訳において忘れてはならないのは、言語以前の身体、つまり母体やレズビアン身体に代表されるような主・客の区別のない相互的な身体、エロティックな身体の痕跡である。実際マーラットの詩の言語には、文頭を示す大文字も権威的な主体を表わす大文字の〝I〟も使われていない。

●母語（mother tongue）でなく母親語（mothertongue）

すでにみてきたように、マーラットの考える言語はエロティックな身体を持っている。言い換えれば、分断不能な母体体験と主・客に分断しえないレズビアンのエロティックな身体体験の親密さこそ、言語の身体性の特徴だということである。マーラットのエロティックな身体はセックス化された身体である。しかしこの身体は、所与の言語世界では女としてのジェンダーの刻印を受ける。この場合のジェンダーとは、身体と「所与」の世界のリアリティ（言説）の間で働く翻訳機能である。そもそもジェンダー化した女の身体という「意味するもの」は言語化されてこなかったのだ。ここでマーラットは女の身体を「前統語的」「後辞書的」だと表現する。「後辞書的」の意味をバンティングは、「ジェンダー化された身体を辞書の重みから取り戻す」（Banting 160 傍点筆者）ことだと説明している。「相互に引き合い、繋がることで融合し、熱狂的に変奏し肥沃に増殖する」（48）単語も、辞書の重みから解放されて拡散していく。マーラットにとって身体と言語は意味を限定せず、むしろ新たに生成していくのである。

最後にマーラットは、母体である言語の住人、新しい女の詩人アルマを想定する。

> 言語の住人、マスターではなく、ミストレスでもない、この新しい女の詩人（アルマといっておこう）は、話すために与えられているもの［言語］を所有することによって所有され、支えられている。それを引き渡すのは、すでに語られてきたことと語ることができないことの間、意味と無意味の間へ、彼女がいつも住んできたあの両刃の上へ身を引き渡すことである。（48）

アルマは、クリステヴァの「物言わぬ身体」と語る行為を結ぶ詩人だといってもよいだろう。ただし、アルマの身体は語らないのではなく、言語とは別の記号作用を持っているために解読できないのである。彼女は語られてきたことと語ることのできないこと、意味と無意味の間を翻訳する。

> このように話す（すなわち居住されている）言語は私たちを今いるところへ関係付け、「連れ戻す」。言葉の親族関係の集合体の中にある世界へ私たちを関係づけるように。明瞭な発話／結合（アーティキュレーション）。結合部を見ること（そして大腿骨や寛骨（かんこつ）なども）。言語の集合体を繋ぎ合わせることは、世界を、私たちが住んでいる世界を繋ぎあわせることを意味する。つまり、作文（コンポジション）／合成の行為、私たちを産み出し、世界に言葉を発し、押し出される行為。（49）

言語は、その中に住んでそれを話す私たちを、今存在している世界に関連づけてくれる（連れ戻す）。意味と無意味、世界と身体を結ぶのはエロティックな言語、すなわちズレや連想によって戯（たわむ）れ合う身体を持った言語なのである。

マーラットはエッセイ「迷路を書き進む」（一九八五）の中で女の言語を、単独作業の「書く行為」ではなく、複数の共同作業となる「読む行為」だと位置づけている。「write 書く」のゲルマン語の語源が「引き裂く、引っかく、切り込む」というファリックな単独の行為を表わすのに対し、「read 読む」の語源の方は、「忠告する、説明する、気にかける」というように、つねに他人との関係を含んでいる。つまり「読む」行為には、誰かが書いたものを理解するという相互コミュニケーションが、最初から含蓄されているのである（Marlatt, "Writing Our Way Through Labyrinth" 45）。

マーラットの身体は、体験すること、行為することによって語る。身体の言語に参照する対象物はない。身体は互いに引きつけ合い、一つの意味ではなく複数の意味を喚起し、そこから多様なヴァージョンが生まれるのである。これはまた、言語が身体を持つことに繋がっていく。女の言語は、男のペン（ペニス）によって女の白い頁（膣）に文字を刻印（挿入）する、という異性愛性交をモデルにした「書く行為」ではない。それは、他者との相互的な関係を構築していくレズビアンのエロスをモデルにした「読む行為」である。主・客に二分されない上下の階層のない言語は、〈母〉／他者（m/other）と融合関係を保った身体の発話行為から創造されるだろう。そのとき女は、他者を排除しない主体としての言語、すなわち母語（mother tongue）ではなくて母親語（mothertongue）を獲得するのである。マーラットのレズビアン言語はリアリティの脱構築を目指している。

◉注

（1）二十五年ぶりにペナンを訪問したときの様子は「飢餓亡霊の月」に描かれている。乳母らとの再会を自分の幼少期と重ね合わせて、また「母」とだぶらせて書いている（*Ghost Works* に収録）。

（2）マーラットはニコル・ブロサールの「変化する無音のE」"E muet mutant"（"Mutating Mute E"）を読んで非常に興味を持ったと語っている（Williamson 183）。

（3）メアリー・デイリー（Mary Daly, 1928–2010）はフェミニスト神学者で「神が男性なら、男性は神になる」と言い、『教会と第二の性』（一九六八）において神を男性とするキリスト教を批判した。ナンシー・チョドロウ（Nancy Chodorow, 1944–）フェミニスト精神分析家で『母親業の再生産』（一九七八）において男女のジェンダーの形成を母との関係から説明した。

（4）本書の序章を参照。

第六章　クィアなパフォーマンス

セックス・ジェンダー・セクシュアリティは変わる
――アン・マリー・マクドナルド『おやすみデズデモーナ（おはようジュリエット）』（一九九〇）

◉自己の変容の可能性を持つ喜劇

カナダのフェミニスト劇作家、アン・マリー・マクドナルドは「喜劇には悲劇的なものを含むことができるが、悲劇は喜劇を含まない。それに私は救いというものに執着しているので、絶え間なく苦しむ光景には我慢ができない」（Much 135）と言い、悲劇よりも大きく人生を包含する喜劇へ深い関心を示している。舞台における変容／錬金術（れんきん）への関心も、彼女の喜劇への傾倒ぶりと繋がっている。錬金術というういわゆる前近代的な科学は、宇宙の意味を考えさせ、その変容の力は人間や人生に対する無限の可能性を期待できるからである。(1)彼女のデビュー作である『おやすみデズデモーナ（おはようジュリエット）』のプロローグでも、コーラスが「錬金術」と「変容」について次のように語る。

錬金術って何だ。ほら吹き連中の悪ふざけか。
それとも生命の質料の神秘的探求なのか。
つまり「賢者の石」を永遠に探すことか。
対立するものを混ぜ合わせ、しかも混じり合わせずに、
不純な金属を高貴な金に変える。
だから自己の科学的な隠喩とされているのだ。
対立し合う精神の祖型を分離して
——ただしそうするだけの勇気があればの話だが——
それらを闇から光へ連れ出せ。
人目に触れない割れガラスの破片を
魂を映し出す鏡の中に統合せよ。
そうすれば無意識のいくつもの自己が融合したところに
神秘的な「真の心の統合」が存在するのだ。（一幕プロローグ）

不純な金属を金に変えるという錬金術は、無意識の統合の隠喩に使われている。伝統的な喜劇では、制度や価値観の転覆は一時的なもので、最後にはもとの世界が回復される。しかし、マクドナルド

の喜劇は変容の可能性が特徴的である。そこでは男性中心的な伝統的社会秩序を復元する代わりに、女性登場人物が最後に勝利を獲得するという楽観的な結末を持つのである。この劇は、伝統的な喜劇につきものの異性愛制度を再確認するような男女の結合＝結婚では終わらない。代わりに、錬金術の働きにより、ヒロインであるコンスタンス・レドベリの自己の無意識が統合されるところで終わっている。

『おやすみデズデモーナ（おはようジュリエット）』はタイトルから明らかなように、シェイクスピアの『オセロー』と『ロミオとジュリエット』のパロディという体裁をとっている。入れ子構造になった二つの劇のフレームには、カナダ・キングストンのクィーンズ大学の英文学の講師であり、公私ともに自信のない未婚女性のコンスタンスの研究生活のひとこまが演じられている。彼女は長年取り組んでいる博士論文で、『オセロー』と『ロミオとジュリエット』はもともと喜劇であったものをシェイクスピアが悲劇に書き直したこと、グスタフ稿本[2]に元の喜劇が暗号化されて入っていることを論証しようとしている。オセローもロミオも、他の悲劇の主人公のように死に向かう必然的な要素を持たず、悲劇的な結末から自分たちを救い出すチャンスがいくらでもあった、と彼女は考えている。ハンカチの紛失や秘密結婚の公表の遅れから生じる誤解を、通常なら修正してくれるはずの道化役がこれらの劇には不在である。こうした些末な誤解が修正されないまま悲劇を招いてしまったことこそ、シェイクスピア劇から道化が抹消された結果ではないのか。言い換えれば、「こういう誤解こそ、姿を消した道化の足跡」（一幕一場）ではないのか。コンスタンスはグスタフ稿本の中に道化の存在を探し出し、元の喜劇の作者を発見しようと考えている。[3] 劇の喜劇的源を探りながらヒロインを死から救う過程で、コンスタンス自身もジェンダーとセクシュアリティの呪縛から解放されるのである。

◉性(ジェンダー)の呪縛と解放

『おやすみデズデモーナ（おはようジュリエット）』のコンスタンスは、劇の当初、「女」というジェンダーに呪縛されてしまっていた。ジェンダーはセックス（身体的性）と対比されることが多いが、身体的性はそもそも中立なものではない。ジュディス・バトラーの言葉を借りれば「身体的性の観念はジェンダー化されている」のだ（Butler, *Gender Trouble* 7）。「セックスはすでにジェンダー化されている」と主張することによってバトラーが明らかにしたいのは、「セックスの物質性がどのように強制的に生み出されるのか」であり、「身体が『セックス化』されたものとして物質化されるための抑制とはどんなものなのか」ということである（Butler, *Bodies That Matter* xi–xii）。バトラーはジェンダーの形成の例として「呼びかけ」「名づけ」の強制力を語っている。「医学的呼びかけは、幼児を『それ』から『彼／男の子』『彼女／女の子』に変え、その名づけにおいて、女の子は『女の子化』され、言語の領域へと連れられて行く」（7）と説明する。

『おやすみデズデモーナ（おはようジュリエット）』の一幕の黙劇では、コンスタンスがグスタフ稿本とペンをごみ箱に捨てるシーンが、デズデモーナがオセローに殺されるシーンとジュリエットの自殺シーンと同時に演じられる。コンスタンスの黙劇は悲劇のヒロインたちの最期と重ね合わせられることによって、研究者としての彼女の死を暗示することになる。黙劇で演じられるいずれの

「死」も、「女の子化」された結果としてひき起こされたものだからである。

グスタフ稿本の文字に惹きつけられたコンスタンスが最初にワープした想像世界は、『オセロー』三幕三場、デズデモーナのハンカチでキャッシオが髭（ひげ）の汗を拭いていたとイアーゴーに告げられ、オセローが二人の仲を疑いはじめる場面である。しかし、イアーゴーが背中に隠し持っていたハンカチをコンスタンスが見つけたため、当然起こりうるはずの悲劇は容易に回避されることになる。

想像世界のデズデモーナは、「私が唯一残念に思うのは／天が私を男にしなかったことなの」（二幕一場）と男に生まれなかったことを嘆き、戦闘ラッパに血を騒がせ、死んだ敵兵の生首を平気でつかむなど、勇壮な女戦士の資質を持っている。リンダ・バンバーが悲劇の「恐ろしい女性」に比べて「喜劇の女性はしばしば男性よりも聡明で、もっと自分や世間のことを知っていて、もっと分別があり、もっと活発で陽気である」（Bamber 2）と述べているように、このデズデモーナもまさに喜劇的な気質を持っているといえよう。彼女はシェイクスピア版の『オセロー』に描かれたような「不運で無力な犠牲者」（二幕二場）などではない。逆に彼女は、シェイクスピア版のオセローの台詞を語り演じることによって、彼の強さとともにだまされやすさや嫉妬心、暴力性をあわせ持ち、劇に新しい意味をもたらすのである。

「クィーンズ大学」の「研究者（アカデミック）」だと自己紹介したコンスタンスを、「アカデミー」王国の「クィーン」だと勘違いしたデズデモーナは、「アカデミー」が「男を堪え忍ぶことのないアマゾン族に支配されている」（二幕一場）女性優位の社会だと思いこんで関心を示す。しかし実際には、「アカデミー」でコンスタンスが「ネズミ」呼ばわりされ「頭のおかしい女」だと蔑（さげす）まれていることや、十年間、ナイト教授に搾取(さくしゅ)され続けたことを知ると、デズデモーナは憤慨し、「あなたは奴隷の身だったのよ／十年間、紙につながれインクに縛られているなんて！」（二幕二場）と、コンスタンスが差別に甘んじていた現実を指摘するのである。女のジェンダーに制約されないデズデモーナに感化されて、コンスタンスは今までとは違った視点から人生や現実をとらえるようになる。すなわち彼女は、女性が男性の言いなりになり反論もできないという思いこみは、デズデモーナを「不運で無力な犠牲者」だと信じることと同様、男性支配の構造がでっちあげた「まったくのインチキ」（二幕二場）だと悟るのである。この認識は彼女を新しい力に目覚めさせ、彼女に刷り込まれていた男性中心的な思考を解体していくのである。

◉性のパフォーマンス

二幕の終盤のワープ現象で、コンスタンスはティボルトとマキューショの決闘シーンに出現する。この場面でも彼女がロミオとジュリエットの秘密結婚を公表することで、ティボルトとロミオは和解し、悲劇の幕開けとなる危機は回避された。この三幕で注目すべき点は、さまざまな異性装が、性とジェンダーだけでなくセクシュアリティも混乱させ、異性愛の絶対性や同性愛に対する偏見を無効にしていくことである。前幕でデズデモーナの剣先が引っかかり、スカートが脱げてしまったコンスタンスは、三幕では成り行き上、長下着とブーツスタイルという男性コンスタンティンに扮して登場する。つまり、男性の衣装という性(ジェンダー)の刻印を受けた外観が彼女の身体的性を隠し、他の登場人物を欺(あざむ)くのである。男装した彼女がこのとき体験するのは、男性の身体に解放的な世界だった。

ロミオやティボルトたちを見るとストラットフォードの芝居を思い出す。
どの演出でもローマ風呂をこしらえるんだ。
国家会議のような場面なのかもしれないけれど
湯気が両側からもうもうと立ちこめて渦が巻き、
腰布を巻いた大の男たちが話をしながら
タオルを互いにピシピシ鳴らし合っている。
どうしてジュリエットと乳母の場面は
サウナを舞台にしないのかしら。『リア王』だってそうだ。
想像してみて、ゴネリルとリーガンが父親を失墜させる
陰謀をめぐらせながら、身体から湯気をたてて、
それぞれ両足のすね毛をワックスで剥がしている姿をね、
裸の女たちでいっぱいの池で溺れている
オフィーリアとか、ウェイト・リフティングをしているポーシャの姿を。（三幕一場）

コンスタンスのこの独白は、シェイクスピア劇において「女の子化」された身体が、どれほど抑圧され隠されているのかを明らかにしている。

結婚を公表されたロミオとジュリエットは、結婚初日にして夫婦という安定した関係にうんざりしてしまい、たまたま二人そろってコンスタンティン（コンスタンス）にひと目惚れをする。観客はコンスタンスの偶発的な異性装を承認しているが、ロミオは彼女を男性だと信じている。したがって、観客には異性愛として受容できるが、舞台上のロミオにとっては男性に恋心を抱く同性愛的感情を持っていることになる。他方、ジュリエットが男装のコンスタンスに惹かれるのはレズビアン的感情だ、と観客には解釈されるが、ジュリエットにとっては「ノーマルな」異性愛である。我々は、たとえ性差が衣装によって作り出されるとしても、衣装という外観以前の身体的性（物質性）にアイデンティティの根拠を求めようとしてしまうものである。観客はコンスタンスを女性だと認定して、ロミオとジュリエットのそれぞれの欲望の在り方を想定するのである。ところが舞台上では異なっている。ロミオとジュリエットがコンスタンスの性的指向に合わせるように、それぞれが女装したり男装したりすると、すなわちコンスタンスを含めた三人が異性装をする段になると、身体的性はもはや欲望の根拠となりえなくなってしまうのである。あらゆる性的指向の女装者ドラァグにしろ、この場面のロミオとジュリエットにしろ、彼らが異性装をする背後には、性的身体と無関係な欲望が存在しているからである。このことは異性装そのものの表層性を暴露し、同時にジェンダーの流動性、演出性を物語ることになるだろう。

バトラーは、ドラァグ（女装）は、すべてのジェンダーを確認する目印となる扮装の構造を実演すると言うエスター・ニューマンを引用して、ジェンダーはオリジナルを持たない一種の模倣だと指摘する（Butler, "Imitation and Gender Insubordination" 21）。

オリジナルとは模倣そのものの結果であるという概念を産み出すのは、一種の模倣の結果である。言い換えれば、異性愛構造に縛られたジェンダーの当然の結果である模倣的な戦略によって産み出されたのだ。彼らが模倣するのは異性愛というアイデンティティ、つまり、模倣による結果として産み出されたアイデンティティなのだ〔中略〕強制的な異性愛、言い換えれば〔中略〕存在論的に強化された「男」「女」という幻影は、基盤、オリジン、現実の規範的な尺度をとるわざとらしく演出された外見にすぎない。（Butler, "Imitation and Gender Insubordination" 21）

さらにバトラーは「ドラァグが意志のままに身につけたり取ったりできる『役割』だと言うつもりはない。物真似の背後には、たとえば今日はどちらのジェンダーにするかを決めたりするような自由意志を持った主体はない」（23）と続ける。ジェンダーがパフォーマティヴだというバトラーは、それが衣装を着替えるように取り替えることができると言っているのではないのだ。

一方、ロミオとジュリエットの異性装の演出は、バトラーのジェンダー論よりも自由である。コンスタンスを異性愛者だと思いこんで女装したロミオは、シェイクスピア版の求愛のせりふをもじって次のように彼女に語りかける。

ロミオ：おお、コンスタンティン、おお、僕の心の皇帝よ！

あなたの敵は僕の性なのです。
恋人と呼んでください、そうすれば僕は新しい性を授けられるでしょう。(4)
（三幕四場）

シェイクスピア版のロミオは自分を束縛する父の名を捨てようとしたが、ここでは異性装という行為で、彼の性的身体までも取り替えようとするのである。ロミオにとってもジュリエットにとっても、「男」「女」という性的身体は存在論的地位など持っておらず、あたかも衣装のように脱ぎ着できる「外見にすぎない」のである。

●異性愛に縛られない

マクドナルド版のジュリエットはシェイクスピア版の無垢（むく）なジュリエットとは違い、明らかに性経験の豊富な女性として想定されている。男装した彼女は、同じく男装したコンスタンスに同性愛の身振りで迫りながら、求愛の方法は異性愛を模倣する。

ジュリエット：それならあなたの処女の感覚はまったく損なわれていない。
ジュリエットに手ほどきさせてくれ
女の露に濡れた薔薇（ばら）をあなたが初々しく味わうのを。
薔薇がどんなふうに愛の海になるのかを知ってくれ。

波を押し分け大西洋の深みを究めるんだ。
牡蛎（かき）が大切に抱えている真珠のところへあなたを案内するよ……
きらきら輝く宝物を求めて水の洞窟を一緒に探索しよう、
喜びのあまり卒倒してしまうまでひと晩中探検しよう。（三幕五場）

この台詞から、ジュリエットが異性愛に束縛されているとみなすのは早計である。ここではまず、コンスタンスをコンスタンティンという（男性）同性愛者だと思いこんでしまい、それに合わせて自ら男装してみせるジュリエットの身体的性、ジェンダー、セクシュアリティの柔軟さに注目しなければならないだろう。しかもコンスタンスが女であることを告白すると、ジュリエットはたちまちレズビアンの身振りに転じる。つまり彼女にとって身体的性までも扮装なのである。そうだとすれば、彼女の求愛様式が模倣であったところでさして問題ではないだろう。そもそも彼女にとり、異性愛／同性愛の区別はまったく無用なのだから。バトラーが言うように、強制的な異性愛はまず、最初にジェンダーによって表現される男女の性があり、次にセクシュアリティによって表現される性があるという思いこみを作り出したのだとすると（Butler, "Imitation and Gender Insubordination" 29）、異性愛に縛られないジュリエットは、女性であるという固有の性に束縛されることはないのである。

異性愛に縛られないジュリエットは異性愛の様式をなぞりながら、それをパロディ化していく。彼女のセクシュアリティは、男／男、男／女、女／女という愛の組み合わせを絶えずずらすことで、男と女の対立概念もいかなるジェンダーの表象もセクシュアリティの身振りも超えていく。ジェンダーやセクシュアリティを流動的なものとみなすジュリエットの模倣的な戦略とは、その基になる身体的性や強制的な異性愛を幻想だと認識することである。少女時代、友人に抱いたレズビアン的感情を抑圧していたコンスタンスは、ジュリエットによって性的欲望を掻き立てられて、異性愛の呪縛から解放されるのである。

◉役割を演じる

性の変動性、言い換えれば性が演じられることは、『おやすみデズデモーナ(おはようジュリエット)』の配役によりさらに顕在化する。この劇では五人の役者が十六人の登場人物を演じることになっている。つまり、コンスタンス役を除いて一人が三役か四役をこなしているのである。一人の役者が多くの役柄に分裂する複数役の演技は、「身体のパフォーマティヴィティを強調するために、また単一の固定した主体を望む観客を苛立たせるために、流動的な演技、役割変化を目指している」とヘレン・ギルバートとジョアン・トムプキンズは指摘する(Gilbert and Tompkins 234)。ポストコロニアルな視点から劇を批評する二人は、身体のパフォーマティヴィティが身体的境界を解放し、アイデンティティがひとつだとする従来の思考方法を解体するとして、次のように言う。

これらの登場人物は[中略]決して完全に別々ではない。というのは、役者の身体はどの配役の表現においてもその他の配役の痕跡をつねに引きずっているからである[中略]その身体は、通常、一人の配役に限定された役者の生身の身体の次元によって伝達されるよりも、はるかに大きくて柔軟な形をとる。身体の限界がこのように広がることは、ポストコロニアルな主体のための、演劇的、文化的な空間を要求するだけでなく、彼／彼女の、拡大し変幻自在なアイデンティティをも表現するのである。（Gilbert and Tompkins 234–35）

ギルバートらが論じるポストコロニアルな主体は、ジェンダーと強制的異性愛制度に縛られた女性の主体の立場と通底するだろう。ドイツの劇作家ブレヒトは、舞台における配役に限定されない解放された身体性について、歴史的な存在としての生身の身体を想定した[5]。歴史的な身体は固定したものではなく変化と葛藤の場だというブレヒト論を、エリン・ダイアモンドはフェミニスト演劇に応用し、「役割」から切り離された身体性の存在を次のように指摘する。

慣習的な図像として、演劇は身体に登場人物の衣装をかぶせるけれども、歴史的な存在としての身体は、登場人物の役割と同様、役者の「役割」から目に見えるくらいはっきりと切り離されている。身体はいつも不十分であり解放されているのである。（Diamond 129）

身体が多面的なものだと考えれば、舞台上では実際に演じられない演技も、歴史的な身体性という潜在的可能性として含まれていることになる。だからこそ身体は「いつも不十分であり解放されている」のだ。

身体の多面性を見せる一つの例として、劇中劇の手法が使われることがある。演じていることを強調するこうしたメタ演劇の手法は、劇世界という虚構世界と現実との境界性を曖昧にする。

劇中劇は視覚の焦点の中心を少なくとも二ヶ所に分散させるので、見る者の視線は分割するとともに増大する。観客が劇と劇中劇を見ているとき、その後に続く二重の視線（少なくとも二重になった視線）は、全光景を再度見直す方法を提供してくれる。観客は、入れ子の劇を見ている役者たちを見ながら、劇と劇中劇を同時に見ていることになる。つまり劇中劇は、いろいろなレベルのパフォーマンスの間の対話的な緊張をつねに作り出すことになるのである。それはオリジナル（オリジナルの演技か、またはオリジナルのテクスト）を模倣して映しだし、テクスト全体の意味を屈折させるのである。（Gilbert and Tompkins 250）

『おやすみデズデモーナ（おはようジュリエット）』ではコンスタンスの想像世界が「劇中劇」と呼べるだろう。コンスタンスがオセロー（役）と話しているとき、「彼はムーア人じゃないわ」（二幕一場）と突然思うのは、彼の背後にフレーム劇でのナイト教授（英国人）を見てしまうからである。つまり劇という虚構世界に彼女の現実の世界が侵入するのである。これは以後の劇で、一人の役者が演技する複数配役に観客の注意を向けるための布石（ふせき）ともいえる。観客はある配役を演じる役者の身体の分裂を意識する。つまり、役者が演じる配役の背後に別の配役を意識するのである。このように複数の視線を同時に持つことは、観客が登場人物に感情移入することを妨げ、一つの事件や場面に複数の解釈の可能性を認めることなのである。

一人の人間の分裂を代表しているのが、コーラス／イアーゴー／ロミオ／ゴースト役である。一幕で彼は、フレームにあたる劇を外側から眺めながら、観客に劇を紹介する役者として劇と観客の世界との境界に存在し、その間を自由に行き来する。二幕と三幕の彼は、コンスタンスの心の世界(『オセロー』と『ロミオとジュリエット』の元のヴァージョンの世界)でイアーゴーとロミオ／ゴースト役を演じる。つまり演技者の一つの身体は、現実界(観客の世界)、フレームの劇の世界(コンスタンスの日常)、劇中の虚構世界(コンスタンスの心的世界)と三つの世界を往来できるのである。こうした可動な身体性は、現実と虚構世界の境界をつねに曖昧にし、劇を柔軟で変更可能なものとして提示する。コーラスの煙草(たばこ)をコンスタンスが拾い、彼女が飲んでいたクアーズ・ライトのビールを仮想世界のティボルトが飲むのは、境界の曖昧さをさらに強調することになる。

『おやすみデズデモーナ(おはようジュリエット)』における複数役でもう一つ際だった点は、性を交錯した配役である。女子学生ジュリー(+ジュリエット役)は二幕では兵士として、またラモーナ(+デズデモーナ役)は三幕ではマキューーショと召使い役として登場する。さらにナイト教授(+オセロー役)は三幕でジュリエットの乳母として登場する。初演では、ナイト教授役がオセローの衣装と髭をつけたまま、乳母役を演じたという(Porter 369)。男性の身体のままで女性として通用する、あるいは通用させてしまうということは、従来の演劇の慣習との大きな差であろう。この演出は、衣装はおろか性的身体すらも、ジェンダー・アイデンティティの表示にはなりえないことを物語っている。舞台で複数役や性の交錯した配役を演じることは、性とジェンダーとセクシュアリティが一貫している現実世界の「単一の固定した主体」に疑問を投げかけるのである。

◉性を解放する錬金術とは

コンスタンスがシェイクスピアの悲劇を「喜劇」に書き換えるプロセスで見えてきたものは、男性支配の構造に囚われないデズデモーナの強さと、異性愛に縛られないジュリエットの柔軟なセクシュアリティである。竹村和子は生物学的性差とジェンダー・パフォーマンスと性的指向を不可分にする家父長制的イデオロギーを批判し、「セクシュアリティと、ジェンダーと、セックス（解剖学的な性差）が同延上に重ね合わされて理解され、近代市民社会を支えるある種の異性愛を強制する［ヘテロ］セクシズムがつくられていった」（竹村「資本主義社会とセクシュアリティ」七二）と説明する。男性支配と強制的異性愛に抵抗する二人のヒロインたちの生き方は、相互作用として、コンスタンスの中で抑圧され隠されてきた抵抗心を意識上に昇らせることになる。これこそが「二たす一は三ではなくて一」（三幕九場）という錬金術なのである。

対立するものを混ぜあわせながら混じり合わせずに
錬金術の不思議な離れ技を成し遂げて、
不純な物質を回転させて高貴な金に変える。（三幕エピローグ）

折しも三人が一堂に会したのは三人の誕生日だった。この日は二人のヒロインの人生がコンスタンスの人生と合体する、彼女にとっての、文字どおり新たな誕生の日だといえる。そしてコンスタンスの「真実の心の統合」を果たした錬金術は、彼女をふたたび現実世界へとワープさせる。対立する性を混じりあわせずに一人の人格として統一することで、彼女はジェンダーに束縛されない勇気と解放的なセクシュアリティを自分の中に確認するのである。

◉注

（1）マクドナルドはリタ・マッチとのインタヴューで錬金術への関心も語っている（Much 131）。

（2）グスタフ稿本（Gustav manuscript）は、マクドナルドによる架空の稿本。

（3）コンスタンスが道化の役割を果たしたことに関しては、平林美都子「錬金術としての喜劇――『お休みデズデモーナ（おはようジュリエット）』」『「辺境」カナダの文学――創造する翻訳空間』（彩流社、一九九九年）を参照のこと。

（4）*Goodnight Desdemona (Good Morning Juliet)* では、シェイクスピア劇から借用した台詞はイタリック体で書かれている。ここではゴシック体を使用した。

（5）エリン・ダイアモンド（Diamond 126–29）を参照のこと。

ポスト家父長制に向かうトランスジェンダー
――ジャッキー・ケイ『トランペット』（一九九八）

◉トランスジェンダーに潜む性の非対称

二〇〇六年七月二十九日、カナダのモントリオールの国際会議（第一回ワールドアウトゲームズ）にてレズビアン、ゲイ、バイセクシュアル、トランスジェンダー（ＬＧＢＴ）とインターセックスの人権についての宣言（モントリオール宣言）が行なわれ、以後、多様な性的指向者への認知と理解が進み始めてきている。とはいえ、ＬＧＢＴ等の性的少数者にもジェンダーの二元構造は根強く存在している。一時的な異性装や性別適合手術を含めた広義のトランスジェンダーの場合、男性から女性の性別移行を望む人（ＭｔＦ／Male to Female）はその逆よりも顕在化している。日本では一九五〇年代の「シスターボーイ」や一九八〇年代の「ニューハーフ」のほか、完璧な女装であったり男装のままであったり、ＭｔＦのグラデーションは豊かである。家父長制社会においては、ＭｔＦは女の領域への侵入とみなされ、それは自らを貶める行為とも言えるため、社会に受け入れられやすいのかもしれない。それに対して女性から男性への性別移行を望む人（ＦｔＭ／Female to Male）はどうだろうか。西欧化した現代で、唯一ともいえる典型的な男性の服装がスーツにネクタイだとすれば、こうした公的な服装を真似ること自体、男の権利・権威の侵略に繫がる可能性がある。装いや立ち居振る舞いという見た目の男性性が権力・支配力と結びついているからである。つまりＦｔＭは男の領域への侵犯行為を意味するため、家父長制社会においては拒否反応が強いのだ。トランスジェンダーにも男性優位と女性嫌悪という性の非対称が存在しているのである。

マージョリー・ガーバーはＦｔＭの実例をいくつか紹介しているが、その中にアメリカのジャズ演奏家ビリー・ティプトン（一九一四―八九）の例がある。[1]若い頃のビリーは仕事のときだけ男装をし、家庭では女性と同棲していたためレズビアンだと思われていた。その後、ビリーは公私ともに男性として生活するようになったが、亡くなったとき女性だったことが判明し、世間を賑わせた。妻に対してビリーは、身体に傷があるからいつも包帯を巻かなければならないと説明していた。ジャズ演奏家として成功するために「男」になる必要があったというのが、トランスジェンダーしたビリーに対する当時の理解であった（Garber 68）。

ビリー・ティプトンの実話をスコットランドのトランペット奏者に置き換えたのが、ジャッキー・ケイの『トランペット』（一九九八）である。この小説は、白人の母と移民の黒人の父との間に生まれたジャズ・トランペット奏者ジョス・ムーディ（元の名はジョセフィン・ムア）のトランスジェンダーの話である。ジョスの死後、《彼》[2]が女性だったという「事実」が判明するところから物語は始まる。《彼》のトランスジェンダーについては、白人の《妻》ミリーを除くと、誰にも知られていなかった。養子のコールマンですら知らなかった。トランスジェンダーは身体的な性アイデンティティを変えるという点で、ジェンダーの二元性を転覆させる可能性があるようにみえる。しかし、ガーバーがトランスジェンダーは「伝統的な二つのジェンダーのうちの一つに組み込まれる」(Garber 9) と指摘するように、実際には、転換後のジェンダーの伝統的行動様式を真似ることで、その二元性を復元しまうことになるのである。言い換えれば、「男装/女装」が完璧であり「男/女」として通ってしまえばしまうほど、ジェンダーの二元性は強化されるのである。

とはいえ、小説『トランペット』は、性アイデンティティの曖昧性を露呈する始まりを持つ。ジョスはレズビアンだったのだろうか。なぜジョスは公私ともに男で通し続けたのだろうか。《彼》のトランスジェンダーの意味は何だったのだろうか。そして『トランペット』における《彼》のトランスジェンダーに、性の非対称性を転覆する可能性はあるのだろうか。

◉女を隠すためのトランスジェンダー

『トランペット』の分析を始める前に、私生児として育った女がトランスジェンダーの人生を送った小説『アルバート・ノッブスの人生』(一九一八)を見ていきたい。『アルバート・ノッブスの人生』はアイルランド人作家ジョージ・ムアの『物語作家の休日』の一部であり、後に『独身生活』(一九二七)の中に独立した一編として収録され、さらに二〇一一年にはグレン・クローズ主演の映画(『アルバート氏の人生』)にもなった。

主人公は片思いの恋に破れ、親代わりの乳母にも死なれて一人きりになった。彼女は男に誘惑されて妊娠してしまうという、当時の貧しい女のお決まりのコースに陥ることを恐れていた。女であるがゆえの危険を避けるため、そして給料がより高い職を得るために、彼女は男として生きることを決め、ホテルのウェイターになった。アルバート・ノッブスと名乗り、ロンドンなど大都市を転々とし、最終的にダブリンのホテルにやってきた《彼》は、女性とも男性とも付き合わず、二十五年間、仕事ひと筋に生きてきた。あるときアルバートは、ホテルの塗装職人ヒューバート・ペイジとひと晩を過ごすことになり、ヒューバートも男装した女であることを知る。夫の暴力に耐えかねて二人の娘を残して家出したというヒューバートは、一人の女と同居し、その後「結婚」して幸せに暮らしていると語った。ヒューバートの話に刺激を受けたアルバートは、自分も結婚相手となる女を探そうとする。と同時に《彼》の新生活の夢はどんどん広がっていった。二人の新居のこと、その階下で《妻》が営む煙草・菓子店、新居の家具や壁紙、さらに暖炉の上の時計に至るまで、アルバートの夢想は具体的になっていく。相手の女に子どもがいても良いし、むしろその方が望ましいとまで考えてしまう家庭生活への憧れは、両親不在だった《彼》の生い立ちに拠るものだろう。しかし結婚相手の候補者として付き合ったヘレンに散財させられた挙げ句、捨てられ、アルバートはまもなく孤独の内に死ぬ。そして死後、《彼》が女であることが判明するのである。

二人の女が男装したのは、強姦の危険や夫の暴力を逃れるためであり、私生活と社会生活のいずれにおいても女のジェンダーを隠すための方策だった。二人は家父長的異性愛制度の被害者であり、それを逃れるためにトランスジェンダーして生きたが、二人の行動は、皮肉にも異性愛制度を強化することになった。たとえばヒューバートの結婚は、女と同居する合理的理由として自分が男であることを世間に知らしめるためであったが、結果としては異性愛制度に加担することになった。一人暮らしの寂しさから脱却したいというアルバートの願望も、夫と妻と子どもという異性愛者の典型的家族像に理想のイメージを見ているのである。

ヒューバートがホテルへ戻ってきたのは、アルバートの死後しばらく経ってからである。ヒューバートも《妻》を亡くしたばかりで、アルバートとの共同生活を考えていたのである。しかしアルバートが死んだことを知り、ヒューバートは十五年ぶりに夫と二人の娘の元へ戻ろうと考えた。《彼》が妻、母として戻るつもりでいるのはもちろんである。アン・ハイルマンはヒューバートを、「感情的にも性的にもよりバランスがとれたアルバートの分身だ」と指摘する（Heilmann 256–57）。ハイルマンはさらに、サンドラ・M・ギルバートとスーザン・グーバーの「最後にはダブリンから奇妙なものが洗浄されている」（Gilbert and Gubar 337）という指摘に沿って、ヒューバートのトランスジェンダーは、女の苦境を抜け出すための「一時的執行猶予」（Heilmann 257）に留まっていると言う。つまり、ヒューバートの男装の下には本当の女が隠れており、物語の最後には「ノーマル」な家庭生活へ戻ることが示唆されているのである。アルバートもできることならそれを望んでいたはずだ。映画版で久しぶりに女性の服を着たアルバートが生き生きと笑いながら走っていくシーンには、男装からの解放感がはっきりと表われている。ガーバーは、「異性装の〝説明〟」が職を得るためであったり夫の暴力を逃れるためであったりなど、「社会的・経済的必然性として解釈されることによって正常なものとされる」異性装物語を、「前進するナラティヴ」（説明的物語）と呼んでいる（Garber 68–69）。このように説明的に「前進するナラティヴ」の異性装は、「非常に洗練されて、理論的で巧妙なやり方で言い抜けられている」一方、当事者のセクシュアリティへの言及は回避されることになっている（Garber 69）。確かに『アルバート・ノッブスの人生』で、セクシュアリティは一切触れられていない。

『物語作家の休日』には作者ムアが若いアレックにアイルランドの話を語るという枠構造があり、その話の一つが『アルバート・ノッブス氏の人生』だった。つまり、二人の女のトランスジェンダーの話は男同士の会話に囲い込まれているのである。彼女たちの男装の理由が「言い抜けられている」のは、男性視点、すなわち家父長的異性愛制度側の視点だとすれば納得がいく。ここでのトランスジェンダーはあくまでも一時的逸脱であり、制度を攪乱するものにはなっていないのである。

◉性は二つ

『トランペット』は『アルバート・ノッブスの人生』のような単一の男の語りに囲い込まれる形式ではなく、ジョスを直接的、間接的に知る人々の多声（ポリフォニック）的な声で語られる。ミリー、コールマン、バンド仲間、掃除婦、母親、幼友達など、語る主体はジョスと直接的・間接的な関係を持ち、そのポジションから、ジョスまたはジョセフィンについて語るのである。

医学上、法律上、そして社会慣習上、性は男と女のいずれかであることを強いられる。『トランペット』の中で死亡診断書を書く医者、遺体を整える葬儀屋、死亡証明書を作成する戸籍係は、それぞれの領域のルールに従い、男か女か死んだ人の客観的事実を確認する。たとえジェンダーが「トランス」されたとしても、身体的性（物質的性）は変わらない。彼らにとって性は二つ以外にありえないのだ。ジャーナリストのソフィ・ストーンも「性は二つ」という立場をとる。そしてこれはまさしく世の一般の人々の態度でもある。彼女の関心はジョスのトランスジェンダーの理由であり、女の身体を持った《彼》の生活実態だった。

パム・モリスによると、一九七〇年代から八〇年代の初め、アングロ・アメリカ人のフェミニストたちは異性愛を男性支配の根本原理だととらえ、異性愛から断絶したレズビアニズムが家父長制の終焉を導いてくれると考えていた（Morris 169）。しかし、ジョスのトランスジェンダーに異性愛体制や家父長制度に抵抗する政治的な意図があったとは思えないし、ましてやソフィがそのように解釈しているはずもない。二元論で性とジェンダーをとらえているソフィは、トランスジェンダーしたジョスに男の力や権力への願望があったと推測し、その願望を女（ミリー）への欲望に結びつけていたと考えた。つまりソフィはジョスを、一九五〇年代、六〇年代に流行ったブッチ／フェムの役割演技(3)をするレズビアンと同等視していたのである。彼女が一九九〇年代を「セックスと不倫とスキャンダルといかがわしい話と変態にとりつかれた時代」（一七八）だと言っているように、性的少数派の人々の人権宣言が出されるまで、まだ十年の歳月が必要だった。《父》の女の身体を知ってショックを受けたコールマンに、ソフィはジョスの伝記を書くよう提案した。男として生活し、しかも女と結婚して異性愛を装ったジョスの人生を、彼女は「男役(ブッチ)の詐欺事件」（一七九）と呼んだ。彼女は性とジェンダーと性的指向が一貫していることが「ノーマル」だと信じていたのである。

◉男になりきる

ジョスのトランスジェンダーをただ一人知っていたミリーは、《彼》とどんな関係を持っていたのであろう。ジョスの男姿に惹かれて自分からアプローチをしたミリーは、最初は異性愛的感情を持っていた。ジョスの性（身体）が女だと分かった後も、彼女は男としてのジョスを愛し続けた。《彼》に対するミリーの感情は、ジョスの幼友達メアリー・ハートと比べると分かりやすい。子ども時代、メアリーは女の子だったジョセフィンに同性愛的感情を抱いており、大人になり男装したジョスの写真を見せられたときも、女性であるジョセフィンへの恋心を再燃する。他方、ミリーの恋心はあくまでも男のジョスに対する感情だった。ミリーがつねに「彼」という代名詞を使っていることからも、またジョスとのセックスシーンの回想も、異性愛の男女の営みを想起させる表現を使っていることからも明らかなように（二〇七）、彼女にとってのジョスは《男》だったのである。死後、ジョスが女であることが世間に知られたとき、ミリーが一番恐れたのは自分がレズビアンと呼ばれることだった。ジョスを《夫》だとして暮らしてきた彼女は、自分たちがレズビアン関係だとは考えてもいなかった。もちろん、心の奥底ではそれが異性愛制度で定義された「妻」「夫」ではないことも承知しており、自分に嘘をついて生きてきたことも分かっていた（二一五）。コールマンを養子に迎え、幸せな結婚生活、家庭生活を作り上げ、「完全なノーマリティを作り出した」（Williams 130）のは、世間だけでなく自分をも信じ込ませるためだったのだろう。

ジュディス・バトラーによれば、ジェンダーとは「身振り、動作、歩き方〔中略〕によって内面の性の本質、ジェンダーの心理的核の幻想を作り出すパフォーマンス」（Butler, "Imitation and Gender Insubordination" 317）である。男装して《夫》《父》となったジョスは、服装から髭剃り、床屋通いなどあらゆる仕草や動作を男として振る舞った。『アルバート・ノッブスの人生』のアルバートやヒューバートも衣裳によって男のジェンダーを模倣したが、ジョスの場合とは決定的に違っていた。すでに見てきたように、映画版で女の服を着たアルバートが解放感を味わったように、またヒューバートが最後には女に戻る決心をしたように、二人のトランスジェンダーは一時的逸脱だった。それに対しジョスは一貫して男だったのである。

ジョスのトランスジェンダーで重要なのは、寝室という私的空間でも《男》で通したということである。もちろん《彼》の女の身体を隠す包帯は寝室で着脱している。毎朝包帯を巻く手伝いをするとき、ミリーはジョスの胸に触っている。ところが彼女は「それ以外のときは、それ［胸］は存在しなかった。事実上なかった」（二五〇）と言う。キャロル・ジョーンズは包帯が女の身体を隠すと同時に、ジェンダー・アイデンティティの境界の違反を意味すると指摘している（Jones 112）。包帯はジョスを男性にしながら、同時に《彼》が女性であることを思い出させ、ジョスの性が単一ではないことを示すものだということである。しかしミリーにとり、包帯があってもなくてもジョスのトランスジェンダーは完璧だった。彼女にとってジョスは《妻》である自分を欲望する《夫》だった。ジョスはこのように、アルバートやヒューバートとは違い、公的空間だけでなく私的空間でも男になりきっていた。「『男』のノーマリティを徹底し」（Rodríguez González 244）、一貫性のある異性愛男性としてのパフォーマンスを徹底したのだ。

◉性アイデンティティ・クライシス

『トランペット』の中で、コールマンはソフィのインタヴューに答える一人称の声として、さらに三人称ではあるが彼の視点からの声として語る。葬儀場でジョスの身体が女だったことを知ったコールマンは、大きなショックを受けた。彼の最初の反応は怒りだった。《両親》の親密な関係が女同士のものだったと知ったことで嫌悪感を、そして息子の自分にまで秘密にしていたことで反感を抱いた。前者はレズビアンへの嫌悪感であり、後者は裏切られたことへの反感だった。彼はジョスだけでなくミリーに対しても同じ理由から怒りを覚えた。

コールマンの怒りの感情は自尊感情の喪失と結びついている。彼は肌の色がジョスに似ているため、一歳のときにムーディ夫妻の養子になったが、産みの親に捨てられたという無価値観の感情をずっと抱いていた。自分のルーツという点で彼は自己肯定感を抱けない上、さらに人種面で黒人という劣等意識も持っていた。幼い頃、バスの乗客の一人の黒人が「猿」呼ばわりされてずっと下を向いていたことを、コールマンは覚えていた（五七）。それは彼が初めて人種を意識した事件だった。その後は黒人だから大人しくしていなければならない、目立った行動をしてはいけないと自分を抑制し、そのことが彼の苛立ちの原因となっていったのである（一七一）。

マット・リチャードソンは、バスに乗った黒人は「象徴的に去勢されている」。すなわち、白人の人種差別者によって［中略］家父長的男性性を剥奪されている」と指摘し、コールマンが男性喪失というジョスの去勢を黒人の男性性喪失の嘆きに結びつけていると説明する（Richardson 233）。人種によるコールマンの劣等意識が、男性性喪失、すなわち去勢不安と結びついているのは確かである。黒人乗客のエピソードの直後、去勢された《父》の話が続いているのは暗示的だ（五八）。コールマンは今まで黒人である《父》を誇りに思い、崇拝していたし（五一）、ジョスの「息子でいることが好きだった」（一七五）。しかし《父》の男性性が虚偽であることが明らかになり、彼は男性性のモデルを失ってしまった。ジョスの死後、性アイデンティティ・クライシスに陥った彼が、「「自身の」ペニスがでかくなったようにみえる」（一四七）と感じるのは、自分の去勢不安を払拭(ふっしょく)したいためであろう。

　性アイデンティティを取り戻すためにコールマンが取った行動は、《父》のルーツを探ることだった。娘時代の《父》について知るために、彼はスコットランド中南部のグラスゴーの北のグリーノックに住む祖母イーディス・ムアに会いに行った。これはソフィの入れ知恵でもあったが、彼自身の性アイデンティティ、自尊心を取り戻すためには必要なプロセスであった。ジョスはジョセフィンの名で、二十五年間、毎週母の元へ手紙と小切手を送っていた。イーディスにとってジョスは娘のジョセフィンのままだった。コールマンはイーディスに《父》のトランスジェンダーのことも《彼》の死も告げなかった。祖母に会った後、彼は「身体全体で悲しみを感じる」（二五二）。イーディスにとってはジョセフィン、コールマンにとってはジョス――女であれ男であれ、《父》が死んだ悲しみを彼は初めて実感したのである

　実はグラスゴーへ向かう列車の中で、コールマンは《父》の性／ジェンダーとすでに折り合いをつけ始めていた。彼はジョスに似た黒人の男が二つのティーカップを持ってバランスを取りながら通路を歩いているのを見た（二〇三―〇四）。このとき、おそらくコールマンは、男と女のバランスを取っていたジョスの姿を見たのであろう。さらにコールマンの語りにおいても彼の真実の心を見ることができる。普通の書体で書かれたソフィのインタヴューの語りに対し、彼の幼い頃の三つの夢の語りはイタリック体で書かれ、書体によって区別されている。この三つの夢はいずれもトラン

ペット奏者である《父》に対する崇拝、愛を感じる語りである。とくに三番目の夢は病気で寝ている彼に付き添い、薬を飲ませてくれる女性的な《父》の思い出を語っている（七二）。

《父》の女性的な側面は最終的にコールマンに移譲されていく。イーディスに会った晩、コールマンは祖母と手を繋いだ幼い娘ジョセフィンの夢を見た。女の子は耳が聞こえず手話で会話している。すると、突然家が浸水し、コールマンは彼女をおんぶして二階に逃げていかなければならなくなる（二七二―七三）。女の子の耳が聞こえず声も出せないのは、死んだジョスがもはや喋ることができないからだけではない。マット・リチャードソンが指摘するように、浸水した家とは異性愛制度、家父長制度、中産階級の黒人の男性性の体系を表象しているといえよう（Richardson 238）。小さな無力な女の子になった《父》を背負って、男性中心的な異性愛社会のスキャンダルから《父》を守るのは、コールマンなのである。彼は病気の自分に寄り添い看病してくれた《父》の女性的側面を、自己の性アイデンティティとして受け継いだのである。

◉「トランス」の系譜

ではなぜジョセフィンは男として生きることを決めたのだろうか。女だったジョセフィンからの答えはないが、コールマンへの遺言の中で、幼かった娘時代、自分の父が好きだったと語っている。父を失って寂しく、「父の黒い手を握って通りを歩きたかった」（二八七）彼女は、黒人の父に自分のアイデンティティを見出していた。彼女は父のように、父として生きたかったが、それは男／女のジェンダー・カテゴリーを超えた、通常では叶わぬ願望だった。

『トランペット』は死んだジョスについてのポリフォニックな語りから構成されているが、「音楽」と「遺言」の章だけはジョスの視点、またはジョスの声で語られる。「音楽」の章ではジョスがトランペットを演奏するときの心身の感覚を描きながら、その感覚に自分の誕生と死を重ねあわせていく。「彼は性をなくす、人種をなくす、記憶をなくす。すべてを剥ぎ取り、脱ぎ捨て、ほとんど人間でさえなくなりそうになる」（一三八）。トランペット演奏はジョスを「裸にし」、「誰でもない」「身体もない」「過去もない」「なにもない」ものにしていく（一四二）。演奏というパフォーマンスはあらゆるアイデンティティのカテゴリーから《彼》を解放し、自由にするのだ。

すでに見てきたように、トランスジェンダーはジェンダーの二元性を超越（トランス）するようにみえつつ、新たに獲得したジェンダーを真似る行為が逆にその二元性を強化してしまうことになる。ジョスの男装がまさにそうである。ところがジョスは、トランペットの演奏はあらゆる二元性を無効にすると語っている。

> スコットランド。アフリカ。奴隷制。自由。女の子。男の子。あらゆるものだ。何ものでもない。病、健康。太陽。月。黒。白。（一四三）

ミリーは包帯があってもなくてもジョスの身体を《男》だと見ようとして、性の二元性に拘っていた。他方ジョスは、ジャネット・キングが言うように「女ではないもの」を表象している（King, "'A Woman's a Man, for A' That': Jackie Kay's Trumpet" 225）。ジョセフィンの名前が出ると、「彼女のことはほっといてやって」（九九）と他人格扱いしたように、ジョスは身体を不動の存在として見ていなかった。言い換えれば、ジョスは女という身体的性を超えていたのであり、演奏するときの《彼》は身体の物質性を超えて無になっていったのである。

女の性の物質性を超えたジョスの身体はセクシュアリティを規定することもない。女の身体が女を欲望すればレズビアン、男を欲望すれば異性愛者、というような性とセクシュアリティの関係性は、ミリーとジョスには当てはまらない。言い換えれば、ジョスのトランスジェンダーは「男か女かのカテゴリーのクライシスだけでなく」、レズビアンか異性愛者かのセクシュアリティのカテゴリーのクライシスでもなく、「カテゴリーそのもののクライシス」を引き起こしているのである（Garber 17）。

ジョスは生前、完璧に男になりきっていた。しかし、ジェイ・プロサーは性の二元論を超える抵抗となるためには、自らトランスジェンダーを語ることが必要だと言う（Prosser 320）。実際、死後のジョスは女の身体を露呈することによって、自らの存在が性とジェンダーとセクシュアリティの一貫性を問い質すことになっている。これこそ《彼》のトランスジェンダーのパフォーマンスが成し得たことである。ジョスの死後から始まる『トランペット』は、まさに性の問題性を問い続ける物語なのである。

「音楽」の章はジョス個人のアイデンティティ・カテゴリーからの解放を語っているが、「遺言」の章は、《彼》の父、あるいは黒人男性の「トランス」の系譜の意義について語っている。『トランペット』は「向こう側へ」「別の状態へ」「超越して」の意味である「トランス」の系譜を繋ぐ物語である。スコットランドの白人の母とカリブ諸島出身のアフリカ系黒人の父の間に生まれたジョスは、主体となる自分のアイデンティティを移民の黒人男性の父に見出した。父は大西洋を「トランス」した移民であり、ジョン・ムアと名前を変えた。ジョセフィン・ムアはジョス・ムーディへとトランスジェンダーした。ウィリアム・ダンスモアは養子となりコールマン・ムーディになった。彼らはそれぞれの理由でそれぞれのやり方で「トランス」して名前を変えた。ジョスが男性となったのは個人のアイデンティティとしてだけでなく、新しい土地で新しい名前とアイデンティティを得た移民黒人の父の過去を、未来に繋いでいきたかったからである。しかもその系譜が断続したものになろうが、フィクションと事実が綯い交ぜになろうが、構わないのである。

「遺言」の中でジョスはコールマンに、「おまえがわたしの未来なんだ。おかしないいかただけどこれからわたしは、おまえの息子になるんだ。おまえはわたしの父になり、わたしの話を語る。あるいは語らないかもしれない」と語り、「憶えていたいことを憶えていればいい」と続ける（二八八）。ジョスは父親を継承して男性となった。コールマンは夢の中で女の子となったジョスを背負い、《父》の女性的側面を継承する。バートホールド・ショーエン＝ハーウッドはヴァージニア・ウルフの有名な両性具有の理想――「人は女性的で男らしいか、或は男性的で女らしいか、のどちらかでなければならない」（『自分だけの部屋』一五八）――は個人の特性だけに焦点を当てているとして、それを共有し合えるガインアンドリシティ（gynandricity）の概念を紹介している。ショーエン＝ハーウッドは、男性、女性それぞれのそして互いの差異を再調整し続けるような「第三の場」（Schoene-Harwood 101）を想定し、そこで生まれるガインアンドリックなジェンダーが家父長制度における男女の優劣という対立構造を壊してくれるだろうと語る。ジェンダーは男性と女性の二種に固定して布置されているのではなく、絶え間ない相互の対話によって様々に変わってくるものなのである(101–02)。コールマンはジョスのトランスジェンダーからガインアンドリシティを学んだともいえるだろう。そしていみじくもアイリーン・ローズの指摘にあるように、彼は「ポスト家父長制のガインアンドリシティの先触れ」(Rose 116) になるのだろう。

●注

(1) Marjorie Garber, 67–69.

(2) 一般に理解されている彼/彼女、夫/妻ではトランスジェンダーのジョスを表記できないので、本章では《彼》《夫》《妻》を使用する。

(3) Butch/Femme はレズビアンに対する用語でブッチは男性的役割を、フェミは女性的役割を担う。

〈小説から映画〉

⑥男でもなく女でもなく、ユニセックスへ――『オルランド』(一九九二)サリー・ポッター監督

原作はヴァージニア・ウルフによる『オーランドー――伝記』であり、タイトルが示しているように、エリザベス朝から二十世紀まで(一九二八年)生きてきたオーランドーの伝記である。エリザベス一世は屋敷をオーランドーの父に贈り、彼は女王の寵臣(ちょうしん)となる。テムズ川が凍り付いた冬、オーランドーは許嫁がいるにもかかわらずロシア大使の娘に恋し、失恋する。彼は七日間眠り続けて目覚めると、詩作に没頭する。しかし敬愛していたニコラス・グリーンに自分の詩を風刺された後は、国王大使としてトルコへ赴く。ところが彼の地で暴動があり、オーランドーは七日間眠り続け、女となって目覚めるのである。彼女がイギリスに戻ると財産相続の問題が起こる。一方でロンドンの社交界にデビューし、スウィフト、ポープらの文人と知り合う。十九世紀に入り、オーランドーは時代特有の結婚願望にとりつかれ、偶然出会った軍人の船乗り、シェルマーダインと結婚。南西の風とともに夫は海に戻り、一方の彼女は詩作を続け、その作品は出版されて文学賞を授賞する。二十世紀になり男の子を出産。車を自ら運転し、飛行機から降りるシェルマーダインを出迎えるところで物語は終わる。

四百年近く生きているオーランドー(映画ではオルランド)の人生を辿ることは、イギリスの文化史を辿ることでもある。六章構成の原作に対し、映画では時代ごとの関心を、「死」(一六〇〇)、「愛」(一六一〇)、「詩」(一六五〇)、「政治」(一七〇〇)、「社会」(一七五〇)、「性」

（一八五〇）、「誕生」と章題に示し、七章構成になっている。伝記作家の語りに代わり、オルランド自身がカメラを通して観客に直接語りかける手法は、斬新である。「死」を別の章立てにしたのは、映画ではエリザベス女王の役割を強調したかったからだと思われる。彼女は「若さを保ち老いてはならぬ」ことを条件にオルランドに屋敷を贈った。つまり、中心舞台となる屋敷とオルランドの若さは一体なのである。さらに、エリザベス役を男優クウェンティン・クリスプが演じたことも重要である。女王に並んで、男性オルランドを女優ティルダ・スウィントンが演じていることを考えれば、映画の冒頭から性は特定不能なのである。オルランドが女性の身体に変わったときも、「まったく変わっていない、性が変わっただけ」と語る。人間の個性は身体の変化を超越するという両性具有の考え方が、映画の方ではいっそう強調されている。

とはいえ、女性になったオルランドは十八世紀のイギリスの社交界でポープやスウィフトから、父親か夫がいなければ価値がないなどと性差別の言葉をぶつけられる。また男性時代を知るハリー公から「私がイングランドだから貴女は私のもの」と女に対する所有権を主張されたり、男子を産まなければ屋敷は没収されたりする女性蔑視に激怒したオルランドは、（空間的に）迷路園を駆け抜け（時間的に）十九世紀に突入していく。映画のオルランドは結婚願望に罹患することもなく、たまたま落馬した男性に彼女の方から求婚する。しかし結婚

生活や家庭に縛られたくない冒険家のシェルマーダインの意向を尊重し、また自分自身の自由な人生を考えて、彼が旅立つのを見送る。

原作のエンディングは一九二八年だったが、映画は一九九〇年代。オルランドは娘とともに屋敷に戻っていく。二十世紀末という時代を反映しているせいか、シングルマザーの彼女はユニセックス風の服を着て、満足気な表情を浮かべている。

（平林）

⑦アルバート氏とは誰か――映画『アルバート氏の人生』（二〇一一）ロドリゴ・ガルシア監督

映画『アルバート氏の人生』は、女優グレン・クローズが製作、主演、共同脚色、そして主題歌の作詞という四役を務め、二〇一三年に日本で公開された。グレン・クローズは、この映画で第二十四回東京国際映画祭最優秀女優賞を受賞した。映画はジョージ・ムアの『アルバート・ノッブスの人生』*をもとに、十九世紀のアイルランドのダブリンを舞台に、ホテルでの住み込みウェイターとして働くアルバートの物語である。

アルバートは誰にも言えない秘密を隠し、ひっそりと、しかし懸命に職務をこなして生きてきた。彼の秘密は、男性として生きてきた女性であるということだった。ある日その秘密を塗装工のヒューバート・ペイジに知られてしまう。ところが、ヒューバート自身も夫から逃げ出して働くために男装し、しかも女性と結婚していると告白するのである。ヒューバートの生き方に驚いたアルバートは、女性性を抑圧してきた自分自身の生き方を見つめ直す。さらにはヒューバートのように、女性と結婚することを夢想し始める。アルバートはホテルの下働きのヘレン・ドアーズに接近し結婚をほのめかすが、ヘレンは同じホテルの若いボイラー工員のジョー・マッキンスのもとへ行ってしまう。

映画では、一貫して純粋にヘレンの幸せを望んでいるアルバートの姿が描かれる。その一方で、自身の閉じ込めていた女性性が解放される瞬間には、ヒューバートとともに全身でその喜びを表現している。男／女という性別とは無関係で伸びやかな二人の姿は、ジェンダーこそが人間が自由に生きることを阻む縛りであることに気づかせる。

結末はショッキングな形で訪れる。ヘレンとジョーとの諍い（いさか）の仲裁に入ったアルバートは頭部を強打する。ふらつく体でようやく自室のベッドに横たわるが、そのまま帰らぬ人になってしまう。アルバートが貯め込んでいた床下のお金はホテルのオーナーの知るところとなり、ホテルの修復費用に充てられることになる。その後ホテルに現われたヒューバートは、そこでアルバートの死を知る。ヘレンはジョーの子どもを身ごもっていたが捨てられて、行くあてもないままホテルに残っていた。アルバートと名づけた幼子を抱えたヘレンにヒューバートは寄り添い、一緒に幸せになろうと語り掛けるのである。

映画では、ヒューバートの役割は重要である。自らの男装を告白しているばかりでなく、「妻」との結婚が形式上のためばかりではないことも告白している。ヒューバートの「妻」

が亡くなった時、アルバートは一緒に店を持とうと誘うのだが、ヒューバートは「私は妻を愛していた」とその申し出を拒む。アルバートのような生計を営む上での戦略的な異性装のほかに、ヒューバートのような生き方の選択としての異性装を、映画は丁寧に掬い取っている。アルバートが最後までヘレンへの愛を貫きその先に迎えた死という描き方も、純粋無垢でひたむきな性別に囚われない愛の姿を描いているといえよう。この映画は、ジェンダーが慣習的に選択され演じ続けられているという日常生活に埋もれた事実を、改めて我々に突きつけている。

（髙橋）

＊A・C・ドイル、H・メルヴィルほか『クィア短編小説集――名づけ得ぬ欲望の物語』所収、大橋洋一監訳／利根川真紀・磯部哲也・山田久美子訳、平凡社ライブラリー、二〇一六年。

ここでブレイク　エポック・メイキング小説2

リタ・メイ・ブラウン『女になりたい』(一九七三)〔中田えりか訳、二見書房、一九八〇年〕

この小説は、一九六〇年代初頭、黒人や女性の人権が軽んじられていた時代に、ペンシルベニアの貧困地域に住む主人公モリーが、自分はレズビアンだということを認識し現実社会と向き合っていく一人称語りの小説である。

モリーは七歳の時、近所に住む男の子のペニスを他の生徒に見せてお金を稼いでいた。それを知った母親キャリーは逆上し、自分は養母でしかないこと、実母のルビーは売春婦でその娘のモリーは私生児だ、と彼女の出自を暴露した。養母に侮蔑されたモリーは、働ける年になったら家を出ようと決意する。

モリーは学業成績が優秀で、女性でも医者になれると主張するほど女の権利意識を持っていた。彼女が六年生の時、美しい同級生のレオータを愛し、「女の子同士で結婚できるかしら」と考え始める。

フロリダへ引っ越した後も、良い成績を取らなければカレッジに行けないと自覚していたモリーは、懸命に勉強してフロリダ大学へ進学する。彼女は映画製作を学びたかったのだ。しかし、ルームメイトのフェイとの関係が常軌を逸していると大学側に判断され、彼女は精神病院へ幽閉されてしまう。フェイは大学を去り、残されたモリーはヒッチハイクでニューヨークへ行くことにする。

頼る人もなく住むところもないモリーの世話をしてくれたのは、ホームレスでゲイのケルヴィンだった。その後、彼女は安アパートに住み、ニューヨーク大学の奨学金を獲得して、働きながら勉強を続けた。その間にさまざまな女性との恋愛を繰り返しながら、彼女は「自分のなりたいものになる」と主張し続けて生きていく。女性のセクシュアリティや生き方のゴールが女性不在の中で決定されていることを、彼女は徹底的に批判し続けていく。

卒業制作のためにモリーは、絶縁状態だった養母キャリーを久しぶりに訪ねた。彼女が今まで感じてきた生きづらさの起源は、このキャリーという女性が受けてきた抑圧（女の歴史）に重なると考え、養母の語る全人生をフィルムに収めるためだった。

あたしは今から、変態女ってラベルを胸にぶら下げなきゃならないわね。それとも額に『L』って緋文字を刻むか。どうしてみんな、あたしのことを箱に閉じ込めて釘打とうとしてんのよ。なにがなんだかわかんないよ――無定形で倒錯的で。くそ。自分が白かどうかもわかんないんだよ。あたしはあたし。それだけがあたしで、自分のなりたいすべて。あたしは何者かでなくちゃいけないの？（一一五）

［髙橋］

ジョアナ・ラス『フィーメール・マン』(一九七五)〔友枝康子訳、サンリオSF文庫、一九八一年〕

SF小説『フィーメール・マン』は、女が男の攻撃性を持ち、男の役割を奪う社会像を描いている。

この小説は、四つのパラレルワールドに生きる四人の主人公が登場する。まず、一人目は一九三〇年代の大恐慌が続き、第二次世界大戦が起きなかった一九六九年の世界(アメリカ)のジーニイン。フェミニズム運動も起こらず、人種差別や女性差別が残る保守的な世界である。二人目は、男性だけに罹患する疫病によって単性(女)だけになった十世紀後の未来世界、ホワイルアウェイからのジャネット。シャーロット・P・ギルマンの女性だけで作る理想の社会を描いた『ハーランド』(一九一五)を連想させるホワイルアウェイは、ユートピア的世界として描かれている。三人目はマンランド(男)とウーマンランド(女)の間で戦争が続いているディストピア世界からのジェイル。マンランドでは性転換した男に「女」の役割をさせ、ウーマンランドでは、ロボトミー手術をされて自分の意志を失った男が女に性的サービスをさせられている。最後は一九六九年の現実のアメリカから、女性人(フィーメールマン)に変わったジョアナ。

ジャネット、ジーニイン、ジョアナはそれぞれ異なる世界を訪問することで、女性への対応の仕方の違いを実感していたが、実はジェイルを含めた四人は同じ遺伝子を持ち、パラレルワールドを生きているのだった。ジェイルは三人に、それぞれの世界で女の基地を作り、男の圧政を打倒するための軍事力をつけるよう求める。しかしジャネットだけは賛同しなかった。ジェイルは彼女に、ホワイルアウェイの男たちは疫病で亡くなったのではなく、実際は女たちとの戦争によって殺されたこと、つまり、マンランドとウーマンランドとの戦争の結果として生まれた世界なのだと告げる。

自分の人生やアイデンティティに、これまでとは違った考え方を持つようになった彼女たちは、それぞれの世界に戻っていく。

私［ジョアナ］のかかっている医師は男性。
私の頼む弁護士は男性。
私の銀行の頭取は男性。
私の車のデザイナーは男性。
この車を作った工場の労働者は男性。
政府は（ほとんどが）男性。（二八二―八三）

［平林］

ジャネット・ウィンターソン『オレンジだけが果物じゃない』（一九八五）

［岸本佐知子訳、白水Uブックス、二〇一一年］

作者の半自伝的小説。主人公ジャネットはキリスト教原理主義の熱狂的信者の養母から、伝道者になるように徹底した宗教教育を受けて育てられた。ジャネットが病気になると養母はいつもオレンジをくれた。養母の影響で聖書と教会のことしか知らないジャネットは、学校でも浮いていた。教会の仕事で多忙な養母に代わって、教会のエルシーは、ジャネットが手術を受けたときや退院後の世話をしてくれた。

思春期になる頃、ジャネットは自分がレズビアンであることを自認し、メラニーと性的な関係になった。自身もレズビアンであるエルシーは、メラニーとジャネットの関係を察知したが、同じくレズビアンのミス・ジューズベリー以外には秘密にしていた。しかし、後ろめたさを感じたジャネットは、養母にメラニーへの自分の感情を告白。養母から相談された牧師は教会に二人を呼び出し、同性愛は罪であると言い、悔い改めるように諭した。メラニーはすぐさま懺悔して、その後結婚するが、ジャネットは教会の教えに疑問を抱き始める。しかしこのときは教会と養母との関係改善のため、悔い改めの態度を示した。

その後、別の女性信者を愛し、二人の関係が発覚したとき、ジャネットは懺悔を拒み、養母に命じられるまま家から出ていった。彼女は高校の教師の元で下宿させてもらい、アイスクリーム販売車と葬儀屋でパートタイムの仕事をして生計を立てた。養母は黒人向けの集会が開かれたとき、「オレンジだけが果物じゃないよ」と言って、黒人の主食だと信じていたパイナップルを提供し続けたことを後に聞く。養母の頑迷さは基本的に変わっていないのだ。数年後のクリスマスにジャネットが帰宅すると、養母は何事もなかったように振る舞った。教会では不祥事が続き、その対応に追われる養母に、ジャネットは少し同情している。

先生は状況と先入観でしかものを見ようとしない。こういう場所にはこういうものがあるはずだと、人は先入観で決めつける。丘に羊、海には魚。もしもスーパーマーケットに象がいたら、先生の目には見えないか、さもなければ、あらジョーンズの奥さんとかなんとか言って、魚のすり身の話でもはじめるんだろう。いやそれよりも、理解を超えたできごとに遭遇したときにたいていの人が示す反応を、この先生も示すのにちがいない。（八〇）

［平林］

サラ・シュールマン『ドロレスじゃないと。』（一九八八）

［落石八月月訳、マガジンハウス、一九九〇年］

語り手と同居していたドロレスは、新しい恋人の写真家メアリー・サンシャインのところへ行ってしまった。語り手はドロレスが忘れられず、バーに入り浸っている。たまたまバーで知り合ったプリシラが、住所録とピストルの入ったバッグを忘れていった。語り手はピストルを所有することで攻撃的な気持ちになり、メアリーを射殺してドロレスを怖がらせたいと想像する。同じ頃、電話機を売りつけられたことで知り合ったパンク娘のダンサー、マリアンが殺される。ショックを受けた語り手は、犯人を探し出して殺したいと思い始める。

ドロレスに捨てられたことへの未練や怨念（おんねん）を抱えながらの犯人探しが始まるが、以前からの知人を含め、語り手の人間関係は徐々に入り組んでいく。パートタイムで働いている軽食堂の男仲間たち、プエルトリコ人の美容師で以前の恋人だったココ、そして新たにプリシラ、マリアンの密かな恋人だった女優のシャーロット、シャーロットの同棲相手ビアトリス、ビアトリスの息子ダニエルと知り合う。ココ、プリシラ、シャーロットとの性関係やドロレスとの修羅場など、精神状態が落ち着かない語り手の行動は行き当たりばったりである。彼女は仕事にも行かなくなり、アルコール漬けになっていく。

ある日仕事仲間のディノに誘われて行ったアルコール依存症者の自助会で、マリアンの電話の留守電に残されていた男の声と同じ声を聞き、語り手はその男がマリアン殺しの犯人だと確信した。そしてシャーロットのアパートの隣家に住む彼を、玄関ドアの覗き穴から撃ち殺した。ピストルを捨てる決心がつき、語り手はそれまでの混沌（こんとん）とした生活から一歩踏み出す。

「パンク娘を殺した奴をやっつけたんだよ。仕返しをしたんだよ。苦しかったけどあきらめなかったろう。そしてついに勝った。聞いてる？　勝ったんだよ。勝利だよ！」「何言ってんの？　あんた、別に犯人を探して生きてきたわけじゃないんだよ。あんたはただの寂しい人間で他にすることなかったんだよ。もういい加減にしたら」（一九〇）

［平林］

アリ・スミス『ホテルワールド』（二〇〇一）［丸洋子訳、DHC、二〇〇三年］

『ホテルワールド』には幽霊が登場する。幽霊は死んだときから時間が止まっているので、自分についての情報はすべて過去のものといえる。しかし『ホテルワールド』の幽霊は現在に侵入し、一方的な語りが進行する時間を攪乱する。幽霊の語りを皮切りに、五人の女性たちの人生が一瞬だけ交差しながら、それぞれの語りを通じて、時間と身体と社会の問題が浮かび上がっていく。この幽霊の語りのシーンにレズビアンの女性が描かれている。

ホテルに就職して二日目に、サラ・ウィルビーは食器運搬リフトに入り込んで事故死する。サラの亡霊は、地下に埋葬されたサラの身体と会話しようとする。自分の記憶があやふやになりかけているために、それを語る言葉をあらためて獲得しようとサラの亡霊はもがき続ける。そしてサラの身体から、彼女がリフトから落下する前に時計屋の女性に恋をしたのだということを聞き出す。恋の相手になる男の子、あるいは大人の男性がきっといると思って待ち続けていたら、恋に落ちた相手は時計を売っている女性であった、とサラは言うのだ。彼女はとても幸せな気分に浸ったという。その後に出かけた屋外水泳場で、サラは巨体の女性が更衣室に体が入らず周囲の人たちの笑いものになるのを目撃した。これをきっかけに、女性に恋をするという自分のセクシュアリティを家族や友人はどう思うだろうかと、サラは逡巡（しゅんじゅん）する。更衣室に巨体の女性が体を押し込もうとして失敗する様は、サラが小さな食器運搬リフトに体をねじ込み落下していく様と重なり、社会の性規範に合わせられない彼女を表象しているようである。

この小説は、他の女性たちの視点から紡ぎだされる複数の物語が並置されている。サラが勤務していたホテルの入り口の壁のくぼみに、体をねじ込み小銭を集めている少女エルスの視点。そのエルスをホテルに宿泊させようとしていたが、今は慢性疲労症候群に侵されてしまった従業員リサの視点。ホテルでたまたま出逢ったエルスと関わりを持つことになる新聞のコラムニストのペリーの視点。亡霊サラの妹クレアの視点。クレアは姉の死と向き合うためにホテル前にたたずみ、エルスの関心を集めていた少女である。彼女たち自身にはその繋がりは見えないが、複数の時間が重なり合うことで、彼女らの記憶の各々が反響し合っている。

今ひとりの女性がドアに吸い込まれていった。洗練された服装をしている。背中に何も背負っていない。彼女の人生は今変わろうとしているところかもしれない。別の女性がホテルの中にいる、ホテルの制服を着てフロントで働いている。彼女は病んでいるけれど本人はまだ気づいていない。彼女の人生は、まさに変わろうとしている。ほら、ここにも女性が、わたしのすぐ隣で、毛布にくるまってホテルのドアのすぐ横のこの場所に、舗道の上に、並んで座っている。彼女の人生は、変わる。

聞いてほしい。
生き抜くことを忘れずに。
その年月は愛に費やされる。
あとに残るのは月と灰。（四三）

［髙橋］

第七章　レズビアン・アダプテーション

メディアによるレズビアン表象の変化
――マイケル・カニンガム『めぐりあう時間たち』（一九九八）

◉『ダロウェイ夫人』から『めぐりあう時間たち』へ

マイケル・カニンガムの『めぐりあう時間たち』は一九九八年に出版され、翌年にはピューリッツア賞やペン・フォークナー賞を受賞して話題となった作品である。この小説はイギリスのモダニズム作家ヴァージニア・ウルフと彼女の代表作『ダロウェイ夫人』が元になっている。登場するのは、一九二三年の英国リッチモンドで『ダロウェイ夫人』を執筆しているヴァージニア・ウルフ[1]、一九四九年のロサンゼルスで『ダロウェイ夫人』を読むローラ・ブラウン、二十世紀末のニューヨークでミセス・ダロウェイとあだ名を与えられて名前どおりの役割を演じるクラリッサ・ヴォーンの三人だ。彼女たちは時空を超えた三つの物語――「ミセス・ウルフ」、「ミセス・ブラウン」、「ミセス・ダロウェイ」――の中で、女を生きることの重圧感を共有している。

カニンガムは高校時代、移動図書館で『ダロウェイ夫人』を読み、人生について知るべきことすべてが一日に含まれているのを感じたと語っている。[2] 彼は当初、ニューヨークに住む現代版のダロウェイ夫人を書いていたが、ただの書き換えに過ぎないと思ってやめた。その後まもなくして、ウルフとダロウェイ夫人、そして自分の母が並んでいるイメージが目に浮かび、それがきっかけとなり、平凡な主婦ローラ・ブラウンを加えた三人の女性の三つの物語を書くことになったのである。カニンガムが『ダロウェイ夫人』の「リフ」[3] だと呼んでいるように、『めぐりあう時間たち』は確かに元テクストのメロディを反復している。とくに「ミセス・ダロウェイ」の物語においては、『ダロウェイ夫人』の登場人物の多くが置き換えられて元テクストを反映している（Young 37–38）。しかし『ダロウェイ夫人』のメロディやモチーフは「ミセス・ダロウェイ」の物語だけに限定しているわけではない。伝記的事実と虚構を綯い交ぜにされた「ミセス・ウルフ」のヴァージニアは、ダロウェイ夫人を自殺させるかどうか悩み続けるし、ウルフの文学論「ミスター・ベネットとミセス・ブラウン」（一九二四）を下敷きにした「ミセス・ブラウン」のローラは、『ダロウェイ夫人』における生死観に触れて死を思いとどまる（カニンガム　一八〇―八七）。また「ミセス・ダロウェイ」のクラリッサは、主婦・妻役を内在化してしまっていることに悩む。

トーリー・ヤングは「小説『めぐりあう時間たち』を味わうために必ずしも『ダロウェイ夫人』の知識は必要でないというのが大方の意見」（Young 72–73）だと言い、とくにカニンガムの本国である米国では出版直後、受賞後、そして映画の封切時に、『めぐりあう時間たち』の小説がベストセラーのリストに挙がったと指摘する（Young 71）。とはいえ、たとえウルフ作品の愛読者でなくとも、この小説の断片的にみえる三つの物語の緊密な繋がりに興味を持つ人は少なくないだろう。『ダロウェイ夫人』のような明白な先行テクスト以外にも、この小説の「ミセス・ブラウン」にはノーベル文学賞を受賞したイギリス人作家ドリス・レッシングの短編「十九号室へ」がインターテクストとして使用されている。母・妻・主婦という女の役割に押し潰されそうなスーザンは、場末のホテルの一室（十九号室）を息抜きの場とするが、最後にはその部屋で自殺してしまう。一九七八年に出版された「十九号室へ」は、フェミニズム批評の観点から取り上げられることが多い作品である。『めぐりあう時間たち』のローラが、完璧な母・妻役から逃れるためにホテルへ向かい、そこで案内されたのは、スーザンと同じく十九号室だった（一八一―八二）。彼女がホテルを訪れたのは必ずしも自殺目的ではなかったが、「十九号室」という文字の繰り返しによって自殺が暗示されていくのである。このようなさまざまなインターテクストを織り交ぜたポストモダンな作品『めぐりあう時間たち』では、「時間」という普遍的なテーマに加えて、女のジェンダーやセクシュアリティの問題が前景化されている。(4)

◉映画メディアへのアダプテーション

小説『めぐりあう時間たち』は二〇〇二年に映画になった。この映画には、文学テクストから映画テクストへという単なるメディアの移し替えだけでなく、先行するテクストとの関係、俳優やメイキング・プロセスなど、さまざまな影響関係という「対話」を見て取ることができる。アダプテーション映画を「複数の読み」だと考えると、通常少なくとも四人の作者――オリジナルの小説の作者、脚本家、監督、作曲家――が存在することになる。映画『めぐりあう時間たち』の場合は、この小説の元テクストである『ダロウェイ夫人』の作者、ウルフの存在も加えなければならないだろう。撮影に立ち会った脚本家ディヴィッド・ヘアが、俳優たちの即興の言い回しやしぐさを見てセリフを書き直したと語っているように(5)、広義の作者として俳優が加えられるかもしれない。監督のスティーヴン・ダルドリーは、ニコール・キッドマン演じるヴァージニア・ウルフは、実在したウルフのコピーではなく、独自のウルフ、同時代の人に語りかける現代のウルフになったと彼女の演技を高く評価しているように、俳優の読みは演技として現われてくるからである(6)。このように、アダプテーション映画とは、先行するテクスト(群)との対話が潜在的(無意識)・顕在的(意識的)に存在するダイアロジックなテクストであるだけでなく、作者や俳優が元テクストに納得したりそれに自分の考えや解釈を加えたりしながら異なったメディアに置き換えていく、まさしくポリフォニックな声で織り上げられたテクストだといえるだろう。本章では、小説『めぐりあう時間たち』が映画というメディアの変化により、どのように変化するのか、とくにレズビアン表象に注目しながら検証していきたい。

◉小説から映画へ

劇作家、映画監督でもあるヘアによると、映画プロデューサー、スコット・ルーディンは『めぐりあう時間たち』が話題作として評判になる前にすでに映画の権利を買い取り、ヘアに脚本執筆を持ちかけたという(Hare vii)。ヘアは女性の人生を書きたかったと言い、さらに自身の脚本の序文に「三つの物語を同等に説得力あるものにする」ようにしたこと、三人の女性主人公のどの物語に対しても観客ががっかりしないように心掛けた」（Hare xi）と記している。それから一年かけて完成された脚本はダルドリー監督に渡された。ダルドリーは大学時代英文学専攻で、ウルフの作品のファンだったということだ。(7) 音楽を担当した作曲家のフィリップ・グラスは、三つの物語に同じ音楽を使い、テーマのヴァリエーションを繰り返すことで物語に一つの流れを持つようにしたと述べている。私的な音楽であるピアノを基調とし、ストリング・オーケストラで過去と現在の時間の層を作りだしたこと、ニュートラルな映像表現に音楽で方向性を与えて情感を決めたことについても説明している。(8)

　このように映画『めぐりあう時間たち』は話題の小説を元にして、経験豊かなプロデューサー、脚本家、監督、作曲家が加わり、さらにニコール・キッドマン（ヴァージニア・ウルフ）、ジュリアン・ムーア（ローラ・ブラウン）、メリル・ストリープ（クラリッサ・ヴォーン）という当代きっての大女優らの共演による作品となった。こうしてインターテクスチュアルな小説『めぐりあう時間たち』の複数の読みがモザイクのように合体して、アダプテーション映画が製作されたのである。(9)

　ハリウッド系映画はマスメディアとして、利潤重視の観点から広範な層の観客に受け入れられることが求められている。大衆への受容のために政治性を抑えることは必須である。ロバート・スタムが「現代のハリウッド映画は、『過激的』だとみなされるどんなイデオロギーに対しても嫌悪感を持つ傾向がある」（Stam 43）と述べるように、通常アダプテーション映画では、小説内の社会的格差などのさまざまな政治性が極力排除されている。

松本朗は小説『めぐりあう時間たち』に「政治色を帯びた複雑な問題」があることを指摘し、とくに同性愛の問題を中心に論じている。『ダロウェイ夫人』のエリザベスと貧しく醜い家庭教師ミス・キルマンの親密な関係は、『めぐりあう時間たち』ではクラリッサの娘ジュリアとクィア理論の講師メアリ・クルールのレズビアン関係へと、一歩進んでいる。松本は、エリート階級に属するクラリッサと「貧困と背中合わせの生活を送り、さまざまな運動で投獄され［る］」（カニンガム　三〇）メアリとの間に階級格差が存在すること、「いつだって元気いっぱいで、肉体的には並外れた自信があったとうそぶく」（カニンガム　二八）ウォルターのようなゲイ男性に、同じくゲイであるリチャードは反感を持っていることを指摘し、「違う種類の生き方を選ぶレズビアン［ゲイ］同士の間に見られるこのような敵意」に「同性愛をめぐるより複雑化した問題が前景化され」ていると論じる（松本　八四）。すなわち小説では同性愛が認知されながら、なおさまざまな不安が存在する「二十世紀末のアメリカ社会の同性愛のありようを批評」（松本　八五）しているのである。さらに「ありきたりの風邪でも彼には致命傷になるかもしれないから」（カニンガム　八八）という理由でリチャードと唇のキスを避け、その後これに拘泥するクラリッサの言動は、「エイズへの感染」という誤った不安を読者に想起させるかもしれないという解釈ができるのである（松本　八四）。

一方、映画『めぐりあう時間たち』には、クラリッサとパートナーのサリー、リチャードと元恋人だったルイス以外のレズビアンやゲイは登場しないし、クラリッサはリチャードの唇へ何の抵抗もなくキスしている。これは同性愛者やエイズ患者への配慮だと考えられる。政治性を抑えるため、「外国人」への排他意識も映画では削除されている。小説ではローラ・ブラウンの旧姓はズィールスキーというドイツ系の名前で、「黒い目が寄って、鼻梁が高いために外国人のようにみえる女」（カニンガム　五二―五三）と描写され、移民の子孫であること（六〇）や結婚で改宗したこと（九七）にも言及されている。米国において人種問題は非常にセンシティヴな事柄であるため、アダプテーション映画ではローラの旧姓がマクグラスへと変更され、異国性は削除されたのだろう。[10]

大衆に受容されるために必要なもう一点は、ナラティヴのわかりやすさである。読み進めながら立ち止まったり読み直したりできる読書と違って、映画鑑賞は基本的に時間とともに前進していく。そのために見る瞬間ごとに理解できるようでなければならない。「映画におけるスピード意識」(Stam 32) によって、ストーリーの繋がりをスムースにするため、インターテクスチュアリティは削除される傾向がある。たとえば、映画『めぐりあう時間たち』には「十九号室へ」のインターテクストはない。その代わり、ローラが自宅のバスルームから四本の睡眠薬を持ち出すシーンやホテルのベッドの上に置かれた睡眠薬をクローズアップするという視覚的な方法で、彼女の自殺願望は明らかにされている。また小説では、サリーだけが映画スターの昼食に招待されたことや、[11]ジュリアとの間のコミュニケーションのズレに母娘関係の悩みという『ダロウェイ夫人』からのインターテクストが見られるが、映画ではこうした幾種類もの悩み事は削除され、クラリッサの心はリチャードとの関係だけに占められている。とはいえ、それによって映画のクラリッサが単純化されているというわけではない。後に述べるように、三つの物語と交差する中で人生の真髄に触れる悩みが描かれることになっていく。

◉映画におけるジェンダーのテーマの深化

小説『めぐりあう時間たち』では、時代が移り変わって家族システムが変化しても、ジェンダーという女役割が引き起こすいわゆる「女の病」が、三つの物語において繰り返される。交互にまた順不同に描かれるこれらの三つの物語に、「ミセス・ウルフ」「ミセス・ブラウン」「ミセス・ダロウェイ」と見出しがついていることは注目すべき点である。三人の女性に共通しているのは「ミセス」、すなわち結婚によって夫の姓を名乗っていることである。家父長制度の名残りとして現在にも生きているこの慣習は、女性の自立を妨げる精神的束縛の象徴とも言える。

アダプテーション映画の方にはもちろん見出しはないが、女であることから生じる義務や抑圧のテーマは小説よりさらに増幅して描かれている。ヴァージニア・ウルフは実人生でも神経衰弱や鬱(うつ)状態のため、二度の自殺未遂を起こしていた。小説ではヴァージニアが内的独白で自分の症状を主観的に語っているのに対し、映画では第三者の目線で彼女の「病」が説明され、客観的に描写されている。「ミセス・ウルフ」に対応する最初のシーンは、往診が終わった医者と夫レナードが話す場面から始まる。その後、医者の権威を持ち出して食事をとるように言うレナードは、まさしく「看守のように描かれている」のである(Young 79)。リッチモンドでの軟禁生活に我慢ができなくなりロンドンへ逃亡を企てる場面は、小説ではすでにロンドン行きの切符を買ったヴァージニアが駅外を散歩中、レナードに見つかり、二人は何ごともなかったように帰宅する。ここでは彼女の不安や欲求が内的独白で表現されている。他方の映画では、プラットホームで電車を待つヴァージニアをレナードが見つける。レナードは医者を代弁するかのように、彼女の病歴や二度の自殺未遂を持ち出し、自分自身の症状を把握できていない妻を責める。ヴァージニアはそれに対し、もしも医者が女で田舎に閉じ込められるのが男だったらどうなのかと問い質し、性を逆転させた状況を想像するよう夫に訴えている。二人の激しい言葉の応酬から、妻を心配するあまり閉じ込めておきたいと思うレナードと、自由を求めるヴァージニアとの間の大きな隔たりが明らかになる。その一方で、ヴァージニアの興奮した口調を聞く観客にとって、彼女の「精神的病」が決定的なものになっていくのである。

ローラ・ブラウンは、夫と息子との関係に常に緊張感を持ち、妻・母役割に違和感を覚えている。小説の中の彼女は、ヴァージニア同様、内的独白で自分の心情を説明する。他方の映画では、アブデルラーマンが批判するように、彼女を結婚へと救い出したという夫の独りよがりなイメージで描かれてしまっている（AbdelRahman 160）。彼女自身が望んだわけではないのに夫が救出したこと、その上、彼が彼女について温情主義的に語ることで、二重にローラの主体性は奪われているのである。映画でさらに目を引くのは、幼い息子リッチーがローラを常に見ている点である。ローラに「母」を求め、「母」以外の誰かになってしまわないかと息子は見続ける。リッチーの視線は映画での唯一のフラッシュバックとなり[12]、ウェディング衣裳を着た母ローラの写真を見る大人になったリチャードに引き継がれていく。映画における「ミセス・ダロウェイ」のリチャードが幼いリッチーだと観客が知るのは、このときである。この写真は、少なくともリチャードにとってローラが、「妻・母」役割に凍結されていることを象徴している。

クラリッサはレズビアンの人生を選んで精子バンクでジュリアを生み、編集者として自立した生活を送っている。彼女は一見すると、ジェンダー問題とは無縁なようにも見える。ゲイのリチャードとルイスとともにひと夏を過ごした十八歳のとき、彼女はリチャードと恋愛関係になり、ミセス・ダロウェイと命名される。リチャードはクラリッサが「良妻賢母」(二六)、「上流社会の妻」(三二)になると信じていたのである。[13] 実際は彼女もまた課せられた義務感や依存心から脱することができない。レズビアンであっても、「こうした[ジェンダーの]ステレオタイプ」が、「敢えて揶揄するかのようになぞられ」(松本　八三)、彼女は妻のように、エイズで余命いくばくもないリチャードの元へ通って身の回りの世話をしているのである。

映画のクラリッサの場合、女役割にいっそう捕らわれている状態が描き出されている。リチャードは、あだ名どおりクラリッサが「ミセス(リチャード)・ダロウェイ[14]」を通して自己実現していることを察し、「ぼくが死んだら怒る?」「パーティは誰のため?」「僕は君を満足させるためにだけ生きている」と言い、彼女自身の人生や同棲しているサリーとの生活を気にかけている。するとクラリッサはリチャードの言葉に彼の本心を察知し、動揺して泣き出さんばかりになる。その後、リチャードの恋人だったルイスが訪問したとき、クラリッサの動揺は頂点に達するのである。小説のクラリッサが沈着冷静で、三十年前に二度の自傷行為をしたルイスの方が泣き出してしまうのに対し、[15] 映画で泣き出すのはクラリッサである。かつてリチャードは自分ではなくルイスを選んだ。しかし現在、リチャードの看護は自分の生活の大事な部分となっている。しかも彼女が意図しないうちに、それだけが自分のアイデンティティを保持するための行為となってしまった。クラリッサのパニック状態は、彼女が「ミセス」という妻役割にはまり込んでしまい、どうにもならない状態を物語っているのである。

『めぐりあう時間たち』において、ジェンダーによる束縛が「病」として表象される言動に対し、その束縛からの解放は欲望の表出としてのキスの行為である。しかしキスの意味・意義は小説と映画では大きく異なっている。

◉映画におけるキスが表象する別の意味

小説のヴァージニアは、姉ヴァネッサが帰るとき「そんな習慣はまったくないのに」姉の唇に「無邪気」なキスをする（一九〇）。使用人を恐れて主婦としての役割をこなせないヴァージニアにとり、わざと料理人ネリーの背後で行なうキスは、役割の放棄を意味している。リッチモンドの生活から逃亡したいという願望もそこには含まれており、「美味な、禁断の木の実の味」（一九〇）がした。キスの意味がジェンダーのレベルにとどまっている小説に対し、映画ではヴァージニアのセクシュアリティの問題が浮上する。姉妹の通常の別れの挨拶は、突然ヴァージニアによる激しいキスに変わった。「私は良くなったと思った？」と詰問するヴァージニアに対し、ヴァネッサは「良くなった」と答えるものの困惑の表情を浮かべ、急いで子どもたちとともに去っていく。むさぼるような激しいキスは女吸血鬼を連想させ、直後のヴァネッサの逃走によってヴァージニアの狂気性がいっそう強調されていく。同性の、しかも肉親へ向けた欲望の表出は、レズビアン的愛や近親姦という彼女の異常なセクシュアリティを想起させるのである。

ローラの場合、夫の誕生日のために作ったケーキが失敗し、そこへ訪れた隣人のキティにキスをする。子宮の腫瘍検査のため入院することになり不安げな様子のキティに同情したローラは、彼女を抱きしめ、唇にキスをした。ここにも、ケーキに象徴される妻・母役割の失敗の対極に、キスがもたらす熱い欲望があった。小説では同性に向けられたローラのセクシュアリティが危険なものとして描写されており、その過剰なセクシュアリティは「黒い眼をした捕食者」「異常者、よそ者」(一三七)という、まさしくよそ者として定義されている。小説の内的独白は、ローラが自分の内なるセクシュアリティ(両性愛)に気づいたことを示唆し(一三七、一七五)、「パニックになり」(一七四)「(彼女のような女性が)正気ではなくなるとはこんなふうなのか」と「金切り声や泣き叫ぶ声」(一七四)を想像している。映画ではローラのセクシュアリティの気づきに関しては明示されていない。しかし、泣き叫ぶリッチーをベビーシッターに預け、自分も泣きながら車を運転するシーンや、夫がベッドへ誘う声に受け答えしながらトイレにこもり、キティが病気で死んでしまうのではないかと泣いているシーンから、レズビアン的セクシュアリティに対する普通のアメリカ人主婦のパニック状態を見て取ることは容易である。

小説中のクラリッサは、三十年前リチャードとキスをしたウェルフリートの池の光景を何度も思い返している(一九、一二二、一六二)。この体験は彼女にとって「幸福の始まりのように思われた」だけでなく、「三〇年経ったいまでも、それはほんとうに幸福だったのだ[中略]と実感して」驚いている(一二二)。しかし実のところ、クラリッサがずっと拘りを持っているのは、その後、ニューヨークの交差点でリチャードのキスに応えなかったことである(六七、一二〇)。その結果、「可能性としてあったひとつの未来」(六八)、「別の未来」「文学そのものと同じくらい強く心に訴える危険な人生」（二二〇）、つまり、リチャードとの関係が閉ざされてしまった。三十年前にキスを拒絶して安定した生活を選んだ彼女にとり、今も彼の唇にキスをしないことは、自分の選択の正しさを信じたいためである。しかし現実の彼女の人生は、リチャードのためと称してパーティを開くような「妻役割」に喜びを感じていた。

リチャードとの過去・現在の関係に拘りを持つ小説と異なり、映画のクラリッサは率直であり、唇へのキスにまったく抵抗はない。しかもエイズへの偏見もない。むしろ彼女にとって重要なのは、リチャードが自殺した晩、寝室でのサリーに対するキスだった。クラリッサは「リチャードとともにいるとき、私は生きている。いないときは意味がない」と言い、サリーのことですら「偽りの慰め」だと自分の人生から切り離したように語る。クラリッサのキスはリチャードからの解放、言い換えれば、女のジェンダーからの解放を意味し、サリーに向き合う人生の始まりを意味しているといえるだろう。ヴァージニアもローラも同性へのキスシーンは、本人にとっても相手にとってもさらには観客にとっても、レズビアン的欲望の過剰さとして映し出され、そのように受けとめられていた。しかし映画におけるクラリッサとサリーのキスは、同性愛を選びながらもリチャードに縛られていた（異性愛）クラリッサの、流動的で解放されたセクシュアリティを見て取れるのである。

◉映画に浮上するサブテーマ

最後に映画のオープニングとエンディングに絞り、どのようなテーマ、サブテーマを見てとれるのかを確認したい。オープニングはヴァージニアが入水自殺を図るところから始まる。彼女はコートを羽織り、細い小路を抜けて川に向かって行く。ポケットに石を入れて入水するシーンと帰宅したレナードが彼女の遺書を読むシーンを交互に映し出しながら、ヴァージニアのヴォイス・オーヴァーが流れている。このシーンはポストモダンな作品に一つの共有するテーマを与え、その後の三つの物語を繋ぐ役目を果たしている。続く三つの物語の冒頭シーン——ダンが黄色い花を抱えて帰宅して寝室で寝ているローラを見る、帰宅したレナードが医者からヴァージニアの安静を勧められる、サリーが帰宅して寝ているクラリッサの横に滑り込む——は、いずれもパートナーが外から帰宅後、相手を気遣う様子を映し出す。ただし、ヴァージニアとクラリッサはすでに覚醒しており、自分たちの関係のズレに気づいている。

　ヴァージニアの入水シーンは映画のエンディングに再度流れている。マーティン・ハリウェルはこの反復を「時間の一時性というより恒久性」（Halliwell 104）だと説明している。しかし、ここではむしろ、女性のジェンダーの反復性を意味しているのだと思う。ただし、フィリップ・グラスがウルフの自殺について人生を完結させる決断だと解釈したように[16]、彼女の死は選択であった。つまりエンディングは、ジェンダー問題に女性が直面したときに自分で人生を選択する決断を示しているのである。その意味でこの映画は、確かに女性の自己決定を強調している「女性の映画」（Brooker 117）だといえよう。生き残りながらも人生の成功者とは言えないローラについても同様である。彼女は家族を捨てて慣習的な女の人生のシナリオを破ることを、生き残るために選んだ。リチャードの自殺の報を受け、クラリッサの家を訪れた老齢のローラは、役割に縛られた死んだ人生ではなく「生きることを選んだ」と自らの言葉で語る。その後、寝室でサリーにキスをするクラリッサの思いについては、すでに説明したとおりである。ヴァージニアの人生の決断が時代と場所を超えてローラ、クラリッサへと継承されていく様が、このようにアダプテーション映画では強調されているのである。

◉注

（1）本章では『めぐりあう時間たち』に登場するヴァージニア・ウルフを指す場合は「ヴァージニア」、作家として論じる場合は「ウルフ」と記す。

（2）DVD『めぐりあう時間たち』の【特典ディスク】より。

（3）**Riff** ジャズで反復される四小節程度の短いリズミックな楽句。

（4）『めぐりあう時間たち』の英語の題は *The Hours* である。ウルフは『ダロウェイ夫人』の構想段階では *The Hours* を小説の題として考えていた。

（5）舞台監督を長く務めたダルドリーの意向があり、ヘアも撮影に立ち会った。たとえば、ルイスがクラリッサを訪問したとき、水道の水を噴出させてしまったのは偶然だという。

（6）DVD『めぐりあう時間たち』の【特典ディスク】より。

（7）DVD『めぐりあう時間たち』の【特典ディスク】より。

（8）DVD『めぐりあう時間たち』の【特典ディスク】より。

（9）ニューヨークでの撮影は二〇〇一年二月から始まり、マイアミ、ロンドン、さらにハートフォードシャーへと移り、二〇〇二年のクリスマス直後に封切りされた（"Hours, The: Production Notes"）。映画封切り後の段階的な公開は話題作の期待度を押し上げるものとなった。まずクリスマス後にニューヨークとロサンゼルスの二都市で封切。二日後、米国とカナダの限定された劇場で公開。最初の二週間の十一映画館での売り上げは百万ドルを超えた。翌年一月十日に四十五ヵ所、翌週、四〇二ヵ所と広げ、二月十四日に米国・カナダの一〇〇三映画館で上映された。こうした慎重な公開方法で、米国とカナダでは四一〇〇万ドル、他の国を加えると世界で一億ドルを超える売り上げとなった（*Box Office Mojo*, "The Hours"）。

（10）アイルランド系、スコットランド系の姓には「マクー」（Mac-）で始まる名前がよく見られる。

（11）『ダロウェイ夫人』では、夫リチャードがブルートン夫人に昼食に招待されている。

（12）ヘアは原則フラッシュバックの使用は避けて登場人物が自分で語るようにしたと語っている（"Production Notes"）。

（13）クラリッサ自身、世間に「主婦」でしかないと思われていることを気にしている（カニンガム　一一六）。

（14）『ダロウェイ夫人』におけるクラリッサの夫はリチャード・ダロウェイである。

（15）ルイスは『ダロウェイ夫人』のピーター・ウォルシュと対応している。

（16）ＤＶＤ『めぐりあう時間たち』の【特典ディスク】より。

第八章　レズビアン・ミステリー

語られなかったもう一つのレズビアン・プロット
――サラ・ウォーターズ『半身』（一九九九）

◉ネオ・ヴィクトリアニズム

サラ・ウォーターズは今まで出版した六冊の小説すべてにおいてさまざまな文学賞を受賞しており、現在イギリスで最も注目を集めている作家の一人である。[1] 彼女の博士論文『狼の毛皮とトーガ――一八七〇年から現在までのレズビアン・ゲイ小説[2]』のタイトルから分かるように、ウォーターズは歴史、とりわけヴィクトリア朝に関心を持ち、さらに自分自身がレズビアンであることも公言している。彼女の第一作目から三作目まではヴィクトリア朝ロンドンを主要な舞台としたレズビアン小説である［『ティッピング・ザ・ヴェルヴェット』（一九九八年）、『半身』（一九九九年）、『荊の城』（二〇〇二年）］。[3] しかしこれらの三作品は単に時代設定をヴィクトリア朝にし、当時の文化的ステレオタイプをなぞっているわけではない。三作品は、アン・ハイルマンとマーク・ルウェリンが「ネオ・

ヴィクトリアニズム」に必要だとする「ヴィクトリア朝の人々に関する（再）解釈、（再）発見、（再）観察という行為に自意識的に関わっている」（Heilmann and Llewellyn 4）のである。『ティッピング・ザ・ヴェルヴェット』のナンシーは、男装して相手の望むようなシナリオを生きてきたが、異性装がレズビアンとしての自分の主体的な生き方を必ずしも担っていないことに気づく。『荊の城』では、サディスティックな伯父によってポルノグラフィの写本や朗読を強要させられていたモードが、最終的にエロティック小説を書くことに喜びと生活の糧（かて）を見出す。『半身』では、存在しないものが見える心霊術と存在しているのに見えないメイドによる二重のトリック（策略）が最後に明らかにされ、三作品中唯一、ヒロインのレズビアン的欲望が閉ざされる。ネオ・ヴィクトリアニズムが求めるように、ヴィクトリア朝の人々、とりわけレズビアンの「再解釈、再発見、再観察」をするウォーターズのこれらの作品は、現在のレズビアンの問題に読者の意識を向けさせていくだけでなく、娯楽的なレズビアン・フィクションとしての新たな可能性の場を見出しているのである。

◉二つの日記

一八七〇年代のロンドンを舞台にしたウォーターズの『半身』は、階級も境遇もまったく異なる二人の女性が交互に語るという日記形式で構成されている。その一人で三十歳を目前にした中流上層階級の女性マーガレット・プライアーは、父の死のショックから精神的鬱状態が続き、モルヒネを飲んで自殺を図る事態にまで至った。その後彼女は、気分転換のための慈善活動として、ミルバンク監獄への慰問を始めた。四ヶ月にわたる日記は慰問の記録を綴る試みで始められたが、服役囚の一人シライナ・ドーズとの出会いがきっかけで、まもなくマーガレット自身のレズビアン的欲望を吐露する場となっていく。「詐欺と暴行」(四三)の罪で五年の懲役刑を受けたシライナがマーガレットと出会ったのは、監獄生活が十一ヵ月経過したときであった。シライナは事件前、約一年間にわたり霊媒日記を綴っており、「詐欺と暴行」事件の日が日記の最後の日付となっている。ただし、小説『半身』はシライナの霊媒日記の最後の記載、すなわち事件の当日の記載で始まっており、その後の彼女の日記は一年前に遡った時点から、事件まで時系列に進んでいく形になっている。

このように『半身』では二つの日記が一年半から二年間の時間差を保ちながら、補完的に物語を練り上げていく。主となるプロットはマーガレットの欲望の気づき、進展、絶望に至る話である。ステファニア・チョチャはこの物語をまず、家父長制の代理人である母によってジェンダーに縛られたヒロインが、家からの逃亡を企てる伝統的女のゴシック物語のパターンを踏襲していると説明する(Ciocia 9–10)。しかし『半身』は通常の女のゴシック物語のようには進んでいかない。つまり元の秩序に戻らないだけでなく、最後にまったく予期しなかったシライナの裏切りを知らされることになり、マーガレットの逃亡計画は失敗に終わるのである。マーガレットが度々ヒステリーを起こしたり精神的に不安定であったりすることを考えると、サラ・A・スミスが言うように、「マーガレットの物語が促す結論――ジェンダーは一種の牢獄であり狂気である――はヴィクトリア朝のフェミニズム研究が予測しうる陳腐なもの」[4]であり、彼女の逃亡が失敗するのは分かり切ったことかもしれない。とはいえ、小説の終盤になって、シライナのパトロンであるブリンク夫人の使用人だったルースがプライアー家の使用人ヴァイガーズでありシライナの愛人であるという事実が判明するのはあまりにも唐突で、女のゴシック小説として読んできた読者にとってはいささか落ち着きの悪いエンディングになっているのも事実だ。

先のチョチャは『半身』を「女のゴシック物語」だと定義した後、続けて物語の最後のひねりに注目し、シライナの内に自己の悪なる他者を認識する「男のゴシック物語」という補足的読みの有用性を論じている（Ciocia 10–11）。またマーティン・ポール・イヴは、こうしたジャンル概念への読者の期待やプロットへの依存が階級の存在を見えなくし、最後の「残酷なひねり」（Eve 112）を可能にしていると指摘している。

『半身』は一八七三年八月三日のシライナの霊媒日記から始まっている。そこには「詐欺と暴行」罪で彼女が投獄されることになる交霊会の出来事が書かれているが、交霊の最中、ブリンク夫人がなぜ心臓発作を起こして亡くなったのかについてはぼかされている。霊が出現しているはずのキャビネット内で夫人は一体何を見たのだろうか。ブリンク夫人の最後の言葉――「彼女もそうではないの?」（"Not her, too?" *Affinity* 2 傍点筆者）――は何を意味するのだろうか。これらは読者に不明のまま、ミステリー小説仕立てで物語は始まる。他方、日記の記載者であるシライナは「夫人が口にするだろう言葉がわたしにはわかっていた」（一三）と言っていることから、彼女はすべてを知っていながら語っていないことを読者は推測できる。この物語は謎めいた冒頭（事件の当日）とシライナ記載の最終章（事件二日前）とが呼応し合う。つまりシライナの日記がマーガレットの日記による「表プロット」を囲い込むように配置されているのである。暗示めいたシライナの日記が鍵となって読み取れる隠し絵は、ルースの正体、シライナとルースの関係、交霊会のトリックを徐々に明らかにしていく。この裏のプロットはもう一つのレズビアン・プロットとして物語の終盤に浮上し、その成就を予期するようなエンディングになっているのである。

本章ではイヴの論を援用し、ヴィクトリア朝の監獄、心霊術、レズビアンという設定に注目し、マーガレットの逃亡願望という表のプロットがどのようにルースによる裏のプロットに乗っ取られていくのかを明らかにしたい。さらに、ポーリーン・パーマーがレズビアン・ゴシック風の推理小説では「犯罪の動機の探求がレズビアン的欲望という秘密の解明に一致する」(Palmer 132)と説明するように、犯罪の動機から隠し絵となるもう一つのレズビアン・プロットを浮上させることで、ウォーターズが実践するレズビアン・フィクションの可能性についても考えたい。

◉監視されるレズビアンの語り手

物語の終盤、シライナとイタリアへの逃亡を決意したマーガレットは、妹の嫁ぎ先に滞在中の家族の元へシライナを連れて行ったらどんな反応があるだろうか、とふと考えてみる。「いったい何がいちばん皆を怖がらせるだろう――シライナが霊媒だということ? 女囚だということ? 娘［女］だということ?」(四二七―二八、傍点筆者)。マーガレットの言葉の中で「怖がらせる」ものとしてレズビアンと同等に置かれているのが、霊媒と犯罪者である。まずここで問題にしたいのは、犯罪者とレズビアンが等しくヴィクトリア朝の人々を「怖がらせる」ものであるということだ。

犯罪とは成文化された法規範に対する違反行為であり、一般的には懲罰として監獄に収監され監視される。監視体制を備えたミルバンク監獄は、五角形の中庭を持つ獄舎六棟が円状に並び、それらの中央には監視塔となる建物が建っている。一望して管理できる一望監視的な施設は、監視する視線を永続化する装置でもあった。ミシェル・フーコーが言うように、監視される者は常に見られていることを内面化してしまい、「自発的にその強制を自分自身に働かせる」のである(フーコー二〇五)。

ミルバンク監獄を慰問するマーガレットは、ヴィクトリア朝社会の中流上層階級という特権的支配者の立場に属していた。慰問者として監視塔や独房の検分用はねぶた式窓から相手からは見られずに女囚の様子を見ることができたのは、マーガレットが監獄の責任者(シリトー氏)や長官(ミス・ハクスビー)らの側、すなわち囚人を監視する側に属していたからであった。

ところがこの慰問という「無害な行為」は、次第にマーガレットにとって同性愛的欲望のはけ口になっていくのである(Llewellyn 204)。慰問を二ヵ月ほど続けた頃、彼女がシライナだけを頻繁に、そしてより長く訪問している事実とともに、シライナに対して特別な関心を持っているのではないかという「報告」が、女看守から上司に伝えられた(『半身』二九一―九四)。マーガレット自身も気づいていたように、彼女は看守たちに監視されていたのであり、監視者としてのマーガレットの立ち位置は実は曖昧だったのである。この「報告」の中の憂慮すべきものが、シライナに対するマーガレットの逸脱した欲望であることは言うまでもない。女性間の同性愛を意味するレズビアニズムが英語で使用されたのは一八七〇年のことである。(5) 異性愛を受け入れないレズビアンは父権制度への挑戦者という意味で、社会的慣習の違反者のレッテルが貼られた。監獄内で「仲良し」(pal)を求める女囚(『半身』九八)やシライアへ過度な関心を寄せるマーガレットが監視の対象となるのは、彼女たちが異性愛という社会規範の逸脱者だからであった。

三十歳間近の未婚の女性はそれだけで社会規範を逸脱しているとみられる時代であった。それに加え、マーガレットは自殺未遂の前科もあった。彼女の自殺未遂の原因は父の死によるショックからだと日記には記載され、家族もそのように理解していた。しかし実際はそれほど単純な理由ではなかったはずだ。学者の父は女というジェンダーに関係なく、マーガレットの勉学への興味や能力を認めてくれていた。世間も父の助手として彼女の存在を認め、女でありながら大英博物館の読書室で調べ物をしていても正常に見られていた。しかし父権制度におけるこうしたジェンダーの逸脱行為は父の存在によって可能であったのであり、皮肉にも父権制に依存していたといえる。したがって父の死後、一人で読書室を訪れる彼女を見る視線は「批判的な眼差し」に変わり、「処罰の一面」を含むようになった（Llewellyn 207）。

死を選ぶほどの絶望へマーガレットを追いやった原因の一つに、ヘレンと弟スティーヴンの結婚があった。父の研究に付き添い、愛するヘレンと三人で訪れる予定だったイタリア旅行は父の突然の病で中止され、その後ヘレンはマーガレットの弟と結婚した。マーガレットがいまだに抱くイタリアへの憧憬（しょうけい）には、学究的に関心がある土地というだけでなく、同性愛に寛容だという土地の暗示性のため、成就しえなかったヘレンへの欲望が重なっていた。だからこそ、彼女はシライナとの逃亡先としてイタリアに惹きつけられたのである。

プライアー夫人はマーガレットのヒステリーを未婚が原因だと考えており（三五七）、娘をジェンダーに縛り付けようとした。「食事や日課、ヒステリー予防の薬（催眠剤）投与などの規則正しさは、正常でない女性の行為を『逸脱』で犯罪だとする十九世紀の医学的見解を反復」(O'Callaghan 126)しており、家庭におけるジェンダーという監獄の看守役を母が務めていたのである。その母をさらに怖がらせたのが、娘のセクシュアリティ、つまり同性愛である。父の講義を聴講していたヘレンに対し、マーガレットは同性愛的感情を持ち、ヘレンも当初はその愛情に応えていた。しかしマーガレットがヘレンに向ける眼差しや、ヘレンが弟とキスをするたびに娘が顔をそむける様子に母は気づいていた(四〇三)。自殺未遂が刑法上の犯罪行為であったということを考えれば、マーガレットは二重に監視されるべき対象だったのである。[6]

◉心霊術――レズビアンの隠れ蓑

十九世紀中葉のイギリスでは心霊術が流行していた。一八六〇年代から七〇年代にかけて、スコットランドの霊媒ダニエル・ダングラス・ヒュームによる空中浮遊や幻姿の真偽についてはもっぱら世間の注目を集めたようである(Lang 261–71)。詩人のロバート・ブラウニングのように、ヒュームの交霊会を詐欺だと非難する人がいる一方(Lang 266–67)、当時の科学者はそれが本当にいかさまであるかどうかを証明することができなかった(McCorristine xi–xiii)。とはいえ、心霊術は「生死の境界だけでなく厳格な社会的コードを踏み越えるため、魅惑的なものであると同時に途方もないものであり、社会的犯罪」だったのである(Llewellyn 210)。

シライナの霊媒日記はマーガレットの日記とは対照的にほのめかしが多く、彼女の罪状である「詐欺と暴行」の実態を理解することは難しい。読者はマーガレットが訪れた英国心霊協会の館長らの話や、彼女がそこで読んだ裁判記録を補足情報としながら、詐欺と暴行の詳細を理解することになる。つまり、「暴行」を働いたのはピーター・クィックというシライナの支配霊であることや、この霊が「女性の方を好む」（二九八）ことを知るのである。これらの補足情報から得られるのは、霊が本当に存在するかどうかという疑念に加えて、男の霊が女の依頼人（クライアント）に身体的接触をしているいかがわしさであった。

　異性愛制度に準じた交霊会のいかがわしさは、物語の終盤、さらなるいかがわしさに転じていく。シライナの裏切りの発覚によってヴァイガーズがルースであったことが判明すると、ピーターという霊がルースによって作り出されたものであること、正確に言えばルースの変装であったことが明らかになる。こうした真実が露呈されることによって、交霊会がそれまでの情報とはまったく異なる目的を持っていたことを読者は知らされるのである。支配霊を呼び出すキャビネットを準備したときルースの思惑がすでにあったこと、すなわち交霊会はピーターことルースのレズビアン的欲望の実践の場であったのである。シライナの交霊会はジェンダーとセクシュアリティを二重に逸脱する場であった(7)。当時の心霊術に対する悪評どおり、ここにはいかさま行為、それも二重のまやかし――霊が存在しているかのように見せたことと、ピーターが男ではなかったこと――が行なわれていたのである。

　事件はクライアントのマデラインに対して起こった。彼女の叫び声を聞いて駆け付けたブリンク夫人は、倒れているマデラインとペチコート姿のシライナを見た。そしてピーターの顔とはだけたガウンの間から彼の白い脚を見てショックを受け、「彼女もそうではないの？」（*Affinity* 2）と叫んだ。

ピーターが男でなかったこと、正確に言えばピーターがルースだったこと、そしてシライナの心霊術がいかさまであったという二重の真実を知ることによって、ブリンク夫人は、心臓発作を起こしたのであろう。夫人はそれまで毎晩、シライナを通じて亡き母と交霊ができたと信じていたが、それもまやかしであったということが判明したのである。

最初の謎が解明されると、シライナの日記におけるルースの意味ありげな言動の真意がすべて明らかになる。一八七三年四月二日の記載は以下のようである。

ルースの眼がデステール嬢をじっと見つめている。ピーター・クィックの声が頭によみがえった気がして、わたしは言った。「ルースの言うとおり、ピーターはあなたに特別なものを感じたはずです。またいらして。今度はもっと静かなところでピーターとお会いになったらいかがでしょうか。」(三一七)

交霊会のいかさま（違法）行為が異性愛ではなく同性愛行為であったということは、レズビアンは犯罪者と同等に置かれることになり、人々を「怖がらせる」対象になる。しかも霊の在／非在が曖昧な心霊術の実体は、レズビアンの非実在性と重なっていく。テリー・キャスルは西洋文化において「レズビアンは私たちとともには決していないようにみえるが、いつもどこかにいる」と言い、亡霊(ghost)はレズビアンのメタファーだと指摘する(Castle 2, 4–8)。『半身』においては文字どおり、霊であるピーターはレズビアンだった。

心霊術がレズビアン的欲望の解放の場として機能していたとすると、ジャネット・キングが指摘するように、マーガレットの欲望も心霊術の用語で表現されている（King, *The Victorian Women Question in Contemporary Feminist Fiction* 88）。看守から女囚が同性に恋愛愛情を抱くことがあると説明されたマーガレットは、「〈仲良し〉という言葉は、聞いたことも自分で使ったこともあるけれども、そんな意味があったとは」（九九）知らずに、「自分がよこしまな恋の仲介者（ミーディアム）になりそうだった」（*Affinity* 67）と記し、意図せずにもう一つのミーディアム（霊媒）になりうる可能性を言葉にしてしまう。日記を盗み読んでいるルース（ヴァイガーズ）を通じ、マーガレットの同性愛感情を知ったシライナは、マーガレットの抑圧された欲望を刺激するため心霊術の言説を使用する。「横並びで同じことばかり繰り返していると〝地上に縛りつけられている〟。上の階層に進むことこそが生きる目的なのに、自分たちが変わらなければそれもかなわない」と語り、「女とか男とか――それこそ真っ先に捨てなければならない枠」だと説明する（二八七）。さらに霊が高次元へ導かれるのは自由になることであり、それは「愛」の世界だと続ける。「わたしたちはみんな誰かのもとに飛んでいって、ふたりでひとつの光輝く魂に戻る。裂かれた魂のかたわれと、ふたりでひとつ。魂の半身と」（二八七―八八）と説くシライナの言葉は、ジェンダーやセクシュアリティを無化する霊のレトリックであり、これによりマーガレットの同性愛的な欲望は「是認される」（King 88）ことになるのである。

マーガレットが逃亡に同意をしたのも、心霊術の言説に準じた「半身」という用語をシライナが使用したからである。

「わたしはあなたを探すために生まれてきた、あなたはわたしを探すために生まれてきた。あなたは私を求めていたの、あなたの半身を〔中略〕私たちはひとつの魂。同じ光のかたまりを分けられたふたつの半身〔中略〕わたしの魂は、あなたの魂を愛してはいない——もう溶け合っている〔中略〕もともと同じものがひとつに戻りたがっている。」（三七四）

キングは「半身」の説明に一八六八年の心霊術の言説を『オックスフォード英語辞典』（世界最大の英語辞典）から引用している（King 88）。その引用文とは「こういったすべての心霊術師は男と女の間の特別な半身の教義を受け入れている。それは結婚よりも高次元で神聖な両性の霊的関係を意味する」というものである。マーガレットを「私の霊媒」（四〇五）と呼び、二人を互いの半身だとするシライナの話術は、レズビアン的セクシュアリティについて語り了解し合いながら、それを隠蔽するという巧みなレトリックだったのである。

◉プロットを乗っ取るメイド／監視するメイド

霊（ゴースト）は存在しないが気配を感じる、あるいは見えることがあるという意味で、レズビアン・リアリティを表象しているだろう。他方、ヴィクトリア朝のメイドは存在するけれども、個人としては見えないというまったく正反対の意味で、こちらもレズビアン・リアリティを表象している。あるものが存在するかしないかは、どのリアリティの相、すなわちどの言説に準じているかに拠る。ルースは心霊術の霊（ピーター）になりすますことにより、女である彼女の姿は外部には見えないものとなった。つまり異性愛のリアリティの相に位置付けることが、レズビアン・リアリティを隠蔽したのである。さらに、「［ヴァイガーズの］目鼻立ちも、容姿も、仕種もろくに覚えていない」（四六五）というマーガレットの言葉が見事に表現しているように、メイドは存在しながらも個人として見られることはない。語られる対象となる場合も、物語のプロットに直接関わることはほとんどないのである。

ところが、ヴィクトリア朝の家庭において周縁的（マージナル）な存在であり見られていないという立場が、逆にメイドを優位な立場にする。言い換えれば、主人の日記をこっそりと読んだり言動を見聞きしたりすることによって、彼らの心の内奥を知り優位になることができるのである。テクストの驚くべきエンディングが可能になったのは、物語の大部分でルース・ヴァイガーズを気づかれないままにした「階級」という要素のためだというマーティン・ポール・イヴの指摘は重要である（Eve 117）。「［小説の］残酷なひねり」によってルースがヴァイガーズであることが分かったとき、突如、メイドという影の存在とそのサブ・プロットが浮上してくる。まさしくメイドは「目に見えないために成功している」（Eve 117）のである。

ルース・ヴァイガーズは前任者が急にやめることになったプライアー家にメイドとして雇われた。彼女が明確な意図をもってミルバンク監獄の慰問者の家に入り込んだという事実は、マーガレットの逃亡計画が乗っ取られたときに明らかになる。一般に使用人はボイド、エリスのように姓だけで呼ばれており、ファーストネームが何であるのかはどうでも良かった。姓だけの呼称が意味するように、存在しながら個人としての姿が見えず、入れ替え自由なメイドは、逆に自由に屋敷内を動き回ることができるのである。

サブ・プロットに注目して読んでいくと、いかにルース・ヴァイガーズが先導して物語を作り上げていくのかが分かる。シライナの日記はほのめかしが多いが、サブ・プロットの存在により、ルースの指示で交霊会に霊を到来させるキャビネットを導入したことや、彼女がどのように好みの女性を選択したのか、そして交霊と称して性的な行為をしていたことなど、交霊会がルースのレズビアン的欲望の発散場所となっていく過程を辿ることができる。マーガレットの日記の内容が読まれていたことが判明すると、彼女の欲望に応えるような贈り物を、「霊」の業に見せかけてマーガレットに届けていたことなどのからくりも明らかになる。このように、日記を読みマーガレットの心の内奥を知ることによって、使用人が支配階級の人間を管理・支配するという転覆的な行為を、このサブ・プロットは展開するのである。マーガレットの描いたシライナとのユートピア的な生活設計はルース・ヴァイガーズにそっくり奪われ、その結果、メイン・プロットのヒロインは悲劇のエンディングを迎えるのである。

二つのプロットの作者マーガレットとルースは、複数の名前が象徴するように複数のアイデンティティを持つという共通点がある。歴史研究に深い関心を持つマーガレットは学者の父に可愛がられ、彼から「ペギー」の愛称で呼ばれていた。当初、同性愛的感情を共有していたヘレンからは、エリザベス・バレット・ブラウニングの叙事詩『オーロラ・リー』(一八五七)の語り手である女性詩人になぞらえて、「オーロラ」と呼ばれていた。この名前は後にシライナから使われることになる。他方、世間一般のジェンダー規範を重要視する母から見れば、マーガレットは「誰の奥様でもなく」、婚期を逸した「ただのミス・プライアーでしかない」（三四三—四四）のであり、オールド・ミスだという事実を認識させられている。一方のルースはマージェリー・ブリンク夫人のメイドとしてシライナの日記に登場する。しかし、シライナの開く交霊会では男の守護霊「ピーター・クィック」になりすます。さらにプライアー家に新たに雇われたメイドの「ヴァイガーズ」としてマーガレットの前に現われる。こうした複数の名前に加えて、二人がレズビアンであることも考慮に入れれば、マーガレットとルースは分身関係にあると言うことができるだろう。[8] 海外の逃亡に備えてマーガレットが選んだシライナのパスポート名はマリアン・アール。『オーロラ・リー』の中でオーロラによって庇護されたマリアンを想起すれば、マーガレットとシライナの立ち位置は明白である。とすればマーガレットのパスポートを盗んだルース（・ヴァイガーズ）がマーガレット本人になりすますのは、サブ・プロットの構成上、必然的なことだと言える。

　欲望がシライナに対する所有欲だという点でも、マーガレットとルースは共通している。シライナの日記によれば、ルースは事件が起こる一年半近く前からシライナとの海外生活を望んでいたのである。

「あなたを死ぬまでシデナムに縛り付けておくと思った？　世界にはもっともっと光の射す場所があるのに。考えていたのよ。たとえばフランスやイタリアの陽射しの中で、あなたがどんなにきれいに輝くか。そこに行ったら、あなたは貴婦人たちの注目の的。青白いイギリスの貴婦人たちがうじゃうじゃいるわ、陽射しを浴びれば、美しくなれると思って。」（四八三）ルースは霊の偽装であるピーターとして、またときにはルースのままで、男役（ブッチ）を演じる。すなわち交霊を依頼する女性に「私をお使いくださいますように」（"May I be used", *Affinity* 262）という誓いの言葉を言わせている。一方、マーガレットがシライナに惹かれたのも聖女か天使を想起させる彼女の華奢（きゃしゃ）な外見であった。さらに逃亡の準備をするとき、彼女はイタリアにいるシライナを想像しながらオックスフォード街でドレスやマントを購入した（三〇五―六）。ルースの欲望はマーガレットの欲望でもあった。シライナとの海外生活というルースの夢は意識されないままマーガレットに受け継がれ、マーガレットがお膳立てした計画を最終的にルースが奪っていくことになった。

裏切られたマーガレットが警官に「［彼女は］とてもずる賢くて、私をひどく傷つけて、残忍で」（四六九）とルースの「邪悪さ」を告発しようとしたとき、その「邪悪さ」がまさしく自分のものであることに気づく。言い換えれば、十九世紀の英国の性規範から逸脱したレズビアン的欲望を持つことや行動をとることは「怪物的」なものであることを、マーガレットは自己の分身としてのルースに見て取ったのである

◉レズビアン・フィクションの行方

女性のゴシック小説ではヒロインの抑圧された「異常な」欲望は他者に投影されている。たとえば『ジェイン・エア』の場合、分身的存在であるバーサがジェインの欲望の物語を乗っ取り、最後

には満たされない欲望とともにバーサは焼死し、テクストから消える。ジェインは欲望から解放されて異性愛制度にうまく収まる。つまりテクスト内外で異性愛制度は勝利するのである。他方、『半身』ではヒロインの欲望の物語を乗っ取ったルースが、その欲望を成就させてテクストの外へ消えていく。テクスト内ではヒロインが「異常な」レズビアン的欲望を抱いたことで異性愛制度からの罰を受け、テクスト外ではルースがレズビアンとして勝利する。実はここにこそ、『半身』がレズビアン小説としてだけでなく、ネオ・ヴィクトリアニズムの娯楽小説としても成功した理由があるのだろう。すなわち、制度転覆的なエンディングをテクスト外に持っていったところである。

しかしそれだけが『半身』の成功の理由ではない。フィクションとしての強みは、イヴの難解ではあるが詳細な分析が明らかにするような、メイドという階級の盲点を利用した推理小説風のストーリーに拠るところが大きい。『半身』にはレズビアン、監獄、心霊術といった、ヴィクトリア朝に関心がある読者やレズビアンの読者が好むテーマが満載されているが、メイドの存在の重要性は一読しただけでは見逃されてしまう。この盲点こそが思いがけない真実の暴露という後半の「ひねり」を可能にしていき、さらに『半身』をレズビアン小説でありながら、幅広い読者を呼び込む娯楽小説に仕立てているのである。ルースのレズビアン物語はメイドのごとく見逃されながら、マーガレットの日記の中で進んでいく。このようにサブ・プロットはメイン・プロットを乗っ取り、メイドがヒロインのレズビアン・プロットを引き受ける。このとき、作品のリアリティの相における社会的な階級面だけでなく物語の役割面からも、ルースによる乗っ取りは転覆的な意味を持つことになるのである。ここに、サラ・ウォーターズの新たなレズビアン・フィクションの行方を見ることができるだろう。しかしまさにこの転覆的な物語こそ、一般の読者を惹きつけるフィクションとしての醍醐味を持っているのである。

●注

（1）たとえば、『半身』（*Affinity*）は二〇〇〇年のサマーセット・モーム賞を、『荊の城』（*Fingersmith*）と第四作目の『夜愁』（*The Night Watch*）は二〇〇二年と二〇〇六年のブッカー賞の最終リストに入った。

（2）*Wolfskins and togas: lesbian and gay historical fictions, 1870 to the present* (PhD thesis). Queen Mary, University of London.

（3）『夜愁』と第五作目の『エアーズ家の没落』（*The Little Stranger*, 2009）は一九四〇年代、第六作目の『黄昏の彼女たち』（*The Paying Guests*, 2014）は一九二〇年代を時代設定としている。

（4）Sarah A. Smith, 24. Rosario Arias, 256; Martin Paul Eve, 116も参考のこと。

（5）"lesbian"は女性間の恋愛を描いた紀元前六世紀の詩人サッフォー（Sappho）の生地レズボス島（Lesbos）から由来していることは知られているが、女性の性的指向としてのレズビアンの概念は二十世紀に出てきた。

（6）イングランドとウェールズでは一九六一年まで自殺は犯罪とみなされた。自殺未遂者は監獄に収監されたり、執行猶予がついたりした。

（7）たとえば私的な交霊会で、霊であるピーターに命じられたクライアント、イシャーウッド嬢はシライナに服を脱ぐように命じ、自分も脱いだ。その後、イシャーウッド嬢はシライナとピーターに挟まれるように抱かれ、「私をお使いくださいますように」と唱えている（*Affinity* 262）。なお翻訳者の中村有希は「私は奴隷です」（三五五）と訳している。

（8）ステファニア・チョチャはダイアン・ロング・ホーヴェラー（Diane Long Hoeveler）に依拠し、男性のゴシック物語は悪なる他者を自己として認識することが引き起こす心理的恐怖を説明し、『半身』は女性のゴシックと男性のゴシックを合体していると言う（Ciocia 9–10）が、実際、ホーヴェラーはこの点に関してレスリー・フィードラー（Leslie Fiedler）とトンプソン（G. R. Thompson）に依拠しており、異論を唱えている（Hoeveler 8, n8）。チョチャはマーガレットの他者をシライナだとし、マーガレットの財産とアイデンティティを横取りするシライナを「半身」の皮肉な解釈だとしている（10）。しかしパスポートを奪ってマーガレットのアイデンティティと愛人「マリオン・アール」ことシライナを奪ったのがルースであることを考えれば、マーガレットの分身はルースだろう。

〈小説から映画〉

⑧レズビアン的余韻のエンディング――『アフィニティ』（二〇〇八）［日本未公開］

ティム・フィウェル監督

ゴシック・ロマンス『半身』の映画版は、上流階級のマーガレット・プライアー家族とミルバンク監獄に収容された女囚の対照的な生活ぶりが視覚化され、ヴィクトリア朝のゴシックそしてコスチューム・ドラマ・ファンにとっては満足度の高い映画だといえよう。なぜブリンク夫人が心臓発作で亡くなりセリーナ（邦訳ではシライナ）が収監されたのかは最後までわからず、セリーナが詐欺師なのか本物の霊媒師なのかもわからないまま、映画のストーリーは進む。囚人と訪問者との間の緊張感は、やがて期待、執着心となっていき、最後にはどんでん返しの裏切りに遭う。小説（言葉）における巧みなプロットは映像面でも再現されている。

マーガレットの同性愛指向は、弟の妻になってしまったヘレンとかつての舟遊びでのキスシーン（フラッシュバック）、男性から関係を迫られることへの露骨な嫌悪シーン、とりわけ、セリーナに触れられたときに見せる性的に興奮したような表情から、明白に見て取れる。一方、セリーナは小説同様、本心をはっきり見せない。彼女が詐欺師なのか本物の霊媒師なのかは曖昧のまま、映画は進んでいく。

小説と大きく異なるのは、メイドのルース・ヴァイガーズの扱い方である。小説のシライナ（セリーナ）の日記で頻繁に登場する「ルース」と、マーガレットの日記で「ヴァイガーズ」と呼ばれているメイドは実は同一人物であり、プロットを転覆させる大きなカギとなる人物である。シライナの言葉によれば、守護霊の助けで彼女は監獄から抜け出してマーガレットの家に現われるはずだった。シライナが来ないためパニックになるマーガレットは、逃亡の手助けをした女看守から「ルース・ヴァイガーズ」がシライナのメイドであることを知る。この時点で、シライナの日記に登場する「ルース」とマーガレットの日記中の「ヴァイガーズ」が初めて結びつくのである。

他方、映画版では「ルース」として登場することはない。最後のフラッシュバックのシーンで、守護霊ピーター・クィックがヴァイガーズの変装であること、それを見たブリンク夫人が発作を起こすことが映像で明らかにされ、セリーナの交霊術が虚偽であること、マーガレットが騙されていたことが判明するのである。

小説を読んでいる観客が一番驚くのは、エンディング・シーンだろう。シライナとヴァイガーズに裏切られたマーガレットは、日記、霊の贈り物だと信じていたオレンジの花やシライナの髪の毛をすべて燃やす。彼女の全財産とシライナを失ったマーガレットは、絶望の中、自ら死を選ぶことを暗示して小説は終わる。映画版は最後になってようやくセリーナの心情を映し出している。ヴァイガーズとともに船に乗る彼女は、テムズ川に身を投げたマーガレットとシンクロするかのように、船から身を投げる。マーガレットとセリーナは川の中で抱き合う。実はこれはセリーナの夢想だった。現実世界はヴァイガーズが支配しており、「あなたが誰の女なのか、忘れないで」と言う彼女の言葉で映画は終わる。自由とお金を手に入れても喜びの表情を見せないセリーナ。空想での身投げシーンと合わせると、彼女はミルバンクという監獄だけでなくヴァイガーズからも逃れて、マーガレットと一緒にいたかったのではないか。不幸なエンディングと受け止めるか、あるいはそこに漂うロマンティックなレズビアン的愛の余韻を読み取るのかは、観客の解釈に任せられている。

（平林）

⑨レズビアン・ミステリーからレズビアン・エロティシズムへ
――『お嬢さん』（『荊の城』映画版）（二〇一六）パク・チャヌク監督

原作では十九世紀ロンドンと郊外の城館が舞台になっているのに対し、映画『お嬢さん』では日本統治下にあった一九三九年の朝鮮半島と日本が舞台になっている。『荊の城』では、第一部がスリの娘スーザンの語りと騙し、第二部が城館に住む女相続人モードの語りと騙し、第三部が再びスーザンの語りという三部構成になっている。『お嬢さん』では、第一部は侍女となったスッキの視点から、第二部は令嬢秀子の視点から同じ物語が語り直されている。時代と国の設定はまったく異なるが、視点を変えて物語の両面から見ていくストーリー展開は、映画の第一、第二部において原作が踏襲されている。

第一部は、詐欺グループに育てられた孤児スッキが「伯爵」の手先となり、日本人令嬢秀子の財産を狙うために豪邸に住みこむ。秀子の叔父（上月）は朝鮮の屋敷に膨大な数の猥雑な春本を所有し、日本人顧客に対し秀子に春本を朗読させる生活を強いていた。日本人の藤原伯爵と名乗る男は、秀子を誘惑し日本へ逃亡して結婚、財産を手に入れたら秀子を精神病院に入れてしまう、という計画を立てていた。ところがスッキは秀子に惹かれはじめ、計画を実行することに迷いが生じるようになる。しかし計画は実行された。財産を手に入れた「伯爵」らは精神病院へ向かうが、そこに収容されたのは秀子ではなくスッキだった。

第二部は秀子の視点からの話である。猥雑な春画を使って叔母から文字を教わったこと、叔母が春画朗読をしていたこと、精神を病んだ叔母の自殺後は秀子が春画朗読をするようになったことがまず語られる。あるとき「伯爵」から、叔父の元から脱走を手助けする代わりに、財産半分を引き渡す条件の結婚を持ち掛けられた。秀子は同意し、間抜けな侍女を雇い、その侍女を自分の代わりに精神病院に入れることを提案する。スッキがやってきて、「伯爵」の筋書きは動き出すが、秀子は次第に素朴なスッキに惹かれていく。純朴な令嬢役を演じる秀子は、スッキに初夜の行為を教えてくれるよう頼み、二人はいつしか本気で性的行為を始めてしまう。ここからの展開が原作とは異なっている。自分を避けるようになったスッキに絶望し、自殺を図るところを秀子は助けられる。秀子はスッキを騙していたことを告白し、二人は協力し合って「伯爵」を出し抜くことを誓う。

第三部は原作とは大きく異なっている。スッキは火事の最中に病院から脱走。アヘンで「伯爵」の意識を失わせ、金を奪った秀子と彼女は再会した。「伯爵」は拉致され上月の屋敷に連れられ、拷問を受ける。彼は（自分の）煙草を吸わせて欲しいと頼む。水銀を仕込んである煙草を吸い、吐き出した煙によって彼は上月もろとも息絶える。一方、男装した秀子とスッキは偽造パスポートを使い、上海行きの船に乗って逃亡に成功した。

第二部の最後で二人が早々と結託したとたん、それ以後のストーリー展開の緊張感が弱まってしまった。原作における精神病院への幽閉や脱走の緊迫感、さらに主人公二人の出生の秘密の全貌が物語の終盤になって明らかになるというプロット上のドキドキ感は、映画では視覚的な恐怖の拷問シーンで置き換えられたようであるが、物足りなさは否めない。秀子の冷静さに強さは感じるものの、原作の母娘、疑似母娘の愛情、女スリ仲間の友情というレズビアン的愛情以外の女の勇気と情愛が欠落してしまったのも、残念な点である。

（平林）

あとがき

本書の構想のきっかけとなったのは「平易なレズビアン文学論を書いてもらえないか」という彩流社からの提案だった。提案を受けたのは二〇一四年のこと。ただ当時は『「語り」は騙る』（彩流社、二〇一四）を仕上げた直後であり、『イギリス・ヘリテッジ文化を歩く』（共著、彩流社、二〇一六）の執筆にも関わっており、私としてはめずらしく多忙な時期であった。しかしその企画がペンディング状態となった一番の要因は、後述するように、新たな「レズビアン文学論」を書くための私自身の「持ちネタ不足」にあった。

「レズビアン文学論」に本格的に取り掛かったのは二〇一七年になってからである。まず誰か相棒となる人をと考え、英米児童文学が専門の髙橋博子さんに声をかけ、二人でレズビアン文学批評の勉強会をスタートさせた。すでに序章にも記したとおり、レズビアン文学批評の大きな進展は二十世紀末でほぼ止まっている。ＬＧＢＴが可視化されメディアにも盛んに取り上げられるようになってからは、レズビアン批評そのものに大きな変化や進展が見られないというのが現状なのである。こうした現状に気づかされたことを含めて、勉強会は本書の方向性を考えるにあたりとても有効だった。

本書を執筆するにあたって問題になったのは、レズビアン文学作品の選書だった。序章の概論にも述べたような「レズビアン文学」の定義そのものの曖昧性に、私たち自身も遭遇したということである。確かにカミングアウトの時代から「レズビアン」小説は目立ってきているし、インターネットで検索すればそれなりにヒットする。しかしこれらは私たちが「レズビアン文学」として取り上げたいものとは違っていた。この問題を打開するきっかけは『赤毛のアン』を作品リストに加えたことである。ジェンダーを逸脱するアンの、ある種のクィア性はよく指摘されるところであるが、アンの存在が逆に相手の（知られざる）性的指向を照射するのではないか、という髙橋さんの指摘は興味深かった。「レズビアン」をアイデンティティとしてだけではなく、思い込みの性的指向を揺るがす一種のフィルターとして捉えることで、本書の目指す方向性が見えてきたのであった。つまり、レズビアンの存在有無にかかわらず、レズビアンの潜在性という観点から多様な読みを紹介するという方向性である。

　思い起こしてみると、私自身、多様な読みの例としてそれまでにもレズビアン作品を扱うことは多かった。『「辺境」カナダの文学』（彩流社、一九九九）では、ケベックの作家ニコル・ブロサールの『藤色の砂漠』（一九八七）、ダフニ・マーラットの『歴史上のアナ』と『とらわれて』（一九九六）、アン・マリー・マクドナルドの『おやすみデズデモーナ（おはようジュリエット）』の四作品を取り上げた。方法は異なるもののいずれの作品においても、異性愛を強制する家父長的現実を離れ、そこから俯瞰できる別の現実が創り出されている。一方、『「語り」は騙る』では、ジャネット・ウィンターソンの『パワー・ブック』（二〇〇〇）、アニタ・ブルックナーの『英国の友人』（一九八七）、キャサリン・マンスフィールドの「幸福」（一九一八）の三作品を取り上げた。ウィンターソンが異性愛制度を打破する方法としてストーリーの可能性を提示するのに対し、ブルックナーとマンスフィールドは信憑性に欠ける語りによってレズビアン的指向を顕在化させた。先に「持ちネタ不足」と書いたのは、すでに出版された書籍の中でレズビアン作品を扱ってしまっていたからでもある。本書ではダフニ・マーラットの「母親語で物思う」と『おやすみデズデモーナ（おはようジュリエット）』の修正版を再掲した。

本書のタイトル『女同士の絆——レズビアン文学の行方』はもちろん、イヴ・セジウィックの『男同士の絆』を念頭においている。異性愛を基盤にした男同士の絆が父権秩序を成立させているのに対し、その秩序の下で女同士の絆は存在しえない。ヴィクトリア朝文学のジェンダー・セクシュアリティを研究するヘレナ・ミッチーは、ヴィクトリア時代の「姉妹愛」の理想の背後に潜む姉妹間の敵意、競争心を、「姉妹恐怖／嫌悪」(sororophobia) という造語により説明した。クリスティーナ・ロセッティの「妖魔の市」（一八六二）におけるローラとリジーの姉妹愛も男性がいない条件で成立しているのである。そう考えると、「女同士の絆」は異性愛制度への挑戦として可能性に満ちたタイトルである。

本書ではできるだけ邦訳された作品を選んだが、残念ながら「母親語で物思う」と『おやすみデズデモーナ（おはようジュリエット）』は未だ日本語訳は出ていない。また人名表記は基本的には邦訳本どおりにした。そのため、一般に流通している表記や映画版の表記との違いが出てくる場合もあるので、その点はご理解願いたい。

本書は体裁上、平林が「編著者」となっているが、レズビアン小説・映画の選択から全体の構成に至るまで、本づくりのすべてを髙橋さんとともに行なった。読み合わせや情報交換を頻繁に行ないながら二人でレズビアン文学談義ができたことは、楽しく有意義だった。また早い段階でサラ・ウォーターズの作品を教えてくださった彩流社の真鍋知子さんにも感謝したい。その助言に従ってウォーターズ作品を読み始めた私はたちまち虜になり、そのうちの一作品『半身』を本書でも取り上げることになった。さらに真鍋さんには編集もご担当いただき、良き読者として鋭い質問を投げ続けてくださった。おかげで見過ごしてしまっていたミスにも気づくことができた。心より感謝申し上げたい。本書を出版するにあたって勤務校の愛知淑徳大学から二〇一九年に出版助成をいただいたことも有難かった。この場を借りて謝意を表したい。

二〇二〇年二月

平林 美都子

◉初出一覧

本書の序章、第一章~第四章、第六章「ポスト家父長制に向かうトランスジェンダー」は書き下ろし。以下の章も第八章を除いて、初出論文から大幅に修正した。

第五章　「身体をして語らしめよ――ダフニ・マーラットのレズビアン言語」武田悠一編『ジェンダーは超えられるか――新しい文学批評に向けて』（彩流社、二〇〇〇年）二三九―五五。

第六章　「錬金術としての喜劇――「おやすみデズデモーナ（おはようジュリエット）」」『「辺境」カナダの文学――創造する翻訳空間』（彩流社、一九九九年）一二九―一五〇。

第七章　「*The Hours* から考えるアダプテーション研究」『愛知淑徳大学論集――文学部・文学研究科篇』第四一号（二〇一六年）四五―五三。

第八章　「語られなかったもう一つのレズビアン・プロット――サラ・ウォーターズの『半身』」『中部英文学』第三六号（二〇一六年）一―八。

「語り」は騙る

978-4-7791-1990-3 C0098(14.03)

現代英語圏小説のフィクション

平林美都子著

アトウッド、ブルックナー、バーンズ、ウィンターソン、フォースター、マンスフィールド、ロバーツ、イシグロ等、「解釈を拒む」テクストを取り上げ、「語り」が「騙り」となってどのようにフィクションの可能性を広げていくのか、その諸相を見る。　四六判上製　2800 円＋税

差異を読む

978-4-7791-2547-8 C0090(18.12)

現代批評理論の展開

武田悠一著

現代批評はすべて〈差異を読む〉ことから始まる——「差異」をめぐる社会現象を読む、文学／文化批評の展開。フェミニズム、ジェンダー、クィア、ポストコロニアルからアダプテーションまで、脱構築以降の批評理論の流れをわかりやすく解説。『読むことの可能性』の続編。四六判並製　2500 円＋税

イギリス女性参政権運動とプロパガンダ

978-4-7791-2283-5 C0022(17.01)

エドワード朝の視覚的表象と女性像

佐藤繭香著

イギリス女性参政権運動は「戦闘的行為（ミリタンシー）」だけではない。イギリス女性参政権運動の歴史のなかで、行進、演劇、バザー、ポスター等、視覚的プロパガンダが多用されたエドワード朝。「女性らしさ」という視覚的プロパガンダの展開と「働く女性の表象」に注目する。四六判上製　2500 円＋税

アメリカのフェミニズム運動史

978-4-7791-2471-6 C0036(18.04)

女性参政権から平等憲法修正条項へ

栗原涼子著

1920 年に女性参政権を獲得した後、アメリカの「フェミニズム運動」は、どのように展開されたのか——膨大な一次資料をもとに、1910 年代の女性参政権運動、平等憲法修正条項（ERA）を作成するまでの過程と社会福祉法制定過程に焦点を当てる。　四六判上製　2800 円＋税

実験する小説たち

978-4-7791-2281-1 C0090(17.01)

物語るとは別の仕方で

木原善彦著

実験小説のさまざまなタイプを切り口に、主な作品の読みどころと、一連のおすすめ作品リストを掲載。実験小説に特化した初のガイド本を手に、めくるめく実験小説の世界へ。ミッチェル『クラウド・アトラス』、アリ・スミス『両方になる』も紹介。四六判並製　2200 円＋税

現代イギリス小説の「今」

978-4-7791-2473-0 C0098(18.04)

記憶と歴史

河内恵子編著

バーカー、マキューアン、イシグロ、アリ・スミス、ウォーターズ、ミッチェル、マッカーシー、シャムシー、ミエヴィル——「記憶と歴史」を「今」に鮮明に刻印する現代イギリス作家 9 名を取り上げる。2000 年以降の年表、作家名・作品名リスト付。　四六判並製　2800 円＋税

◉編著者紹介◉

平林 美都子（ひらばやし・みとこ）愛知淑徳大学文学部教授。博士（文学）
名古屋大学英文学科卒。同博士後期課程修了。
著書：『「辺境」カナダの文学——創造する翻訳空間』（彩流社、1999）、『表象としての母性』（ミネルヴァ書房、2006）、『「語り」は騙る——現代英語圏小説のフィクション』（彩流社、2014）ほか。
訳書：ジャネット・ウィンターソン『パワー・ブック』（英宝社、2007）ほか。

◉執筆者紹介◉

髙橋 博子（たかはし・ひろこ）愛知淑徳大学非常勤講師
愛知淑徳大学大学院文化創造研究科修士課程修了。
著書：『ジェンダーと教育——横断研究の試み』（共著、ユニテ、2012）
論文：「母のいない娘の物語——Cynthia Voigt の *Homecoming* における「母」の声」『愛知淑徳大学論集』（10 号、2010）、「移民文学と翻訳——Cynthia Kadohata の *Kira-Kira* の場合」『英語圏児童文学研究 TINKER BELL』（56 号、2011）ほか。

女同士の絆（おんなどうしのきずな）——レズビアン文学（ぶんがく）の行方（ゆくえ）

2020 年 3 月 31 日 初版第 1 刷発行　　定価はカバーに表示してあります

編著者 平林美都子

発行者 河野和憲

発行所 株式会社 彩流社

〒101-0051 東京都千代田区神田神保町 3-10 大行ビル 6 階
電話 03-3234-5931 FAX 03-3234-5932
http://www.sairyusha.co.jp
sairyusha@sairyusha.co.jp

印刷 明和印刷㈱
製本 ㈱難波製本
装幀 ナカグログラフ（黒瀬章夫）

落丁本･乱丁本はお取り替えいたします

ISBN978-4-7791-2675-8 C0098

◉索引◉

【カ行】

【ナ行】

【ハ行】

【マ行】

【ヤ行】

【ラ行・ワ行】

◉使用文献リスト◉

AbdelRahman, Fadwa. "From Page to Celluloid: Michael Cunningham's "The Hours"." *Alif: Journal of Comparative Poetics*, vol. 28, 2008, pp. 150–64. *JSTOR*, http://www.jstor.org/stable/27929799. Accessed 5 Dec 2014.

Arias, Rosario. "Epilogue: Female Confinement in Sarah Waters's Neo-Victorian Fiction." *Stones of Law, Bricks of Shame: Narrating Imprisonment in the Victorian Age*, edited by Frank Lauterbach and Jan Alber, U of Toronto P, 2009, pp. 256–77.

Arnason, David, Dennis Cooley and Robert Enright. "There's This and This Connection." *Contemporary Verse II*, vol. 3, no. 4, 1977, pp. 28–33.

Auerbach, Nina. *Our Vampires, Ourselves*. U of Chicago P, 1995.

Bamber, Linda. *Comic Women, Tragic Men: A Study of Gender and Genre in Shakespeare*. Stanford UP, 1982.

Bannon, Ann. *Odd Girl Out*. 1957. Cleis, 2001.

—— Foreword. *Strange Sisters: The Art of Lesbian Pulp Fiction 1949–1969*, by Jaye Zimet, Viking Studio, 1999, pp. 9–15.

Banting, Pamela. *Body Inc.: A Theory of Translation Poetics*. Turnstone Press, 1995.

Barale, Michèle Aina. "When Jack Blinks: Si(gh)ting Gay Desire in Ann Bannon's *Beebo Brinker*." *Feminist Studies*, vol. 18, no. 3, 1992, pp. 533–49.

Barnes, Djuna. *Nightwood*. 1936.「夜の森」『集英社ギャラリー「世界の文学」4　イギリスⅢ』河本仲聖訳、1991 年。

Berman, Judy. "Revisiting a Cult Classic: Patricia Highsmith's 'Carol' Inspiration 'The Price of Salt'." *Flavorwire*, 17 Nov. 2015, flavorwire.com/547125/revisiting-a-cult-classic-patricia-highsmiths-carol-inspiration-the-price-of-salt.

Braidotti, Rosi. "Mothers, Monsters, and Machines." *Writing on the Body: Female Embodiment and Feminist Theory*, edited by Katie Conboy et al., Columbia UP, 1997, pp. 59–79.

Brooker, Peter. "Postmodern adaptation: pastiche, intertextuality and re-functioning." *The Cambridge Companion to Literature on Screen*, edited by Deborah Cartmell and Imelda Whelehan, Cambridge UP, 2007, pp. 107–20.

Brossard, Nicole. "E muet mutant." Trans. M. L. Taylor, *Ellipse*, vol. 23–24, 1979, pp. 44–63.

Brown, Rita Mae. *Rubyfruit Jungle*. Bantam, 1973.『女になりたい』中田えりか訳、二見書房、1980 年。

Butler, Judith. *Gender Trouble: Feminism and the Subversion of Identity*. Routledge, 1990.

『ジェンダー・トラブル――フェミニズムとアイデンティティの攪乱』竹村和子訳、青土社、1999年。
——. *Bodies That Matter: On the Discursive Limits of "Sex."* Routledge, 1993.
——. "Imitation and Gender Insubordination." *The Lesbian and Gay Studies Reader*, edited by Henry Abelove et al., Routledge, 1993, pp. 307–20.「模倣とジェンダーへの抵抗」杉浦悦子訳、『imago』vol.7–6, 青土社、1996年、116–35頁。
——. "Gender as Performance: an Interview with Judith Butler." Interviewed by Peter Osborne and Lynne Segal. *Radical Philosophy*, vol. 67, 1994, pp. 32–39.
Calhoun, Cheshire. "Separating Lesbian Theory from Feminist Theory." *Ethics*, vol. 104, 1994, pp. 558–81.
Case, Sue-Ellen. "Tracking the Vampire." *Difference*, vol. 3, no. 2, 1991, pp. 1–2.
Castle, Terry. *The Apparitional Lesbian: Female Homosexuality and Modern Culture*. Columbia UP, 1993.
Chodorow, Nancy. *The Reproduction of Mothering: Psychoanalysis and the Sociology of Gender*. U of California P, 1978.『母親業の再生産――性差別の心理・社会的基盤』大塚光子・大内菅子訳、新曜社、1981年。
Ciocia, Stefania. "'Queer and Verdant'?: The Textual Politics of Sarah Waters's Neo-Victorian Novels." *The Literary London Journal*, vol. 5, no. 2, 2007, www.literarylondon.org/london-journal/september2007/ciocia.html.
Clausen, Jan. *The Prosperine Papers*. Women's Press, 1988.
Coleridge, S. T. *Coleridge: Poetical Works*. Edited by Ernest Hartley Coleridge, OUP, 1980. 東雅夫編『ゴシック名訳集成――吸血妖鬼譚』学研M文庫、2008年。
Costello, Becca. "Pulp Fiction." *Sacramento News and Review*, 2002, pp. 6–20.
Cunningham, Michael. *The Hours*. Fourth Estate, 1998.『めぐりあう時間たち――三人のダロウェイ夫人』高橋和久訳、2003年。
Daly, Mary. *The Church and the Second Sex*. Harper & Row, 1968.『教会と第二の性』岩田澄江訳、未來社、1981年。
de Lauretis, Teresa. "Queer Theory: Lesbian and Gay Sexualities." *differences*, vol. 2, no. 2, 1991, pp. iii-xviii.
Diamond, Elin. "Brechtian Theory / Feminist Theory: Toward a Gestic Feminist Criticism." *A Sourcebook of Feminist Theatre and Performance: On and Beyond the Stage*, edited by Carol Martin, Routledge, 1996, pp. 120–35.
Dollimore, Jonathan. *Sexual Dissidence: Augustine to Wilde, Freud to Foucault*. OUP, 1991.
Doody, Margaret. Introduction. *The Annotated Anne of Green Gables*, edited by Wendy E.

Barry, Margaret Anne Doody, and Mary Doody Jones, OUP, 1997, pp. 9–34.

Elfenbein, Andrew. *Romantic Genius: The Prehistory of a Homosexual Role*. Columbia UP, 1999.

Eve, Martin Paul. "'You will see the logic of the design of this': From Historiography to Taxonomography in the Contemporary Metafiction of Sarah Waters's *Affinity*." *Neo-Victorian Studies*, vol. 6, no.1, 2013, pp. 105–25.

Faderman, Lillian. *Odd Girls and Twilight Lovers: A History of Lesbian Life in Twentieth-Century America*. Columbia UP, 1991.『レスビアンの歴史』富岡明美・原美奈子訳、筑摩書房、1996 年。

Farwell, Marilyn R. *Heterosexual Plots and Lesbian Narratives*. New York UP, 1996.

Flagg, Fannie. *Fried Green Tomatoes at the Whistle Stop Café*. 1987. Ballantine, 2007.『フライド・グリーン・トマト』和泉晶子訳、二見書房、1992 年。

Friedan, Betty. *The Feminine Mystique*. Dell, 1963.『増補　新しい女性の創造』三浦富美子訳、大和書房、1986 年。

Gammel, Irene. *Looking for Anne of Green Gables: The Story of L. M. Montgomery and Her Literary Classic*. St. Martin Press, 2008.

Garber, Marjorie. *Vested Interests: Cross-Dressing and Cultural Anxiety*. Routledge, 1992.

Gilbert, Helen, and Joanne Tompkins. *Post-colonial Drama: Theory, Practice, Politics*. Routledge, 1996.

Gilbert, Sandra M., and Susan Gubar. *No Man's Land: The Place of the Woman Writer in the Twentieth Century, vol. 2, Sexchange*. Yale UP, 1989.

Gillman, James. *The Life of Samuel Taylor Coleridge*. 1833. *Project Gutenberg*, www.gutenberg.org/files/8957/8957–h/8957–h.htm.

Godard, Barbara. ""Body I": Daphne Marlatt's Feminist Poetics." *American Review of Canadian Studies*, vol. 15, no. 4, 1985, pp. 481–96.

Grosz, Elizabeth. "Irigaray's Notion of Sexual Morphology." *ReImagining Women: Representations of Women in Culture*, edited by Shirley Neuman and Glennis Stephenson, U of Toronto P, 1993, pp. 182–95.

Hall, Radcliff. *The Well of Loneliness*. 1928. Anchor Books, 1990.『さびしさの泉』上・下、大久保康雄訳、新潮社、1952 年。

Halliwell, Martin. "Modernism and adaptation." *The Cambridge Companion to Literature on Screen*, edited by Deborah Cartmell and Imelda Whelehan, Cambridge UP, 2007, pp. 90–106.

Hare, David. *The Hours, screenplay*. Faber, 2003.

Harris, Dr. "The Varying Experiences of African American Women in Alice Walker's *The Color Purple* Applied to Feminist and Queer Literary Theory." *Owlcation*, 2014, owlcation.com/humanities/Alice-Walkers-The-Color-Purple. Accessed 10 March 2018.

Heilmann, Ann. "'Neither man nor woman'? Female Transvestism, Object Relations and Mourning in George Moore's 'Albert Nobbs.'" *Women: A Cultural Review*, vol. 14, no. 3, 2003, pp. 248–62.

Heilmann, Ann, and Mark Llewellyn. *Neo-Victorianism: The Victorians in the Twenty-First Century, 1999–2009*. Macmillan, 2010.

Hellman, Lillian. *The Children's Hour*. 1934.「子供の時間」『リリアン・ヘルマン戯曲集』小田島雄志訳、新潮社、1995年。

Hesford, Victoria J. "A Love Flung Out of Space": Lesbians in the City in Patricia Highsmith's *The Price of Salt*." *Paradoxa*, vol. 18, 2003, pp. 118–35.

Highsmith, Patricia. *Carol*. 1952. Bloomsbury, 2014.『キャロル』柿沼瑛子訳、河出文庫、2015年。

Hoeveler, Diane Long. *Gothic Feminism: The Professionalization of Gender from Charlotte Smith to the Brontës*. Pennsylvania State UP, 1995.

Homel, David, and Sherry Simon, editors. *Mapping Literature: the Art and Politics of Translation*. Vehicule Press, 1988.

Irigaray, Luce. "Women's Exile". *Ideology and Consciousness*, vol. 1, 1977, pp. 62–76.

——. *Ce sexe qui n'en est pas un*. Éditions de Minuit, 1977.『ひとつではない女の性』棚沢直子・小野ゆり子・中嶋公子訳、勁草書房、1987年。

Jones, Ann Rosalind. "Writing the Body: Toward an Understanding of I'Écriture féminine." *The New Feminist Criticism: Essays on Women, Literature, and Theory*, edited by Elaine Showalter, Pantheon Books, 1985, pp. 361–77.「肉体を書く——エクリチュール・フェミニンの理解に向けて」エレイン・ショーウォーター編『新フェミニズム批評——女性・文学・理論』青山誠子訳、岩波書店、1990年、383–412頁。

Jones, Carole. *Disappearing Men: Gender Disorientation in Scottish Fiction 1979–1999*. Rodopi, 2009.

Kay, Jackie. *Trumpet*. Vintage, 1998.『トランペット』中村和恵訳、岩波書店、2016年。

King, Jeannette. "'A Woman's a Man, for A' That': Jackie Kay's *Trumpet*." *Contemporary Literary Criticism*, edited by Lawrence J. Trudeau, vol. 388, Gale, 2016, pp. 224–28, *Gale Literature Resource Center*. Accessed 20 July 2017. Originally published in *Scottish Studies Review*, vol. 2, no. 1, 2001, pp. 101–08.

——. *The Victorian Woman Question in Contemporary Feminist Fiction*. Macmillan, 2005.

Lang, Andrew. "Historical Mysteries IV: The Strange Case of Daniel Dunglas Home (1904)." *Spiritualism, Mesmerism and The Occult, 1800–1920*, Vol.3, edited by Shane McCorristine, Pickering & Chatto, 2012, pp. 261–71.

LeFanu, J. Sheridan. *Carmilla*. Ægyan Press, 2011.『吸血鬼カーミラ』平井呈一訳、創元推理文庫、1970 年。

Lessing, Doris. "To Room Nineteen." *To Room Nineteen: Collected Stories Volume One*. Flamingo, 2002.『ドリス・レッシングの珠玉短編集——男と女の世界』羽多野正美訳、英宝社、2001 年。

Llewellyn, Mark. "'Queer? I should say it is Criminal': Sarah Waters' *Affinity* (1999)." *Journal of Gender Studies*, vol.13, no. 3, 2004, pp. 203–14.

MacDonald, Ann-Marie. *Goodnight Desdemona (Good Morning Juliet)*. Coach House, 1990.

Marlatt, Daphne. *Rings*. 1971. Reprinted in *What Matters: Writing 1968–70*, Coach House, 1980.

——. "musing with mothertongue." *Touch to My Tongue*, Longspoon Press, 1984.

——. "Writing Our Way Through the Labyrinth." 1985. *Collaboration in the Feminine: Writings on Women and Culture from* Tessera, edited by Barbara Godard, Second Story Press, 1994, pp. 44–46.

——. *Ana Historic*. Coach House, 1988.

——. *Ghost Works*. Ne West Press, 1993.

McCorristine, Shane, editor. *Spiritualism, Mesmerism and The Occult, 1800–1920*. Vol. 3, Pickering & Chatto, 2012.

Medd, Jodie, editor. *The Cambridge Companion to Lesbian Literature*. Cambridge UP, 2015.

Michie, Helena. *Sororophobia: Differences Among Women in Literature and Culture*. OUP, 1992.

Montgomery, Lucy Maud. *Anne of Green Gables*. 1908. Penguin, 1977.『赤毛のアン』村岡花子訳、新潮文庫、2014 年。

Moore, George. *Albert Nobbs*. Penguin, 2011.「アルバート・ノッブス氏の人生」『クィア短編小説集——名づけ得ぬ欲望の物語』大橋洋一監訳／利根川真紀・磯部哲也・山田久美子訳、平凡社ライブラリー、2016 年。

Moraga, Cherrie, and Barbara Smith. "Lesbian Literature: A Third World Feminist Perspective." *Lesbian Studies*, edited by Margaret Cruikshank, Feminist Press, 1982.

Morris, Pam. *Literature and Feminism: An Introduction*. Blackwell, 1993.

Much, Rita, editor. *Fair Play: 12 Women Speak (Conversations with Canadian Playwrights)*.

Simon and Pierre, 1990.

Nethercot, Arthur H. "Coleridge's "Christabel" and Le Fanu's "Carmilla."" *Modern Philology*, vol. 47, no. 1, 1949, pp. 32–38. *JSTOR*, www.jstor.org/stable/435571?seq=1#page_scan_tab_contents. Accessed 28 July 2017.

Nin, Anaïs. *Henry & June: From A Journal of Love. The Unexpurgated Diary of Anaïs Nin, 1931–1932*. Harcourt Brace Jovanovich, 1986.『ヘンリー&ジューン』杉崎和子訳、角川文庫、1990 年。

——. *Incest: From A Journal of Love. The Unexpurgated Diary of Anaïs Nin, 1932–1934*. Harvest, 1993.『インセスト　アナイス・ニンの愛の日記【無削除版】1932 ～ 1934』杉崎和子編訳、彩流社、2008 年。

O'Callaghan, Claire. "Sarah Waters's Victorian Domestic Spaces: Or, The Lesbians in the Attic." *Peer English*, 2014, www2.le.ac.uk/offices/english-association/publications/peer-english/9/10. Accessed 19 Feb 2015.

Palmer, Pauline. *Lesbian Gothic: Transgressive Fictions*. Cassell, 1999.

Polidori, John William. *The Diary of Jr John William Polidori. 1816. Relating to Byron, Shelley, Etc*. Edited by William Michael Rossetti, 1911, Cambridge UP, 2014.

Porter, Laurin R. "Shakespeare's "Sisters": Desdemona, Juliet, and Constance Ledbelly in *Goodnight Desdemona (Good Morning Juliet)*." *Modern Drama*, vol. 38, 1995, pp. 362–77.

Proehl, Kristen. "*Fried Green Tomatoes* and *The Color Purple*: A case study in lesbian friendship and cultural controversy." *Journal of Lesbian Studies*, vol. 22, 2018, pp. 17–30. Published in *Taylor Francis Online*, 17 April 2017, doi: 10.1080/10894160.2017.1309627.

Prosser, Jay. "Transgender." *Lesbian and Gay Studies: A Critical Introduction*, edited by Andy Medhurst and Sally R. Munt, Cassell, 1997, pp. 309–26.

Rich, Adrienne. *Blood, Bread, and Poetry: Selected Prose 1979–1985*. Norton, 1986.『血、パン、詩。——アドリエンヌ・リッチ女性論』大島かおり訳、晶文社、1989 年。

Richardson, Matt. "'Make It Up and Trace It Back': Remembering Black Trans Subjectivity in Jackie Kay's *Trumpet*." *Contemporary Literary Criticism*, edited by Lawrence J. Trudeau, vol. 369, Gale, 2015, pp. 225–42, *Gale Literature Resource Center.* Accessed 28 July 2017. Originally published in *The Queer Limit of Black Memory*, Ohio State UP, 2013, pp. 107–35.

Robinson, Laura M. "Bosom Friends: Lesbian Desire in L. M. Montgomery Anne Books." *Canadian Literature*, vol. 180, Spring, 2004, pp. 12–28.

Rodríguez González, Carla. "Biographical Improvisation in Jackie Kay's *Trumpet*." *Contemporary*

Literary Criticism, edited by Lawrence J. Trudeau, vol. 388, Gale, 2016, pp. 241–48, *Gale Literature Resource Center*. Accessed 20 July 2017. Originally published in *Scottish Studies Review*, vol. 8, no. 1, 2007, pp. 88–100.

Roof, Judith. *A Lure of Knowledge: Lesbian Sexuality and Theory*. Columbia UP, 1991.

Rose, Irene. "Heralding New Possibilities: Female Masculinity in Jackie Kay's *Trumpet*." *Contemporary Literary Criticism*, edited by Lawrence J. Trudeau, vol. 369, Gale, 2015, pp. 110–17. *Gale Literature Resource Center*. Accessed 28 July 2017. Originally published in *Posting the Male: Masculinities in Post-war and Contemporary British Literature*, edited by Daniel Lea and Berthold Schoene-Harwood, Rodopi, 2003, pp 141–57.

Rubin, Gayle. "Thinking Sex: Notes for a Radical Theory of the Politics of Sexuality." 1984. *Culture, Society and Sexuality: A Reader*, edited by Richard Parker and Peter Aggleton, UCL Press, 1999, pp. 143–78.

Russ, Joanna. *The Female Man*. Beacon, 1975.『フィーメール・マン』友枝康子訳、サンリオSF文庫、1981年。

Schoene-Harwood, Berthold. *Writing Men: Literary Masculinities from Frankenstein to the New Man*. Edinburgh UP, 2000.

Schulman, Sarah. *After Delores*. Plume, 1989.『ドロレスじゃないと。』落石八月月訳、マガジンハウス、1990年。

Sedgwick, Eve Kosofsky. *Between Men: English Literature and Male Homosocial Desire*. Columbia UP, 1985.『男同士の絆——イギリス文学とホモソーシャルな欲望』上原早苗・亀澤美由紀訳、名古屋大学出版会、2001年。

——. "Gender and Criticism." *Redrawing the Boundaries: The Transformation of English and American Literary Studies*, edited by Stephen Greenblatt and Giles Gunn, MLA, 1992.

Smith, Ali. *Hotel World*. Hamish Hamilton, 2001.『ホテルワールド』丸洋子訳、DHC、2003年。

Smith, Sarah A. "Love's Prisoner [Rev. of Sarah Waters' *Affinity*]." *TLS*, 28 May 1999.

Stam, Robert. "Introduction: the Theory and Practice of Adaptation." *Literature and Film: a Guide to the Theory and Practice of Film Adaptation*, edited by Robert Stam and Alessandra Raengo, Blackwell, 2005, pp. 1–52.

Stimpson, Catharine. "Zero Degree Deviancy." *Critical Inquiry*, vol. 8, no. 2, 1981, pp. 363–79.

Strachey Bussy, Dorothy. *Olivia*. Vintage, 2009.『処女オリヴィア』福田陸太郎訳、新潮社、

1952 年。
Twitchell, James B. *The Living Dead: A Study of the Vampire in Romantic Literature*. Duke UP, 1981.

Walker, Alice. *The Color Purple*. 1982. Harvest, 2003.『カラーパープル』柳沢由美子訳、集英社文庫、1986 年。

Waters, Sarah. *Tipping the Velvet*. Virago, 1998.

——. *Affinity*. New York: Riverhead, 1999.『半身』中村有希訳、創元推理文庫、2003 年。

——. *Fingersmith*. Virago, 2002.『荊の城』中村有希訳、創元推理文庫、2004 年。

——. *The Night Watch*. Riverhead, 2006.『夜愁』中村有希訳、創元推理文庫、2007 年。

——. *The Little Stranger*. Virago, 2009.『エアーズ家の没落』中村有希訳、創元推理文庫、2010 年。

——. *The Paying Guests*. Riverhead, 2014.『黄昏の彼女たち』中村有希訳、創元推理文庫、2016 年。

Williams, Patrick. "Significant Corporeality: Bodies and Identities in Jackie Kay's Fiction." *Contemporary Literary Criticism Online*, edited by Lawrence J. Trudeau, vol. 369, Gale, 2015, pp. 128–34. Accessed 28 July 2017. Originally published in *Write Black, Write British: From Post Colonial to Black British Literature*, edited by Kadija Sesay, Hansib, 2005, pp. 41–55.

Williamson, Janice. *Sounding Differences: Conversations with Seventeen Canadian Women Writers*. U of Toronto P, 1993.

Wilson, Andrew. *Beautiful Shadow: A Life of Patricia Highsmith*. Bloomsbury, 2010.

Wilson, Mary Timothy. "*Superbly Sterile*": *Queer Reproduction in Victorian Literature and Culture*. Diss. Louisiana State U and Agricultural and Mechanical College, *LSU Digital Commons*, 2015. Accessed 21 July 2017.

Winterson, Jeanette. *Oranges Are Not The Only Fruit*. 1985. Vintage, 2014.『オレンジだけが果物じゃない』岸本佐知子訳、白水Uブックス、2011 年。

——. *Art Objects: Essays on Ecstasy and Effrontery*. Vintage, 1995.

——. *The PowerBook*. Vintage, 2001.『パワー・ブック』平林美都子訳、英宝社、2007 年。

Wisker, Gina. "Devouring desires: lesbian Gothic horror." *Queering the Gothic*, edited by William Hughes and Andrew Smith, Manchester UP, 2009, pp. 123–41.

Wittig, Monique. *Les guérillères*. 1969.『女ゲリラたち』小佐井伸二訳、白水社、1973 年。

——. *The Straight Mind and Other Essays*. Beacon, 1992.

Woolf, Virginia. "Mr Bennett and Mrs Brown." 1924. *A Woman's Essays*, Penguin Books, 1992.

——. *Mrs. Dalloway*. 1925. Grafton Books, 1976.『ダロウェイ夫人』富田彬訳、角川文庫、2003 年。

——. *Orlando: A Biography*. 1928. Grafton, 1977.『オーランドー——伝記』杉山洋子訳、国書刊行会、1983 年。

——. *A Room of One's Own*. 1929. Grafton, 1977.『自分だけの部屋』川本静子訳、みすず書房、1988 年。

Young, Tory. *Michael Cunningham's The Hours*. Continuum, 2003.

Zimet, Jaye. *Strange Sisters: The Art of Lesbian Pulp Fiction 1949–1969*. With a Foreword by Ann Bannon, Viking Studio, 1999.

Zimmerman, Bonnie. "What Has Never Been: an Overview of Lesbian Feminist Criticism." 1981. *The New Feminist Criticism: Essays on Women, Literature, and Theory*, edited by Elaine Showalter, Pantheon Books, 1985, pp. 200–24.「かつて存在しなかったもの——レズビアン・フェミニズム文学批評の概観」エレイン・ショーウォーター編『新フェミニズム批評——女性・文学・理論』青山誠子訳、岩波書店、1990 年、249–92 頁。

赤松佳子「刊行百周年を機に読み直す『赤毛のアン』」『奈良女子大学文学部研究教育年報』、第 6 号 (2009)：37–46 頁。

クリステヴァ、ジュリア『中国の女たち』丸山静・原田邦夫・山根重男訳、せりか書房、1981 年。

高橋裕子『世紀末の赤毛連盟——象徴としての髪』岩波書店、1996 年。

武田美保子『〈新しい女〉の系譜——ジェンダーの言説と表象』彩流社、2003 年。

竹村和子「レズビアン研究の可能性 (2)：「呪いの文学」から「ガイドブック文学」まで」『英語青年』8 (1996)：262–64、268 頁。

——.「レズビアン研究の可能性 (5)：カミングアウト物語と有色人レズビアンの対抗表象」『英語青年』11 (1996)：430–32 頁。

——.「資本主義社会とセクシュアリティ——［ヘテロ］セクシズムの解体へ向けて」『思想』1997 年 9 月号、71–104 頁。

平林美都子『「辺境」カナダの文学——創造する翻訳空間』彩流社、1999 年。

——.「身体をして語らしめよ——ダフニ・マーラットのレズビアン言語」『ジェンダーは超えられるか——新しい文学批評に向けて』武田悠一編、彩流社、2000 年、239–55 頁。

フーコー、ミシェル『監獄の誕生——監視と処罰』田村俶訳、新潮社、1977 年。

松浦暢『宿命の女——イギリス・ロマン派文学の底流』アーツアンドクラフツ、2004 年。

松本朗「追悼の物語——『めぐりあう時間たち』試論」『ソフィア』52–1 (2003)：74–94 頁。

横川寿美子『「赤毛のアン」の挑戦』宝島社、1994年。

"The Hours." *Box Office Mojo*, https://www.boxofficemojo.com/movies/?id=hours.htm. Accessed 30 Nov 2018.

"Hours, The: Production Notes." *Cinema.com*, http://cinema.com/articles/1654/hours-the-production-notes.phtml. Accessed 30 Nov 2018.

"100 Best Lesbian Fiction & Memoir Books Of All Time." https://www.autostraddle.com/100-best-lesbian-fiction-memoir-books-of-all-time-150725/?all=1

◉使用映画リスト◉

These Three『この三人』(1936年製作／原作リリアン・ヘルマン *The Children's Hour* 1934年) ウィリアム・ワイラー監督　ミリアム・ホプキンス、マール・オベロン主演［DVD：ブロードウェイ (2017年)］

Olivia『処女オリヴィア』(1951年製作／原作ドロシー・ストレイチー *Olivia* 1949年) ジャックリーヌ・オードリー監督　エドウィジュ・フィエール主演

The Children's Hour『噂の二人』(1961年製作／原作リリアン・ヘルマン *The Children's Hour* 1934年) ウィリアム・ワイラー監督　オードリー・ヘップバーン、シャーリー・マクレーン主演［DVD：20世紀 フォックス ホーム エンターテイメント ジャパン (2011年)］

The Vampire Lovers『バンパイア・ラヴァーズ』(1970年製作／原作レ・ファニュ *Carmilla* 1872年) ロイ・ウォード・ベイカー監督　イングリッド・ピット主演［DVD：20世紀 フォックス ホーム エンターテイメント ジャパン (2007年)］

The Color Purple『カラーパープル』(1985年製作／原作アリス・ウォーカー *The Color Purple* 1982年) スティーヴン・スピルバーグ監督　ウーピー・ゴールドバーグ主演［DVD：ワーナー・ホーム・ビデオ (2000年)］

Henry & June『ヘンリー＆ジューン／私が愛した男と女』(1990年製作／原作アナイス・ニン *Henry & June: From A Journal of Love 1931-1932* 1986年) フィリップ・カウフマン監督　マリア・デ・メディロス主演［DVD：ジェネオン・ユニバーサル (2012年)］

Fried Green Tomatoes『フライド・グリーン・トマト』(1991年製作／原作ファニー・フラッグ *Fried Green Tomatoes at the Whistle Stop Café* 1987年) ジョン・アヴネット監督　キャシー・ベイツ主演［DVD：レントラックジャパン (2004年)］

Orland『オルランド』(1992年製作／原作ヴァージニア・ウルフ *Orlando* 1928年) サリー・

ポッター監督　ティルダ・スウィントン主演［DVD：アスミック・エース・エンタテインメント（2002年）］

The Hours『めぐりあう時間たち』（2002年製作／原作マイケル・カニンガム *The Hours* 1998年）スティーヴン・ダルドリー監督　ニコール・キッドマン、メリル・ストリープ、ジュリアン・ムーア主演［DVD：アスミック・エース・エンタテインメント（2003年）］

Affinity『アフィニティ』（2008年製作／原作サラ・ウォーターズ *Affinity* 1999年日本未公開）ティム・フィウェル監督　ゾーイ・タッパー主演［DVD：Box TV（2008年日本未発売）］

Albert Nobbs『アルバート氏の人生』（2011年製作／原作ジョージ・ムーア *The Singular Life of Albert Nobbs* 1998年）ロドリゴ・ガルシア監督　グレン・クローズ主演［DVD：トランスフォーマー（2013年）］

Carol『キャロル』（2015年製作／原作パトリシア・ハイスミス *The Price of Salt* 1952年）トッド・ヘインズ監督　ケイト・ブランシェット、ルーニー・マーラ主演［DVD：KADOKAWA（2016年）］

L. M. Montgomery's Anne of Green Gables『赤毛のアン』（2015年製作／原作L. M. モンゴメリ *Anne of Green Gables* 1908年）ジョン・ケント・ハリソン監督　エラ・バレンタイン主演［DVD：ハピネット（2017年）］

『お嬢さん』（2016年製作／原作サラ・ウォーターズ *Fingersmith* 2002年）パク・チャヌク監督　キム・ミニ、キム・テリ主演［DVD：TCエンタテインメント（2017年）］

◉レズビアン文学作品選書リスト（1816〜2019）◉

❖……本書で言及している作品・映画

1816 ❖S. T. コールリッジ「クリスタベル」 S. T. Coleridge (1772–1834), “Christabel.”〔大和資雄訳『ゴシック名訳集成――吸血妖鬼譚』東雅夫編、学研 M 文庫、2008〕

1851? エミリー・ディキンソン「嵐の夜よ　嵐の夜よ」 Emily Dickinson (1830–86), “Wild nights – Wild nights!”〔『自然と愛と孤独と――詩集』中島完訳、国文社、1964〕【映画 *Wild Nights with Emily*, 2018（日本未公開）】

1862 クリスティーナ・ロセッティ「妖魔の市」 Christina Rossetti (1830–94), “Goblin Market.”〔矢川澄子訳『ヴィクトリア朝妖精物語』風間賢二編、ちくま文庫、1990〕【妖魔に誘われて食べてしまった果物のせいでやつれていくローラを救うリジーの姉妹愛を描いている】

1872 ❖シェリダン・レ・ファニュ『吸血鬼カーミラ』 Sheridan Le Fanu (1814–73), *Carmilla.*〔平井呈一訳、創元推理文庫、1970〕❖【映画『バンパイア・ラヴァーズ』】

1877 セアラ・オーン・ジュエット Sarah Orne Jewett (1849–1909), *Deephaven.*

1896 ウィラ・キャザー「トミーに感傷は似合わない」 Willa Cather (1873–1947), “Tommy the Unsentimental.”〔『【新装版】レズビアン短編小説集』利根川真紀編訳、平凡社ライブラリー、2015〕【少年のような女性トミーとジェイとは風変わりな男女関係だった。トミーが東部から連れてきた娘とジェイの間をとりもつ切ない話】

1908 ❖ルーシー・モード・モンゴメリー『赤毛のアン』 Lucy Maud Montgomery (1874–1942), *Anne of Green Gables.*〔村岡花子訳、新潮文庫、2014〕❖【映画『赤毛のアン』】

1918 キャサリン・マンスフィールド「幸福」 Katherine Mansfield (1888–1923), “Bliss.”〔『マンスフィールド短篇集――幸福・園遊会』崎山正毅・伊沢龍雄訳、岩波文庫、1969〕【バーサはパーティに招待したフルトン嬢に奇妙にも惹かれる。しかし結末部で彼女と夫との間の親密な関係を目撃してしまう】

1920 ナイジェル・ニコルスン『ある結婚の肖像――ヴィタ・サックヴィル＝ウェストの告白』 Nigel Nicolson (1917–2004), *Portrait of a Marriage.*〔栗原知代・八木谷涼子訳、平凡社、1992〕【『オーランドー』のモデルとなったヴィタの回想録を息子が出版。ともに同性愛者であるイギリス貴族の夫婦の結婚生活が描かれる】

1925 ❖ヴァージニア・ウルフ『ダロウェイ夫人』 Virginia Woolf (1882–1941), *Mrs Dalloway.*〔富田彬訳、角川文庫、2003〕【映画『ダロウェイ夫人』1997】

1927 エリザベス・ボウエン Elizabeth Bowen (1899–1973), *The Hotel.*

ヴァージニア・ウルフ『灯台へ』 *To the Lighthouse*.〔御輿哲也訳、岩波文庫、2004〕【ラムジー一家の別荘を訪問する客たちのひと夏の物語。さまざまな人間関係のさざ波が、とくにリリー・ブリスコーを中心に描かれる】

1928 ❖ラドクリフ・ホール『さびしさの泉』 Radclyffe Hall (1880–1943), *The Well of Loneliness*.〔大久保康雄訳、新潮社、1952〕

❖ヴァージニア・ウルフ『オーランドー——伝記』 *Orlando*.〔杉山洋子訳、国書刊行会、1983〕❖【映画『オルランド』】

ジューナ・バーンズ Djuna Barnes (1892–1982), *Ladies Almanack*.

コンプトン・マッケンジー Compton Mackenzie (1883–1972), *Extraordinary Women*.

1929 ナタリー・クリフォード・バーニー Natalie Clifford Barney (1876–1972), *Adventures of the Mind: The Memoirs of Natalie Clifford Barney*.

ネラ・ラーセン『白い黒人』 Nella Larsen (1891–1964), *Passing*.〔植野達郎訳、春風社、2006〕【肌の白い混血女性アイリーンは同じく肌の白いクレアが白人として生活していることに複雑な気持ちを抱きつつ、惹かれていく】

1933 ガートルード・スタイン『アリス・B・トクラスの自伝——わたしがパリで会った天才たち』 Gertrude Stein (1874–1946), *The Autobiography of Alice B. Toklas*.〔金関寿夫訳、筑摩書房、1981〕【パリで芸術家らのサロンを開いていたスタインの自伝だが、40年間一緒に暮らしたトクラスの自伝という形式で書かれている】

1934 ❖リリアン・ヘルマン「子供の時間」 Lillian Hellman (1905–84), *The Children's Hours*.〔『リリアン・ヘルマン戯曲集』小田島雄志訳、新潮社、1995〕❖【映画『この三人』『噂の二人』】

モリー・キーン Molly Keane（M. J. ファレル M. J. Farrell, 1904–96）, *Devoted Ladies*.

1936 ❖ジューナ・バーンズ『夜の森』 *Nightwood*.〔河本仲聖訳『集英社ギャラリー［世界の文学］4 イギリスIII』、1991〕

シルヴィア・タウンゼント・ウォーナー Sylvia Townsend Warner (1893–1978), *Summer Will Show*.

1938 ダフネ・デュ・モーリア『レベッカ』 Daphne du Maurier (1907–89) *Rebecca*.〔茅野美ど里訳、新潮文庫、2008〕【映画『レベッカ』1940】【孤児である語り手は富豪のマキシムと結婚してマンダレイ邸に住み始めるが、亡き前夫人のレベッカの影に追いつめられていく】

1943 ジェイン・ボウルズ Jane Bowles (1917–73), *Two Serious Ladies*.

1946 カーソン・マッカラーズ『結婚式のメンバー』 Carson McCullers（ルーラ・カー

ソン・スミス　Lula Carson Smith, 1917–67), *The Member of the Wedding.*〔村上春樹訳、新潮文庫、2016〕【今の生活に退屈している12歳の少女が兄の結婚を機に新婚夫婦とともに街を出ていこうとするが、車から降ろされてしまう】【映画 *The Member of The Wedding*, 1952（日本未公開）】

1949　✣オリヴィア『処女オリヴィア』　Olivia（ドロシー・ストレイチー・ビュッシー Dorothy Strachey Bussy, 1865–1960), *Olivia.*〔福田陸太郎訳、新潮社、1952〕【映画『処女オリヴィア』1951】

1950　テレスカ・トレス　Tereska Torrès (1920–2012), *Women's Barracks*.

1952　✣クレア・モーガン『キャロル』　Claire Morgan（パトリシア・ハイスミス　Patricia Hightsmith 1921–95), *The Price of Salt* (1990, *Carol*).〔柿沼瑛子訳、河出文庫、2015〕✣【映画『キャロル』】

1957　✣アン・バノン　Ann Bannon (1932–), *Odd Girl Out.*

イサク・ディーネセン「空白のページ」　Isak Dinesen (1885–1962), "The Blank Page."〔『【新装版】レズビアン短編小説集』利根川真紀編訳、平凡社ライブラリー、2015〕【代々の花嫁が処女であることを証明する額縁入りの初夜のシーツ。そこに一枚白いままのシーツが飾られていた】

1964　ジェイン・ルール　Jane Rule (1931–2007), *Desert of the Heart.*【映画『ビビアンの旅立ち――離婚そして新しい出逢い』1985（日本未公開）】

1966　モーリーン・ダフィ　Maureen Duffy (1933–), *The Microcosm.*

1969　✣モニック・ウィティッグ『女ゲリラたち』　Monique Wittig (1935–2003), *Les Guérillères.*〔小佐井伸二訳、白水社、1973〕

1972　イザベル・ミラー　Isabel Miller（アルマ・ラウトソング　Alma Routsong, 1924–96), *Patience & Sarah.*

1973　✣リタ・メイ・ブラウン『女になりたい』　Rita Mae Brown (1944–), *Rubyfruit Jungle.*〔中田えりか訳、二見書房、1980〕

1974　アン・アレン・ショックリー　Ann Allen Shockley (1927–), *Loving Her.*

マリリン・ハッカー　Marilyn Hacker (1942–), *Presentation Piece.*

1975　✣ジョアナ・ラス『フィーメール・マン』　Joanna Russ (1937–2011), *The Female Man.*〔友枝康子訳、サンリオSF文庫、1981〕

1976　アドリエンヌ・リッチ『アメリカ現代詩共同訳詩シリーズ③　アドリエンヌ・リッチ詩集』　Adrienne Rich (1929–2012), *Twenty-One Love Poems.*〔白石かずこ・渡部桃子訳、思潮社、1993〕

1977　メアリー・F・ビール　Mary F. Beal（生年不詳), *Angel Dance: A Thriller.*

1982　オードレ・ロード「『ザミ　私の名の新しい綴り』より」　Audre Lorde (1934–92),

Zami: a New Spelling of My Name.〔有満麻美子訳『世界文学のフロンティア 5 私の謎』今福龍太・沼野充義・四方田犬彦編、岩波書店、1997〕【ザミとはともに行動する友人であり恋人でもある女性を指す。こうした女性たちから力を得てきたロードの自伝的小説】

❖アリス・ウォーカー『カラー・パープル』 Alice Walker (1944–), *The Color Purple.*〔柳沢由美子訳、集英社文庫、1986〕❖【映画『カラーパープル』】

ナンシー・ガーデン Nancy Garden (1938–2014), *Annie on My Mind.*

1983 チェリー・モラガ Cherrie Moraga (1952–), *Loving in the War Years.*

キャサリン・V・フォレスト『愛を、知るとき』 Katherine V. Forrest (1939–), *Curious Wine.*〔樋口あやこ訳、大栄出版、1994〕【失恋したダイアナは旅先の山荘でレーンに出会う。二人は互いに惹かれ、愛し合うようになる】

1984 キャサリン・V・フォレスト *Amateur City.*

❖ダフニ・マーラット Daphne Marlatt (1942–), "musing with mothertongue," *Touch to My Tongue.*

ニコル・ブロサール『レズビアン日記―― Voilà ほらここにある』 Nicole Brossard (1943–), *Journal intime: ou Voilà donc un manuscript.*〔平林美都子・ベヴァリー・カレン訳、国文社、2000〕【1983 年の 8 月 8 日から 12 日までラジオ・カナダで放送されるために書かれた日記で、ケベック文学とフェミニストの活動の描写】

ジェニン・アラード Jeannine Allar（ジャネット・エンジェル Jeanette Angel, 生年不詳）, *Légende: The Story of Philippa and Aurélie.*【19 世紀ブリタニーの漁村に愛し合う二人の女性は「夫婦」として養女ミミと暮らしていた。ミミの 1897 年と養親の 1860 年代が交互に語られる】

1985 ❖ジャネット・ウィンターソン『オレンジだけが果物じゃない』 Jeanette Winterson (1959–), *Oranges Are Not The Only Fruit.*〔岸本佐知子訳、国書刊行会、2002〕

1986 ❖アナイス・ニン『ヘンリー＆ジューン』 Anaïs Nin (1903–77), *Henry & June*〔杉崎和子訳、角川文庫、1990〕【映画『ヘンリー＆ジューン／私が愛した男と女』】

1987 グローリア・アンサルドウア Gloria Anzaldua (1942–2004), *Borderlands/La Frontera: the New Mestiza.*

アニタ・ブルックナー『英国の友人』 Anita Brookner (1928–2016), *A Friend from England.*〔小野寺健訳、晶文社、1990〕【孤独な書店経営者レイチェルは友人夫婦の娘ヘザーの行動が気になり忠告をしたりするうちに、自身の隠された欲望に気づいていく】

ニコル・ブロサール *Mauve Desert.*【15 歳のメラニーはアリゾナの砂漠でレズ

ビアンの母と母の恋人と暮らす。このオリジナルの物語と翻訳のプロセスと同言語の翻訳の三部構成になった小説】

✣ファニー・フラッグ『フライド・グリーン・トマト』 Fannie Flagg (1944–), *Fried Green Tomatoes at the Whistle Stop Café.*〔和泉晶子訳、二見書房、1992〕✣【映画『フライド・グリーン・トマト』】

ジャネット・ウィンターソン『ヴェネツィア幻視行』 *The Passion.*〔藤井かよ訳、早川書房、1988〕【ナポレオンに憧れて召使になった青年アンリは、ヴェネツィアの両性具有的な娘ヴィラネルに恋をする】

1988 ✣ジャン・クラウセン Jan Clausen (1950–) , *The Prosperine Papers.*

✣サラ・シュールマン『ドロレスじゃないと。』 Sarah Schulman (1958–), *After Dolores.*〔落石八月月訳、マガジンハウス、1990〕

ダフニ・マーラット *Ana Historic.*【アニーの現実と亡き母アイナの生存中の話と、アニーが夫に隠れて執筆している19世紀英国移民者リチャード夫人の物語の三つが並行して進行していく】

ドロシー・アリソン Dorothy Allison (1949–), *Trash: Short Stories.*

シア・マーチ Caeia March (1946–) , *The Hide and Seek Files.*

1989 レズリー・ニューマン Lesléa Newman (1955–), *Heather Has Two Mommies*

1990 ✣アン・マリー・アクドナルド Ann-Marie MacDonald (1958–), *Goodnight Desdemona (Good Morning Juliet).*

1991 ジュエル・ゴメス Jewelle Gomez (1948–), *The Gild Stories.*

1992 ジャネット・ウィンターソン『恋をする躰』 *Written on the Body.*〔野中柊訳、講談社、1997〕【語り手の性がどちらともとれる設定で、人妻との恋愛の成就と別れの切なさが綴られる】

ニコラ・グリフィス Nicola Griffith (1960–), *Ammonite.*

✣アナイス・ニン『インセスト――アナイス・ニンの愛の日記【無削除版】1932～1934』 *Incest: From "A Journal of Love." The Unexpurgated Diary of Anaïs Nin 1932–1934.*〔杉崎和子編訳、彩流社、2008〕

1993 レスリー・ファインバーグ Leslie Feinberg (1949–2014), *Stone Butch Blues.*【同性愛者狩りの厳しかった1940、50年代のアメリカで、性アイデンティティが曖昧なジェスはブッチとなり、さらにホルモン剤によって「男性」になる。やがて男性として生きることにも違和感を覚える】

ジョイス・キャロル・オーツ『フォックスファイア』 Joyce Carol Oates (1938–), *Foxfire.*〔井伊順彦訳、DHC、2002〕【映画『フォックスファイア 少女たちの告白』2014】【1950年代のアメリカ・ニューヨーク州。大人社会に反抗し続けた女の子

同士のグループ「フォックスファイア」の顛末を、グループのひとりだったマディが回想する】

テリー・ムア　Terry Moore (1929–), *Strangers in Paradise.*【コミック】【未成年のレズビアン娼婦だったカチョー(カッティーナ)は、店のお金を持ち逃げする。その逃亡と次々に発生する事件。彼女の恋人フランシス、カチョーに恋するディヴィッドの三角関係も絡んでスリリングに展開する。2007 年 90 話で完結】

1994　エマ・ドナヒュー　Emma Donoghue (1969–), *Stir-Fry.*【ダブリン大学生の 17 歳のマリアはルースとジェーエルのフラットに住むようになり、二人が恋人であることを知る。二人の関係を身近で知るにつれ、自身のセクシュアリティに気づいていく】

ニコラ・グリフィス『スロー・リバー』　*Slow River*〔幹遥子訳、ハヤカワ文庫 SF、1998〕【近未来のイギリス。大富豪の末娘ローアは誘拐犯を殺して逃亡する。身代金を払わなかった家族の秘密が暴かれていくなかで、女性ハッカーがローアを助ける】

M. E. カー　M. E. Kerr (1929–), *Deliver us from Evie.*【ミズーリの農家の 15 歳の息子パーが 18 歳のレズビアンの姉について語る。イーヴィーが銀行経営者の娘と恋愛関係になったことから、弟や家族に波紋が起こる】

エーリカ・フィッシャー『ベルリン、愛の物語——エメーとジャガー』　Erica Fischer (1943–), *Aimee & Jaguar: A Love Story, Berlin 1943.*〔梶村道子・イエミン遠藤恵子・ノリス恵美訳、平凡社、1998〕【ヒトラー政権下のベルリンでナチス軍人の妻エメーとユダヤ人ジャガーは恋に落ちる。生き残ったエメーの証言やラブレターなどをもとに綴られたノンフィクション】【映画 *Aimée & Jaguar*, 1999(日本未公開)】

ステラ・ダフィ『カレンダー・ガール』　Stella Daffi (1963–), *Calendar Girl.*〔柿沼瑛子訳、新潮文庫、2002〕【ロンドンが舞台。失踪捜査のためにニューヨークのカジノに潜入するレズビアン探偵サズ・マーティンの探偵シリーズもの】

1995　エマ・ドナヒュー　*Hood.*【1970 年代のダブリン。13 年間カラといつも一緒だったペンは、カラが自動車事故で亡くなった後、その悲壮感からなかなか立ち上がれず、カラの父親の屋敷に住まわせてもらう。そこには機能不全を起こしているような古い格式が残っていた】

1996　アン・マリー・アクドナルド　*Fall on Your Knees.*【19 世紀から第一次世界大戦後まで、カナダのパイパー家、とくに父ジェイムズと 4 人の娘たちの愛憎物語。父の性癖と忌まわしい真実が最後に明らかになる】

アチー・オベハス　Achy Obejas (1956–), *Memory Mambo.*【キューバ生まれのフ

アンはシカゴで家族とコインランドリー店を経営している。彼女はキューバの歴史・文化と異性愛社会と自身の人生とのバランスを身につけるようになる】

ジャネット・ウィンターソン　*Art & Lies.*

1997　エマ・ドナヒュー　*Kissing the Witch: Old Tales in New Skin.*【13編の *Fairy Tales* の改編集。シンデレラ、美女と野獣、白雪姫などの古典を、裏切りあり、エロティックなシーンありと魅力ある景色に描き替えている】

ポーラ・ボオック　Paula Boock (1964–), *Dare Truth or Promise.*【ニュージーランドの二人の少女のロマンス。弁護士を目指す自信家のルイーズは料理人を志望する大人しいウィラに出会い、二人は惹かれ合う。しかし親の反対や彼女たち自身の同性愛への不安に直面していく】

1998　サラ・ウォーターズ　Sarah Waters (1966–), *Tipping the Velvet.*【男装の芸人キティに恋したナンシーは自身も男装をして相手の望むような振る舞いをしてきたが、異性装がレズビアンとしての自分の生き方を必ずしも担っていないことに気づく】

❖ジャッキー・ケイ『トランペット』　Jackie Kay (1961–), *Trumpet.*〔中村和恵訳、岩波書店、2016〕

ディオンヌ・ブランド　Dionne Brand (1953–), *In Another Place, Not Here.*【トリニダード島のサトウキビ畑で働くエリゼットは苛酷な生活から逃れて別の土地へ行くことを夢見ている。トロントから黒人農業労働者の組織作りにやってきたマルキストのヴェエリアに出会い、二人は恋人になる】

❖マイケル・カニンガム『めぐりあう時間たち——三人のダロウェイ夫人』　Michael Cunningham (1952–), *The Hours.*〔高橋和久訳、集英社、2003〕❖【映画『めぐりあう時間たち』】

ニコラ・グリフィス　*The Blue Place.*【元秘密警察だったオードが夜中に散歩中、ある女性が出てきた家で爆発が起こる。オードはその女性ジュリアが狙われたと直感。彼女の警護を引き受けるうちに二人は愛し合うようになる】

ジャネット・ウィンターソン　*Gut Symmetries.*

1999　❖サラ・ウォーターズ『半身』　*Affinity.*〔中村有希訳、創元推理文庫、2003〕❖【映画 *Affinity*, 2008（日本未公開）】

2000　ミシェル・ティー『ヴァレンシア・ストリート』　Michelle Tea (1971–), *Valencia.*〔西山敦子訳、太田出版、2011〕【語り手がサンフランシスコのレズビアンが集う場所で愛を探し求める。暴力的な関係も含んだ自伝的小説】

ジャネット・ウィンターソン『パワー・ブック』　*The PowerBook.*〔平林美都子訳、英宝社、2007〕【サイバー・ライターのアリは一晩だけ別人になりたい「彼女」

のために物語を創作し、サイバースペースを自在に旅する愛の物語】

2001 ✣アリ・スミス『ホテルワールド』 Ali Smith (1962–), *Hotel World.*〔丸洋子訳、DHC、2003〕

サラ・ライアン Sara Ryan (1971–), *Empress of the World.*

シャミン・サリフ Shamin Sarif (1969–), *The World Unseen.*【映画『あかね色のケープタウン』2007】【1950年代、アパルトヘイトが始まった南アフリカで、自由を求めるインド人アミナと慣習に縛られる人妻ミリアムとの恋が描かれる】

ジョナサン・フランゼン『コレクションズ』 Jonathan Franzen (1959–), *The Corrections.*〔黒原敏行訳、ハヤカワepi文庫、2011〕【家族5人それぞれの抱える問題を浮き彫りにし、それらがコレクションズ＝修正され得るのかどうかの悲喜劇】

2002 サラ・ウォーターズ『茨の城』 *Fingersmith.*〔中村有希訳、創元推理文庫、2004〕✣【映画『お嬢さん』】

ジェフリー・ユージェニデス『ミドルセックス』 Jeffrey Eugenides (1960–), *Middlesex.*〔佐々田雅子訳、早川書房、2004〕【女の子として育ったわたし（カリオペ）は14歳の時に半陰陽者であると判明。その後は男（カル）として生き直す。ギリシア系移民家族三代の物語】

シルヴィア・ブラウンリグ Sylvia Brownrigg (1936–2013), *Pages for You.*【大学1年生のフラナリーは大学院生でティーチング・アシスタントをしているアンにひと目惚れをする。授業以外でもアンと過ごし、二人の関係は徐々に接近していく】

2003 ナロ・ホプキンソン Nalo Hopkinson (1960–), *The Salt Roads.*

ニコラ・グリフィス *Stay.*

ジュリー・アン・ピーターズ Julie Anne Peters (1952–), *Keeping You a Secret.*【ホランドはボーイフレンドもいる聡明で活発な女子高校生。ところがシーシーが現われてからレズビアンであることを自認すると同時に、周囲の同性愛嫌悪の実態を知る】

2004 モーリーン・ジョンソン Maureen Johnson (1973–), *The Bermudez Triangle.*【ニューヨークの女子高校生の三人組の一人ニーナがメルとエイヴリーと離れている夏の間に、メルとエイヴリーは恋人同士になっていた】

2006 アリソン・ベクダル『ファン・ホーム――ある家族の悲喜劇』 Alison Bechdel (1960–), *Fun Home*【コミック】〔椎名ゆかり訳、小学館集英社プロダクション、2011〕【カミングアウトした娘アリソンの日常や心情が描かれる。その後、父も同性愛者であることを知るが、彼の突然の死で父について自問し続ける】

サラ・ウォーターズ『夜愁』 *The Night Watch.*〔中村有希訳、創元推理文庫、

2007〕【1947年ロンドン。戦中戦時下で生きる男女、親子の愛憎の物語が、時代を遡りながら描かれることで、彼らの抱える闇が曝き出される】

K. E. レイン　K. E. Lane（生年不詳）, *And Playing the Role of Herself.*

レスリー・ファインバーグ　*Drag King Dreams.*

ナオミ・オルダーマン　Naomi Alderman (1974–), *Disobedience.*【映画『ロニートとエスティ 彼女たちの選択』2017】

2007　ジュリア・セラーノ　Julia Serano (1967–), *Whipping Girl: A Transsexual Woman on Sexism and the Scapegoating of Femininity.*

ニコラ・グリフィス　*Always.*

エマ・ドナヒュー　*Landing.*【25年間のベテラン・フライトアテンダントでありダブリン在住のシリーと、公文書局員のジュードは、ヒースロー空港で出会って恋に落ちる。二人の間に横たわる時間と距離に格闘するロマンスコメディ】

アリ・スミス　*Girl Meets Boy: The Myth of Iphis (The Myths).*

ミランダ・ジュライ「何も必要としない何か」　Miranda July (1974–), "Something That Needs Nothing."〔『いちばんここに似合う人』岸本佐知子訳、新潮クレスト、2010〕【レズビアン同士の共同生活がうまくいかない主人公がピンク産業で働く。互いのささやかなズレを描き出している】

2008　アイリーン・マイルズ　Eileen Myles (1949-), *Inferno: A Poet's Novel.*

マリコ・タマキ　Mariko Tamaki (1975–), *Skim.*【コミック】【17歳のキンバリー・ケイコ・キャメロンは学校で「スキム」と呼ばれている。スキムは徐々に学校での居心地の悪さ、親友リサとの距離の広がりを感じる一方で、女教師ウィッカ先生へ惹かれるなど、自身のセクシュアリティに向き合っていく】

シャミン・サリフ　*I can't think straight.*【映画『ストレートじゃいられない』2008】【パレスティナ系ヨルダン人でキリスト教徒のタラは祖国で結婚の準備が進んでいたが、インド系イギリス人でイスラム教徒のレイラと知り合い、二人は恋に落ちる】

2009　エマ・ペレス　Emma Pérez (1954–), *Forgetting the Alamo: or Blood Memory.*

ジャックリン・ケアリ　Jacqueline Carey (1964–), *Santa Olivia.*

リアノン・アルゴ　Rhiannon Argo (1979–), *The Creamsickle.*

パトリシア・ポラッコ『ふたりママの家で』　Patricia Pollacco (1944–), *In Our Mother's House.*〔中川亜紀子訳、サウザンブックス、2018〕【二人の母親と子どもたちの何気ない日常を養女である「わたし」が語る絵本】

2010　アイヴァン・カイヨーティ　Ivan E. Coyote (1969–), *Missed Her.*

エミリー・ホーナー　Emily Horner（生年不詳）, *A Love Story Starring My Dead*

Best Friend.

リサ・ジョーンズ　Lisa Jones（生年不詳）, *Southland Auto Acres.*

2011　ジャネット・ウィンターソン　*Why Be Happy When You Could Be Normal?*

ジョディ・ピコー　Jodi Picoult (1966–), *Sing You Home.*

サラ・デーマー　Sarah Diemer（ブリジット・エセックス　Bridget Essex, 生年不詳）, *The Dark Wife.*

アイヴァン・カイヨーティ　*Persistence: All Ways Butch and Femme.*

2012　エミリー・M・ダンフォース　Emily M. Danforth (1980–), *The Miseducation of Cameron Post.*〔サウザンブックス、2020 刊行予定〕【映画『ミスエデュケーション』2018】【交通事故で両親を亡くし叔母と暮らす高校生のキャメロンには同性の恋人がいる。そのことが発覚し彼女は矯正治療施設へ入所させられるが、そこで事件が起こる】

2014　エマ・ドナヒュー　*Frog Music.*【1876 年夏、サン・フランシスコ。記録的な酷暑と疫病の脅威に晒されているなか、ジョニーが殺される。場末のダンサーであるブランチは、彼女の死の真相を探るうちに、知られざるジョニーの生い立ちに行きあたる】

シャニ・ムートゥー　Shani Mootoo (1957–), *Moving Forward Sideways like a Crab.*

アリ・スミス『両方になる』　*How to Be Both*〔木原善彦訳、新潮社、2018〕【ルネサンスのイタリアで男性画家として生きるフランチェスコと現代イギリスを生きる少女ジョージアの時空を超えた、事実と虚構が入り混じる実験的な物語】

サラ・ウォーターズ『黄昏の彼女たち』　*The Paying Guests.*〔中村有希訳、創元推理文庫、2016〕【第一次世界大戦後、生活が困窮したフランシスと母はロンドン近郊の屋敷に下宿人として夫婦を迎える。その妻リリアンと彼女は恋に陥る】

2016　メレディス・ルッソ　Meredith Russo (1986–), *If I was your girl.*

2017　ティリー・ウォルデン『スピン』　Tillie Walden (1996–), *Spinning.*〔有澤真庭訳、河出書房新社、2018〕【スケートと同性への愛に目覚めた少女の内面が、丁寧に描かれているグラフィック・ノベル】

2019　ジャネット・ウィンターソン　*Frankissstein.*【欧州離脱問題の最中のイギリス。トランスジェンダリストのライは AI 研究者のヴィクター・シュタインに恋をし、ロンは男性用セックス・ロボットで儲けようとし、米国のフェニックスでは冷凍された遺体が再生されるのを待っている。メアリー・シェリーが小説を書いている 1816 年の話も並行していく】

バーナーディン・エヴァリスト　Bernardine Evaristo (1959–), *Girl, Woman, Other: A Novel.*